BASTEI
LÜBBE

WOLFGANG HOHLBEIN

JOHAN KERK

SPACELORD

HADRIANS MOND

BASTEI LÜBBE

BASTEI-LÜBBE-TASCHENBUCH
Band 23 144

Erste Auflage:
Oktober 1993

Lektorat: Reinhard Rohn
Titelillustration: Swen Papenbrock
Umschlaggestaltung:
Quadro Grafik, Bensberg
Satz: KCS GmbH,
Buchholz/Hamburg
Druck und Verarbeitung:
Brodard & Taupin, La Flèche,
Frankreich
Printed in France

ISBN 3-404-23144-9

Der Preis dieses Bandes
versteht sich einschließlich der
gesetzlichen Mehrwertsteuer.

GESCHICHTE DES IMPERIUMS

Die nachfolgende, stark gekürzte Übersicht soll den Leser stichwortartig über die Geschichte der vergangenen Jahrhunderte informieren und entstammt dem Werk **Bontemps, Fitzroy; The History of Mankind, Volume I – VII; 1. Auflage 4300 A.D.,** mit freundlicher Genehmigung des Autors.

2144 A.D., Tag 155: Jean-Pierre Legraine stellte anläßlich einer Tagung des sogenannten ›5D-Zirkels‹ auf da Vinci IV, einer der Mondkolonien, erstmals seine *Theorie der hyperstabilen Quantenmechanik in übergeordneten Kontinua* der Öffentlichkeit vor. Kernstück dieser Theorie war die Behauptung, daß es mit Hilfe eines fünfdimensionalen Feldes möglich sein sollte, atomare Energiestrukturen in übergeordnete Kontinua zu ›projizieren‹ und in Nullzeit an einem anderen Ort wieder ›eintreten‹ zu lassen – der sogenannte ›Hyperraumsprung‹, der bereits lange zuvor beliebtes Thema der Unterhaltungsmedien jenes Zeitalters war. Obwohl allgemein belächelt und von Fachkollegen nicht ernst genommen, gelang es Legraine dennoch, in der Firma Sontay, Inc. einen Finanzier für den Bau des ersten ›Legraine-Generators‹ zu finden.

2147 A.D., Tag 054: Die *Sontay I*, das erste mit dem Legraine-Generator ausgestattete Versuchsmodell, wurde fertiggestellt. Joseph Moskowiecz, ehemaliger Flight Leader der sogenannten ›Terran Space Force‹, verschwand bei der ersten Erprobung des Legraine-Generators mitsamt dem Versuchsmodell in einem atomaren Feuerball. Die Theorie Legraines war zu diesem Zeitpunkt aber schon bekannt genug, um einen Streit auch ernst genommener Fachwissenschaftler auszulösen.

2147 A.D., Tag 091: Mitchell Warington, Leiter der feldtheoretischen Rechenbionik auf Mars-Epsilon, legte seine modifizierte Version der Legraine-Theorie vor, nach der eine überhaupt kontrollierbare ›Projektion‹ energetischer Strukturen nur außerhalb von Gravitationsfeldern bestimmter Stärke stattfinden kann; jeder andere Versuch führte zu einer nicht mehr kontrollierbaren atomaren Reaktion. Da diese Theorie zumindest eine mögliche Erklärung für das *Sontay I*-Desaster liefert, entschloß sich Sontay, Inc. zum Bau der *Sontay II*.

2149 A.D., Tag 320: Die *Sontay II* startete von Vesta Space Base mit Kurs Transpluto. 268 Stunden später meldete Flight Commander Louisa Kimberley das Erreichen des vorgesehenen Transitionspunktes. Die *Sontay II* samt Besatzung verschwand beim Auslösen des ›Legraine-Warington-Generators‹, wie er mittlerweile genannt wurde, spurlos von den Schirmen, tauchte aber weder am vorgesehenen Ort noch sonst wieder auf. Sontay, Inc. ging in Liquidation.

2150 – 2193 A.D.: Das Projekt ›Legraine-Warington-Generator‹ wurde nach einer geheimen Konferenz in New Frisco völlig überraschend unter die direkte Befehlsgewalt der TSP gestellt, Codename ›Jumping Jack‹. Während einerseits die endgültige Besiedelung des Mars und der Ausbau der ›Digging Colonies‹ auf Ceres und Juno vorangetrieben wurden, wurde andererseits an der Weiterentwicklung und Verfeinerung besonders der Steuerung des Legraine-Warington-Generators gearbeitet. Den mit stetig verbesserten Versionen des Legraine-Warington-Generators ausgestatteten Versuchsschiffen *Terra I* bis *Terra XII* ging es nicht anders als der *Sontay II*. Das Projekt ›Jumping Jack‹ wurde trotz dieser Verluste an Menschen und Material vorangetrieben, da es nach Ansicht aller Beteiligten letztendlich zu einem Erfolg führen mußte und zudem für die Menschheit als Ganzes die einzig bekannte Möglichkeit bot, in den interstellaren Raum vorzudringen. Ein erster Erfolg mit *Terra XIII* im Jahre 2187 A.D., bei dem ein kontrollierter Sprung über 2,4 Lichtminuten gelingt, gab dem Enthusiasmus Auftrieb.

2193 A.D.: Ein Kommunikationssatellit im Bereich Transpluto empfing einen verstümmelten Funkspruch von der *Sontay II*, abgesandt von Flight Commander Louisa Kimberley im Jahre 2164 A.D. aus dem Gebiet des Systems Chi Draconis. Der genaue Inhalt wurde geheimgehalten, es scheint aber, daß die Auswirkung der galaktischen Gravitationskonstante auf die effektive Feldstärke des Legraine-Warington-Generators bis zu jenem Zeitpunkt falsch berechnet wurde. Dieses führte zu einer Überstrahlung in den Steuermechanismus, welcher seinerseits zur genauen Positionsbestimmung und Ansteuerung des Generators auf genaue Messungen der glalaktischen Gravitationslinien angewiesen war. Der *Terra XVI* unter Flight Commander Djubomir Wozniak gelang mit einem veränderten Steuermechanismus noch im gleichen Jahr ein kontrollierter Sprung in Nullzeit über vier Lichtjahre zum System Alpha Centauri und zurück. Die Menschheit bekam einen Antrieb für interstellare Distanzen und Flight Commander Wozniak eine Medaille.

2195 A.D., Tag 163: Die ersten drei Schiffe des neugegründeten Terran Exploratory Corps oder kurz TEC, ausgerüstet mit der neuesten Version des Legraine-Warington-Generators samt geänderter Steuerung, starteten nach Alpha Centauri, Epsilon Eridani und Altair. Diese ersten ›Explorationsraumer‹, wie sie hochtrabend genannt wurden, waren nichts weiter als ausgemusterte Kreuzermodelle Baureihe *Delta-IIX* der Terran Space Force, die neben dem innerhalb des Solsystems benutzten Antrieb auf Basis einer kontrollierten Wasserstoff-Fusion nun mit dem Legraine-Warington-Generator nachgerüstet waren, um interstellare Distanzen zu überbrücken. Die Größe und technische Ausstattung dieser Schiffe muß nach heutigen Maßstäben als mangelhaft bezeichnet werden, dennoch waren sie die ersten funktionsfähigen Hilfsmittel auf dem Weg des Menschen in das Universum.

2196 A.D. – 3235 A.D.: Die Menschheit erobert die Sterne – wie es so schön hieß.

Die mit Legraine-Warington-Generatoren ausgestatteten Schiffe konnten Distanzen bis zu acht Lichtjahren in Nullzeit und mit vergleichsweise geringen Kosten überbrücken, was zu einer – aus heutiger Sicht – hemmungslosen Expansion in alle Himmelsrichtungen führte. Nach den ersten zaghaften Versuchen setzte ein Boom auf den Raumschiffswerften ein, wobei die Auftraggeber in zunehmendem Maße auch private Firmen waren. Jeder wollte ein Stück des Kuchens in Form von Stützpunkten, Schürfrechten, Informationsressourcen, Rohstoffen und nicht zuletzt dem Image des Weltentdeckers für sich, und nicht immer wurde der Grundsatz beachtet, daß ein System zuerst vom TEC freigegeben werden mußte, um angesprungen werden zu können – als mögliche Folge einer solchen Nichtbeachtung sei hier an das Desaster der *Pilgrim Father* mit 427 Menschen an Bord im System Formalhaut A erinnert.

Da aufgrund der Funktionsweise des Legraine-Warington-Generators und seiner Ansteuerung ein Sprungpunkt nur innerhalb eines geringen Gravitationspotentials existieren konnte, war ein direkter Ansprung eines Planeten nicht möglich. Statt dessen wurde ein – hoffentlich richtig berechneter – Punkt außerhalb der äußeren Planetenbahnen angesprungen, von dem aus sodann der ›Flug‹ in das System mittels des bekannten Wasserstoffantriebs erfolgte. Anfänglich führte diese Methode zu einer hohen Verlustquote an Schiffen; mit zunehmender Verfügbarkeit genauer Daten über die einzelnen Systeme und deren Sprungpunkte konnte das Risiko jedoch verringert werden, da genauere Berechnungen möglich waren – überflüssig zu sagen, daß die Koordinaten lohnend erscheinender Systeme eifersüchtig gehütet wurden.

In diesen gut tausend Jahren erfolgte bereits die Ausbreitung des Menschen über nahezu den gesamten Bereich unseres Spiralarmes. Da die Zentralgewalt auf Terra fern war, blühte in den entlegeneren oder nur dünn besiedelten Sektoren ein buntes Vielerlei von mehr oder minder weisungsabhängigen Regierungsvertretern, Wirtschaftskooperativen (mit teilweise eigenen Planeten), Handelshäusern (die oft nicht mehr als Schmuggler waren), religiösen Fanatikern, die nun genügend Raum zur Verwirklichung ihrer jeweiligen Ideale hatten, und anderen Gruppen aller gesellschaftlichen Schattierungen. Es gab Planeten, auf denen beinahe erdähnliche Verhältnisse herrschten, und solche, auf denen nicht viel mehr als eine Thermoplast-Station zu finden war. Nicht umsonst wurden die Zustände in weiten Bereichen dieses sogenannten ›Sternenreiches‹ mit denen des Wilden Westens in der Frühzeit der erdgebundenen Epoche verglichen.

Auch wenn auf einigen der erkundeten oder besiedelten Planeten intelligentes Leben und auf vielen eine mehr oder minder entwickelte einheimische Flora und Fauna anzutreffen war, so blieb doch bis zum Jahre 3235 A.D. (diese altertümliche Zeitrechnung war teils aus Gewohnheit, teils wegen der Schwierigkeiten, die mit der Einführung eines neuen Kalenders verbunden gewesen wären, immer noch beibehalten worden) eine der Voraussagen vieler Wissenschaftler oder auch selbsternannter Zukunftspropheten unerfüllt: Auf eine raumfahrende Zivilisation war man bisher nicht gestoßen. Der Mensch war immer noch allein im All.

3235 A.D., Tag 362: Der Relaissatellit Commo-II/Epsilon im System 82 Eridani fing einen Notruf der Steuerungsbionik der Atmosphärenkonverter-Station auf Gamma Leporis an der Grenze des erforschten Raumes auf. Die Ist-Werte der atmosphärischen Daten wichen in irreparabler Weise von den vorhergesehenen Werten des Zweiundvierzig-Jahre-Programms zur Schaffung einer erdähnlichen Atmosphäre ab. Der von Ross 614A/4 (später Flanagan's Stern) gestartete Erkundungsraumer *Admiral Francis Drake* meldete zwei Tage später das Erreichen des vorberechneten Sprungpunktes im System Gamma Leporis; dann brach der Kontakt ab und konnte nicht wiederhergestellt werden. Sechzehn Tage später startete das 42. leichte Patrouillengeschwader unter Commander Lydon J Forsythe von Ross 614B/3, vorgeschobener Außenposten 22, nach Gamma Leporis, um die Situation zu überprüfen. Vierzehn Minuten nach Erreichen des Sprungpunktes Gamma Leporis waren die beiden Schiffe *Xerxes VII* und *Bonaparte* vaporisiert, die *Borgia* mußte samt zwei Dritteln ihrer Besatzung mit zwei Treffern im Legraine-Warington-Generator zurückgelassen werden, und auch die *Florence Nightingale* und die *Tolstoy* erreichten nur mit schweren Beschädigungen wieder den Außenposten 22. Der erste galaktische Krieg hatte begonnen...

3236 A.D. – 3237 A.D.: ... die Ereignisse der folgenden achtzehn Monate bekamen diesen Namen aber erst später, denn zunächst war man sich auf Terra gar nicht bewußt, was sich in den betroffenen Sektoren abspielte.

Das 42. leichte Patrouillengeschwader erreichte Ross 614B/3, und Commander Forsythe erstattete zunächst einmal seinen Bericht mit dem Inhalt, daß sein Geschwader im System Gamma Leporis unmittelbar nach Erreichen des befohlenen Sprungpunktes ohne Vorwarnung (und ohne befohlenen Alarmzustand, wie die spätere Kriegsgerichtsverhandlung feststellte) von acht Raumschiffen erheblicher Größe und völlig unbekannter Bauart angegriffen worden war, was zum Verlust der *Xerxes VII* und *Bonaparte* und zum wahrscheinlichen Verlust der *Borgia* geführt hatte. Commander Forsythe zog in seinem Bericht die Schlußfolgerung, daß man offensichtlich auf eine bisher unbekannte, intelligente und noch dazu raumfahrende Spezies gestoßen sei, die vermutlich über ein erhebliches Aggressionspotential verfügt, und ließ es dabei bewenden.

Irgend jemand auf Außenposten 22 (wer, ließ sich aufgrund des folgenden Totalverlustes der Station und sämtlicher Datenträger später nicht mehr feststellen) setzte glücklicherweise eine Meldung nach Terra ab und befahl höchste Alarmstufe.

Das Auftauchen einer Flotte von zwölf Raumschiffen ›erheblicher Größe und völlig unbekannter Bauart‹ sechzehn Tage später im System Ross 614B kam deshalb nicht mehr völlig überraschend, war aber dennoch nicht weniger verheerend. Während acht der aufgetauchten Schiffe sich mit den in unmittelbarer Nähe des Sprungpunktes stationierten Resten des 42. leichten Patrouillengeschwaders – immer noch unter Commander Lydon J. Forsythe – das erste Raumgefecht der Menschheitsgeschichte lieferten, setzten sich die restlichen vier Schiffe in Richtung Außenposten 22 ab und begannen mit einem zum Totalverlust der Station und ihrer Besatzung führenden planetaren Bombardement.

Commander Forsythe erreichte später an Bord der nahezu havarierten *Tolstoy*, dem einzig verbliebenen Schiff seines Geschwaders, die Sektorbasis auf Epsilon Eridani und erstattete wiederum einen Bericht, in welchem er allerdings auch die Zerstörung dreier feindlicher Raumschiffe melden konnte.

In den folgenden Monaten rollte gewissermaßen eine Dampfwalze über wesentliche Teile der von der Menschheit besiedelten Sektoren. Die Sektorbasen auf Epsilon Eridani und Tau Ceti gingen verloren, und Angriffe weiterer Feindverbände auf Sirus A und Procyon konnten nur mit Mühe und unter erheblichen Verlusten abgewehrt werden. Dem Feind schien es allerdings eher auf die Eroberung denn auf die Zerstörung der angegriffenen Planeten anzukommen (wobei niemand wußte, ob er dazu in der Lage gewesen wäre), da es in Einzelfällen auch zu Bodengefechten kam, so zum Beispiel bei der Belagerung von My Cassiopeiae.

Aus den Berichten von Überlebenden, der Untersuchung Gefangener und statistischer Auswertung der zur Verfügung stehenden Daten ergab sich in den nächsten Wochen folgendes Bild: Die S'Krill (eine phonetische Angleichung des eigentlichen Lautes), wie sie sich nannten, waren eine Rasse von bereits seit langem raumfahrenden, etwa zwei Meter zwanzig großen Echsen, welche auf zwei Hinterbeinen gingen und sich mit ihren ausgebildeten vorderen Gliedmaßen in beinahe menschlicher Weise bewegten. Da sie leider auch über eine hohe Geburtenrate und einen ausgeprägten Expansionsdrang verfügten und als Existenzgrundlage dieselben atmosphärischen Bedingungen und Schwerkraftverhältnisse wie der Mensch benötigten, lief das Ganze auf ein ›wir oder sie‹ hinaus.

War die terranische Führung somit durchaus zu der Erkenntnis gelangt, daß hier eine wirklich existenzbedrohende Invasion vor sich ging, so sah man sich dennoch nicht in der Lage, völlig dieser Erkenntnis entsprechend zu handeln: Aufgrund der vergangenen, über tausendjährigen Epoche des Friedens und des Fehlens jeglicher Bedrohung waren Art und Umfang der vorhandenen Streitkräfte auf ein Maß reduziert worden, das gerade noch einen geordneten Patrouillendienst und ein Eingreifen bei ihrer Natur nach kleineren Zwischenfällen in einem der Sektoren zuließ. Ausbildung und Taktik der bestehenden Verbände waren in keiner Weise darauf ausgerichtet, interstellare Invasionen abzuwehren; zusätzlich wirkte die Zersplitterung des ›Reiches‹ in kleinere Machtgebiete und Einflußsphären einer Koordinierung geeigneter Abwehrmaßnahmen entgegen. Während der Vormarsch der

S'Krill weiterging und sich die schlechten Nachrichten durch die bewohnte Galaxis verbreiteten, passierte das, was in Situationen dieser Art meistens zu passieren pflegt – der Ruf nach einem starken Mann wurde laut.

3237 A.D., Tag 153: Der Ruf wurde gehört von Flottenkommandeur (TSP) Reginald H. MacKenzie, seines Zeichens kommandierender Offizier des 5. Abwehrverbandes (die Bezeichnung war vielleicht irreführend, da der zweite bis vierte überschwere Abwehrverband bereits in den Jahren 2885 bis 2892 A.D. aufgelöst worden war und man nur die Numerierung beibehalten hatte), stationiert im Solsystem. Kommandeur MacKenzie war schon immer der Meinung gewesen, daß dem Militär zuwenig Spielraum eingeräumt wurde, was nicht zuletzt in den katastrophalen Beförderungschancen verdienter Offiziere und den seit Jahrhunderten zu geringen Rüstungsetats zum Ausdruck kam, und hatte sich auf seine Weise auf diesen Tag vorbereitet: Mit einem erheblichen Privatvermögen ausgestattet, das aus den plutoniumreichen Besitzungen seiner Familie auf Ross 154 stammte, hatte MacKenzie schon immer Sonderausbildungen für die Offiziere und Mannschaften seines Verbandes finanziert und dessen technische und insbesonders waffentechnologische Ausstattung aus eigener Tasche auf höchstem Niveau gehalten, um für den Angriff der überall lauernden Fremdwesen gerüstet zu sein.

Kommandeur MacKenzie steuerte zunächst einmal New Frisco (Terra) an, erklärte die bestehende Regierung für abgesetzt und den Oberbefehl über sämtliche militärischen und nichtmilitärischen Einrichtungen als allein ihm zustehend. Außerdem würde er es den ›Geckos‹ wie er die S'Krill nannte, zeigen.

3237 A.D. – 3242 A.D.: Auch wenn manche Historiker es bisweilen anders sehen, so muß rückblickend doch gesagt werden, daß Kommandeur MacKenzie es den ›Geckos‹ tatsächlich zeigte. MacKenzie entwickelte ein Organisationstalent, das ihm nur wenige zugetraut hätten, und er und sein Stab, der kurzfristig durch einige Wissenschaftler verstärkt worden war, benötigten nur knapp vier Monate, das bisher anderweitig genutzte, aber riesige

Industriepotential Terras und einiger umliegender, noch ›sicherer‹ Systeme in eine gigantische Waffenschmiede umzuformen. Wo vollautomatische Robotfabriken zuvor Agrar-Bots zur Kultivierung neuer Planeten produziert hatten, rollten nun Chesterton-Perkins-Modularkanonen vom Band, die Raumschiffswerften auf Luna spuckten keine Explorations-, sondern Schlachtkreuzer aus, und selbst das Wort ›Zwangsrekrutierung‹ wurde von der Bevölkerung mit überraschend wenig Gegenrede hingenommen, war man sich doch über die Alternative im klaren.

Der Kernbereich des Imperiums war innerhalb kürzester Zeit zu einer Kriegsmaschinerie geworden – einer Zeit, die MacKenzie bereits nutzte, um mit den (noch) wenigen Einheiten zum Gegenschlag auszuholen.

Die näheren Einzelheiten dieses ›Ersten Galaktischen Krieges‹ sollen hier nicht näher dargestellt werden, da dieses bereits in anderen Werken in ausreichendem Maße geschehen ist. Begnügen wir uns damit festzustellen, daß MacKenzie jedenfalls etwas gelang, was ihm nur wenige zugetraut hatten: Er setzte seinen 5. Abwehrverband (den einzigen, der in der Anfangsphase zur Verfügung stand) gemäß taktischen Vorgaben ein, die einem leichten Aufklärungsverband eher angemessen schienen, und erzielte durch Schnelligkeit und überraschendes Auftauchen beachtliche militärische Erfolge gegen die S'Krill, die natürlich von einer gutfunktionierenden Propagandamaschine entsprechend aufbereitet wurden. Die Bevölkerung war nicht nur gegen einen gemeinsamen Feind geeint, sondern zeigte sich auch noch begeistert davon, und während weitere schwere Kreuzer in Dienst und Raumverbände aufgestellt wurden, strömte man ›zu den Waffen‹. In den folgenden drei Jahren wurden die S'Krill in vielen Einzelgefechten immer weiter aus den zuvor besetzten Raumsektoren vertrieben, und während die ersten Erfolge mehr dem überschäumenden Enthusiasmus großer Truppenteile denn einer entsprechenden Erfahrung zuzuschreiben waren, trat im Laufe der Zeit auch ein anerkennenswertes Maß Professionalität hinzu.

Die letzten bekannten Einheiten der S'Krill auf Gamma Leporis wurden Mitte des Jahres 3242 A.D. aufgerieben, und obwohl es bis zu diesem Datum noch immer nicht zu einer gegenseitigen

Verständigung und damit auch zu keinem formellen Friedensschluß gekommen war, betrachtete man den ›Ersten Galaktischen Krieg‹ doch soweit als erfolgreich beendet.

3242 A.D., Tag 344: Reginald H. MacKenzie, natürlich immer noch Oberster Befehlshaber aller Streitkräfte, war allerdings wieder für eine Überraschung gut: Nach seiner Rückkehr als strahlender Sieger und einem triumphalen Empfang seitens der Bevölkerung, der sogar ehrlich gemeint war, ließ er sich während einer grandiosen Zeremonie, die per Stelcom in sämtliche Raumsektoren übertragen wurde, in New Frisco zum Kaiser Reginald I. krönen und verkündete gleich darauf den Beginn der Erbmonarchie.

Das neugegründete Imperium mit Reginald I. an der Spitze war natürlich stark militärisch orientiert. Da die ›Geckos‹ zwar vertrieben, aber keinesfalls vernichtet waren, herrschte eine gewisse S'Krill-Phobie, der man am besten durch straff gegliederte und möglichst zahlreich vorhandene Raumverbände und Bodentruppen entgegenwirken konnte, und Reginald I. hatte zudem seine ganz persönlichen Vorstellungen von Demokratie, dem wahren Wert des Militärs und von Zivilisten, die sich dauernd in Dinge einmischen wollten, von denen sie keine Ahnung hatten.

3242 A.D. – 3797 A.D.: Die Geschichte der folgenden, rund fünfhundertundfünfzig Jahre soll hier nur kurz dargestellt werden. Auf Reginald I. folgte sein Sohn, dann dessen Tochter und so weiter. Auf den ›Ersten Galaktischen Krieg‹ folgte in den Jahren 3312 A.D. – 3313 A.D. der zweite, wiederum gegen die S'Krill, der allerdings dank in großer Zahl vorhandener und taktisch flexibler Eingreifverbände sehr schnell und mit nur geringen Verlusten zugunsten der Menschheit entschieden werden konnte: Die Lektion von 3236/37 A.D. zeigte noch Wirkung.

Im Jahre 3486 A.D. wurde die Dynastie der MacKenzies nach einem Putsch im Jahre 3484 A.D., der allerdings in einen beinahe zweijährigen Bürgerkrieg überging, von der der Beauharnais' abgelöst. Während man 3487 A.D. noch damit beschäftigt war, die Folgen dieses Bürgerkrieges zu beseitigen, begann eine neue Invasion der S'Krill, welche diesesmal dank einer überraschend großen Zahl feindlicher Verbände und erheblich verbesserter Waffentechnologie auf der einen Seite und einer wegen des Bürgerkrieges kaum intakten Militärmaschinerie auf der anderen Seite beinahe Erfolg gehabt hätte – erinnert sei hier an den heroischen Einsatz der 612. schweren Infanteriebrigade, genannt ›Johnson's Bunkerbrecher‹, die sich in selbstmörderischem Einsatz unter Verwendung von Dupont-Mk-III-Sprengkapseln (im Fachjargon ›Mauerblümchen‹ genannt) den Weg in das Innere des feindlichen Kommandoraumschiffes ebnete und dort unter schwersten eigenen Verlusten die feindliche Zentrale vaporisierte. Diesesmal brauchte man nahezu elf Jahre, um die S'Krill zurückzuschlagen, und als 3498 A.D. der Wiederaufbau begann, erließ Kaiserin Chantal II. den sogenannten ›Dreihundertjahresplan‹ zur endgültigen Vernichtung der S'Krill.

Während der Wiederaufbau des Imperiums voranschritt, begann das größte Flottenbau- und Aufrüstungsprogramm der Menschheitsgeschichte. Innerhalb der nächsten knapp dreihundert Jahre produzierten die Industriezentren des Imperiums nicht weniger als 14 062 sprungfähige Einheiten, vom Tanker bis zum überschweren Kommandokreuzer, und eine später nicht mehr genau rekonstruierbare Zahl von Jägern, Angriffsdronen, kleineren Einheiten zur Landung von Truppen auf feindlichen Planeten, den sogenannten ›Invasionsschiffen‹, und vielen anderen, nicht selbständig sprungfähigen Einheiten für speziellere Aufgaben. Diese Einheiten wurden auf einer Vielzahl von ›Depotplaneten‹ mit nicht-korrodierender Atmosphäre bis zur endgültigen Verwendung als Teil der geplanten Armada gelagert. Da der Legraine-Warington-Generator, noch immer das wesentlichste Bauteil jedes Schiffes, im Laufe der Jahrhunderte soweit entwickelt worden war, daß sich für die nächsten drei Jahrhunderte keine wesentliche Steigerungen mehr erwarten ließen, und verbesserte Waffentechnologien mit vergleichsweise geringem Aufwand nachrüstbar waren, würden diese Schiffe auch in dreihundert Jahren noch dem Stand der Technik entsprechen. Diese Tatsache löste auch gleich auf ›elegante‹ Weise das Problem der ungeheuren Zahl von Raumschiffsbesatzungen, die zur Bedienung dieser Einheiten erforderlich sein würden: Da diese in den nächsten dreihundert Jahren nichts mehr dazulernen mußten, konnten sie gleich an Ort und Stelle ›rekrutiert‹ werden.

Auf denselben Depotplaneten, die man auch zur Zwischenlagerung der Raumschiffe benutzte, wurden riesige Cryogen-Container angelegt, in denen im Laufe der Zeit Hunderttausende von Menschen, teils freiwillig, teils unfreiwillig bei Temperaturen nahe dem absoluten Nullpunkt eingelagert wurden. Bei den Freiwilligen handelte es sich um diejenigen, die mit den ›Geckos‹ endgültig abrechnen wollten, aber diesen Tag im Rahmen ihrer normalen Lebensspanne nicht mehr erleben würden, die weniger Freiwilligen rekrutierten sich aus den sogenannten ›Cryogen-Verbannten‹ – die Verurteilung zur ›Cryogen-Verbannung‹ ersetzte aufgrund des kaiserlichen Edikts von 3514 A.D. einen Großteil der bisherigen Strafen bei Verurteilungen gleich welcher Art.

Neben diesem Flottenbauprogramm kamen auch die Bodentruppen nicht zu kurz: Die Zahl der kaiserlichen Elitelegionen wurden von vierundzwanzig auf zweiundsechzig erhöht; zusätzlich wurde im Jahre 3753 A.D. auf Betreiben des Reichshaupttechnikers Karl-Georg Breithaupt die erste ›Robotlegion‹ gegründet. Obwohl der Name es vermuten läßt, handelte es sich hierbei allerdings nicht um eine Kampfeinheit selbständig operierender Roboter, sondern um gigantische, von Menschen gesteuerte Kampfmaschinen, deren äußeres Erscheinungsbild teilweise an überdimensionierte Kolosse erinnerte und die neben den sonstigen Bodeneinheiten für Sonderkommandos bei planetaren Einsätzen Verwendung finden sollten. Obwohl alle Arten von menschenähnlichen Robotern in zivilen Bereichen seit langem üblich waren, wurden sie in der Robotlegion nicht verwendet, da ihre Bioniken im Streß einer Gefechtssituation Ausfallerscheinungen zeigten.

Ein ehrgeiziges Bauprogramm gigantischer, sprungfähiger Bombardement-Plattformen Modell *McKinski MkI* zur Niederkämpfung feindlicher Raumfestungen (die sogenannten ›System-Buster‹), biogenetische Experimente zur Züchtung von Kampfandroiden auf dem Geheimplaneten Paradise sowie eine Vielzahl weiterer Maßnahmen, die hier nicht alle aufgezählt werden sollen, rundeten das Projekt ›Dreihundertjahresplan‹ ab, und im Jahre 3797 A.D. begann man auf Befehl Kaiser Baldwins IV. mit der Wiedererweckung der Cryogen-Schläfer. Die größte Raumarmada der Menschheitsgeschichte machte sich bereit.

3797 A.D., Tag 288: An diesem Tag begann, wie man wenige Wochen später wissen sollte, die größte Katastrophe in der Geschichte des Imperiums. Viele erinnerten sich später unheilvoll der Verkündungen des Propheten Nostradamus aus der Frühzeit der erdgebundenen Epoche, in welchen dieser das Ende der Welt für das Jahr 3797 A.D. vorhersagte. Die Welt endete zwar nicht, aber das Imperium zerfiel aufgrund eines einzigen Ereignisses innerhalb weniger Wochen in eine Vielzahl kleinerer, isolierter Fraktionen, aus denen nach den Jahren der Dunkelheit die sich bis zum heutigen Tage bekriegenden sechs Machtblöcke hervorgehen sollten.

Zunächst allerdings begann alles vergleichsweise harmlos mit dem Verschwinden von 342 Raumschiffen innerhalb weniger Stunden; alle auf Routinemissionen oder planmäßigen Flügen. Wie sich herausstellte, waren alle bei der Inbetriebnahme des Legraine-Warington-Generators an den jeweils bekannten Sprungpunkten verschwunden. Zwölf der Schiffe tauchten an völlig anderen als den berechneten Punkten wieder auf, der Rest blieb verschollen. Gleichzeitig damit begannen in allen Sektoren des Imperiums Meßgeräte, Rechenbioniken und andere Aggregate, deren Betrieb zum Teil auf Basis fünfdimensionaler Felder ablief, abzuschalten oder verrückt zu spielen.

Abgesehen von erheblichen Verlusten unter der Zivilbevölkerung aufgrund Hunderttausender, plötzlich nicht mehr funktionierender Steuermechanismen und Bioniken, konnten die Verluste an Schiffen und Mannschaften auf wenig mehr als die ersten dreihundertunddreißig verschollenen Einheiten beschränkt werden, da alle Transitionsflüge aufgrund höchsten kaiserlichen Befehls sofort untersagt wurden. Wie die kaiserlichen Laboratorien am Tage 302 feststellten, hatte sich eine fünfdimensionale Komponente des galaktischen Gravitationsfeldes auf noch nicht feststehende Art und Weise verändert – und auf dem neuen Niveau anscheinend stabilisiert. Die Ursachen dieser Veränderungen waren völlig unbekannt, ihre Folgen jedoch um so deutlicher: Da alle Legraine-Warington-Generatoren auf der Basis der bisher geltenden fünfdimensionalen Komponente der galaktischen Gravitation operierten, führten die neuen Verhältnisse zu völlig unkontrollierbaren Transitionssprüngen – jegliche Art interstellaren Verkehrs war fortan unmöglich.

Wenn auch eine Nullzeit-Kommunikation innerhalb des Imperiums nach wie vor möglich war – ›Stelcom‹ funktionierte noch immer, da dieses System zwar auf fünfdimensionaler Basis, aber unabhängig von der galaktischen Gravitationskonstante operierte –, war damit jeglicher Transfer von Menschen, Maschinen, Material, Raumschiffen, ab sofort nur noch innerhalb eines Sternensystems auf der Basis des bisher auch schon immer benutzten Wasserstoffantriebes möglich.

Die größte Raumarmada der Menschheitsgeschichte wartete auf den Depotplaneten auf einen Einsatz, der nun nie mehr kommen sollte. Diese Tatsache interessierte jedoch nur wenige, da die sich jetzt herausbildenden Probleme viel dringenderer Natur waren. Abgeschnitten von der Zentralgewalt, ohne Versorgung mit wichtigen Aggregaten und Technologie, beschränkt auf das System, in welchem man sich gerade befand, begannen alte Feindschaften und Unabhängigkeitsbestrebungen wieder aufzuleben, und zuerst einzelne Planten, dann ganze Sektoren sagten sich von der fernen, real nicht mehr existenten Zentralgewalt los.

3798 A.D., Tag 154: Kaiser Baldwin IV. ruft in seiner letzten Ansprache über Stelcom ›die Menschheit‹ zum Zusammenhalt in diesen schweren Zeiten auf. Aufgrund eines Putsches des Kommandeurs der 7. schweren Kreuzerbrigade, Artois de Bergerac, in dessen Verlauf auch der kaiserliche Palast von den im Orbit stationierten Einheiten bombardiert wird, erlebt Baldwin IV. das Ende seiner Ansprache nicht mehr.

Das Imperium hatte aufgehört zu existieren, die Jahre der Dunkelheit begannen.

3798 A.D. – 3808 A.D.: Bis zum heutigen Tage ist es nicht möglich, eine umfassende und widerspruchsfreie Darstellung des geschichtlichen Ablaufs der letzten fünfhundert Jahre zu geben, da sich wegen der nach dem Zusammenbruch des Imperiums anfänglich großen Zahl verschiedener, sich teils bekämpfender Fraktionen und demzufolge sich widersprechender Darstellungen einzelner Ereignisse viele Abläufe entweder gar nicht mehr oder nur propagandistisch gefärbt rekonstruieren lassen. Da es nicht Ziel dieses Werkes sein kann, die jeweils von einer Partei als richtig dargestellte Version eines Ereignisses unüberprüft als den realen Ablauf darzustellen, beschränken wir uns im folgenden auf die unbestritten stattgefundenen Entwicklungen.

Der Zustand des Spiralarmes unmittelbar nach dem Zusammenbruch des Imperiums war zunächst einmal desolat: Nahezu jedes Planetensystem, in Einzelfällen sogar einzelne Planeten innerhalb eines Systems erklärten sich für unabhängig, was sie aufgrund der nicht mehr existenten Zentralgewalt auch de facto waren, und die Zahl sich bekämpfender Fraktionen war unüberschaubar. Glücklicherweise fand zunächst ein großer Teil dieser Auseinandersetzungen auf rein verbaler Basis statt, da ein kontrollierter Sprung mit Hilfe des Legraine-Warington-Generators und damit der Anflug eines anderen stellaren Systems nicht möglich war, was Invasionsbestrebungen gleich welcher Art einen Riegel vorschob. Dieser relativ ›friedliche‹ Zustand sollte jedoch nicht von langer Dauer sein.

Nachdem die schwersten, durch den Ausfall einer Vielzahl auf 5-D Basis arbeitender Geräte entstandenen Schäden und Verluste beseitigt waren und es gelungen war, eine Reihe der ausgefallenen Aggregate auf Grundlage der neuen fünfdimensionalen Komponente des galaktischen Gravitationsfeldes erneut funktionsfähig zu machen, konnte man sich der detaillierten Erforschung der eigentlichen Ursache (und möglichen Lösung) des nicht mehr funktionierenden Legraine-Warington-Generators zuwenden. Überflüssig zu sagen, daß Vorhaben dieser Art von jedem, der es sich leisten konnte, eiligst vorangetrieben wurden, da man sich hierdurch eine Ausweitung des jeweiligen Machtbereiches versprach. Wie dem Leser bekannt sein dürfte, ist es bis zum heutigen Tage allerdings nicht gelungen, einen Legraine-Warington-Generator in seiner ursprünglichen Form wieder funktionsfähig zu machen oder die genaue Ursache der Fehlfunktion zu finden.

3809 A.D.: Zunächst in Einzelfällen, dann auf nahezu jedem Planeten des ehemaligen Imperiums nachgewiesen, treten die ersten, später so genannten ›5D-Mutationen‹ auf. Wie einige Jahre später zusammenfassend festgestellt wurde, handelte es sich hierbei ausschließlich um Personen weiblichen Geschlechts, die nach 3797 A.D., Tag 288 (dem Datum der Änderung des galaktischen Gravitationsfeldes) gezeugt wurden und die sich äußerlich zunächst einmal durch das Fehlen jeglicher Körperbehaarung und sodann durch die Fähigkeit auszeichneten, mit entsprechenden Hilfsgeräten den Steuermechanismus des Legraine-Warington-Generators direkt zu kontrollieren. Die spezielle Begabung dieser Mutantinnen wurde zuerst von Dr. Jeffrey Abinger, Parapsychologisches Forschungsinstitut auf Altair IV, nachgewiesen, als es gelang, den mit Legraine-Warington-Generator und Bio-Link zur Testperson Carmen Paquita ausgestatteten leichten Kreuzer *Xeviera* in einem kontrollierten Sprung über nahezu sieben Lichtjahre sicher zum System Gamma Pavonis zu navigieren. Obwohl man sich um Geheimhaltung bemühte, war die sensationelle Neuigkeit, wieder über eine – wenn auch ungewohnte – Möglichkeit des kontrollierten Transitionssprungs zu verfügen, doch per ›Stelcom‹ schnell über das gesamte Gebiet des ehemaligen Imperiums verbreitet, und galaxisweit begann man fieberhaft damit, erfolgversprechende Mutantinnen ausfindig zu machen und die noch vorhandenen sprungtauglichen Einheiten mit den erforderlichen Bio-Links nachzurüsten.

3810 A.D. – 4254 A.D.: Vom Standpunkt der Geschichtsschreibung muß gesagt werden, daß es, nachdem man einmal wußte, wonach man zu suchen hatte, leider nicht schwierig war, die benötigten Mutantinnen zu finden, da die betreffende Mutation zwar nicht sehr häufig, aber doch in für die Anzahl der vorhandenen Raumschiffe ausreichendem Maße auftrat. Innerhalb eines knappen Jahres verfügte nahezu jede Fraktion zumindest über einige mit Bio-Link nachgerüstete Legraine-Warington-Generatoren und die zu deren kontrolliertem Betrieb erforderlichen ›Navigatorinnen‹, wie sie mittlerweile genannt wurden. Die bislang vorwiegend auf dem Niveau von Absichtserklärungen stehengebliebenen gegenseitigen Drohungen und Kriegserklärungen wurden schnellstens in die Tat umgesetzt. Eine nicht mehr nachvollziehbare Zahl von kleineren und größeren Gefechten, planetarer oder stellarer Art, planetaren Invasionen, Raumgefechten und sonstigen Kriegshandlungen überzog in den nächsten gut vier Jahrhunderten die Galaxis, wobei man in vielen Fällen nach einigen Jahrzehnten gar nicht mehr wußte, warum man sich gegenseitig bekriegte oder wer ›angefangen‹ hatte.

Als Resultat dieses nahezu immerwährenden Kriegszustandes schälten sich bis zur Mitte des vergangenen Jahrhunderts durch Zusammenschluß mit anderen Fraktionen (oder deren Eliminierung) die sechs heute noch beherrschenden Machtblöcke innerhalb des ehemaligen imperialen Reichsgebietes heraus: die Cybertechs, die Yoyodyne, die Sarday'kin-Legionen, O'Schillys Freischärler, die Söldnergilde sowie die noch immer geheimnisvollen Phagon.

Dank der Tatsache, daß die S'Kill seit dem Jahre 3498 A.D. nicht mehr aufgetaucht sind, was einer überwiegend anerkannten Hypothese zufolge mit den Auswirkungen der Änderung des galaktischen Gravitationsfeldes auf ihre, den Legraine-Warington-Generatoren vom Prinzip her vergleichbaren Aggregate zusammenhängt, bestimmen diese sechs Machtblöcke bis zum heutigen Tage ungestört die Geschicke unseres Spiralarmes, wobei es bisher keinem von ihnen gelungen ist, die Vorherrschaft zu erlangen.

HEUTE

Der später als ›Clone-Krieg‹ bekannt gewordene Zwischenfall und die unabhängige Söldner-Legion ›C.C. Revival‹ um den ehemaligen Soldbruder Cedric Cyper, die in den folgenden

Jahren für die Entstehung unzähliger Mythen und Legenden verantwortlich waren (von denen zwar nicht alle, wohl doch aber viele zumindest zum Teil auf wahren Begebenheiten beruhen dürften), sind untrennbar miteinander verbunden. Beide nahmen ihren Anfang auf einer Welt namens ›Hadrians Mond‹, dessen bloße Existenz bis heute ebenso hartnäckig wie vergeblich von der Regierung auf Tau-Ceti geleugnet wird.

Die Autoren haben im folgenden versucht, die Ereignisse aus den wenigen verbürgten Zeugenaussagen und unter Zuhilfenahme offizieller Unterlagen, die zumeist nur unter erheblichen Schwierigkeiten einzusehen waren, möglichst wahrheitsgetreu zu rekonstruieren. Wie leicht nachzuvollziehen sein wird, kann für deren hundertprozentige Richtigkeit allerdings keine Garantie gegeben werden. Dennoch haben sich die Autoren nach reiflicher Überlegung entschieden, dieses Werk der Öffentlichkeit zugänglich zu machen – denn die Geschichte unseres Spiralarms der Galaxis hätte wahrscheinlich einen drastisch anderen Verlauf genommen, wenn es 4300 A.D. nicht die Ereignisse in den Beranium-Minen von ›Hadrians Mond‹ gegeben hätte.

Letztendlich muß es jedoch jedem Leser selbst überlassen bleiben, welche der Ereignisse er glauben und welche er in das Reich moderner Heldenmythen einordnen will . . .

Synfile I

Hadrians Mond

Cedric Cyper brüllte vor Schmerz, als ihn der Peitschenhieb traf und zu Boden schleuderte. Seine Glieder zuckten unkontrolliert und warfen ihn auf dem Stollenboden hin und her. Mehrmals schlug er mit Stirn oder Hinterkopf hart auf den Stein, aber diese Empfindung hatte nicht die geringste Chance, sich durch die Qual, die in sämtlichen seiner Nervenfasern tobte, in sein Bewußtsein vorzuarbeiten.

Es war weniger der Hieb selbst, der diese verheerende Wirkung zeitigte, obwohl das Peitschenende Cedrics ohnehin zerlumpte Kleidung mühelos zertrennt und einen zentimetertiefen Schnitt in seinem Rücken hinterlassen hatte. Das allein hätte er noch mit zusammengebissenen Zähnen wegstecken können – nicht aber das knisternde Gespinst aus bläulichen Blitzen, das seinen Leib einhüllte und ihn jede Kontrolle über seine Muskeln hatte verlieren lassen.

Das, was ihn getroffen hatte, war eine Elektropeitsche gewesen, ein kurzstieliges Gerät mit einem fingerdicken und rund zwei Meter langen Riemen aus Syntholeder, in dem feine, hochleitende Metallstränge verarbeitet waren. Jeder Aufseher hier unten in den Byranium-Minen auf Hadrians Mond trug ein solches Instrument, aber es durfte wohl keinen geben, der sie so oft und mit einer solchen Niedertracht einsetzte wie Schmidder.

Unendlich langsam erstarben die bläulichen Entladungen, die Cedric Cypers Körper umtanzten. Keuchend sah Cedric zu Schmidder auf, der breitbeinig vor ihm stand und mit einem mindestens ebenso breiten Grinsen auf ihn herabstarrte. Selbst durch die Sichtscheibe seiner Atemmaske war es deutlich zu sehen.

Irgendwann, dachte Cedric, irgendwann würde er Schmidder umbringen. Bestialisch, langsam und mit einem genüßlichen Lächeln auf den Lippen. Das hatte er sich fest vorgenommen, und seine Ausbildung als *Terminator* der Sarday'kin-Legionen hatte ihm eine Menge Methoden gelehrt, mit denen man den Tod beispielsweise eines feindlichen Spions unangenehm lange hinauszögern konnte. So lange, bis er einem alles erzählte, was man hören wollte – und noch eine ganze Weile darüber hinaus. Dieser Teil seiner Ausbildung war ihm damals zutiefst zuwider gewesen, aber nun (seit zwei Jahren, um genauer zu sein, denn so lange war er in dieser verfluchten Mine) wußte er, wofür er all das gelernt hatte. Für Schmidder! Für Schmidder und niemand anderen!

Der Tag würde kommen, an dem Cedric zurückschlug und dem kleinen dickbauchigen Sadisten eine bitterböse Überraschung bereitete. Spätestens dann, wenn seine Byranium-Vergiftung so weit fortgeschritten war wie bei dem bedauernswerten Duncan aus dem Nebenstollen. Cedric freute sich schon auf Schmidders fassungsloses und um Gnade winselndes Gesicht, wenn es soweit war, und diese Freude verlieh ihm überhaupt die Kraft, in dieser Hölle zu überleben.

Aber vermutlich, höhnte ein anderer Gedanke in seinem Schädel, hatten vor ihm bereits Hunderte anderer Gefangener denselben Vorsatz gehabt, ohne daß es einer von ihnen je getan hätte. Es schien eine eiserne Grundregel im Universum zu geben, nach der ein Ort wie dieser Niederträchtige wie Schmidder nicht nur magisch anzog, sondern sie auch noch ungeschoren davonkommen ließ.

»Na, Gefangener?« tönte Schmidders Stimme hämisch. »Hast du deine Lektion gelernt?«

Welche Lektion? Daß man dem hinter einem liegenden Stollenabschnitt nie den Rücken zudrehen durfte, weil dort jeden Moment ein sadistischer Aufseher erscheinen könnte, der einem die Elektropeitsche ohne jede Vorwarnung in den Rücken schlug?

Cedric verspürte Lust, dem Aufseher einen kräftigen Tritt zu verpassen, doch dann schwieg er schweratmend, obwohl in seinen Augen die blanke Mordlust geschrieben stehen mußte. Schmidder, dessen freie Hand sich drohend nahe an dem Flamer im Gürtelhalfter befand, schien nur darauf zu warten, daß er sich zu irgendeiner unbedachten Aktion hinreißen ließ. Wie Cedric ihn einschätzte, hatte er die kleine Handstrahlwaffe, die von nahezu allen Fraktionen dieses Spiralarms benutzt wurde, so eingestellt, daß sie ihn nicht sofort in Asche verwandelte, sondern ihn nur soweit verbrannte, daß er noch einen qualvollen und langwierigen Tod vor sich hatte.

Schmidder zeigte Anzeichen von Unlust, als er keine Antwort bekam. Offenbar hatte er auf eine Diskussion gehofft, die er um ein paar Argumente seiner Elektropeitsche hätte bereichern können. Ein, zwei Sekunden schien es, als wolle er allein aus Enttäuschung erneut zuschlagen, dann steckte er die Peitsche in den Gürtel zurück, wandte sich abrupt um und stiefelte aus dem Stollenabschnitt.

»In einer Viertelstunde bin ich zurück«, drohte er zum Abschied dumpf durch seine Atemmaske mit den Staubfiltern. »Ich kann nur hoffen, daß du bis dahin deine Arbeit wieder aufgenommen hast. Du weißt, was dir sonst blüht . . .«

Damit verschwand er endgültig.

Cedric Cyper stemmte sich auf Ellenbogen und Knie und kroch auf allen vieren zur Stollenwand. Mit viel Mühe richtete er den Oberkörper auf und versuchte, sich an der Wand auf die Beine zu ziehen. Vergeblich. Noch immer ließen die Nachwirkungen des Elektroschocks kaum eine koordinierte Bewegung zu. Aber er wußte, daß das bald überwunden sein würde. Es war schließlich nicht das erste Mal, daß er Bekanntschaft mit der Elektropeitsche gemacht hatte. Die vernarbten Striemen auf seinem Rücken zeugten davon wie die Jahresringe eines Baumes.

Er fühlte eine Bewegung an der Schulter und bemerkte, daß ihm jemand auf die Beine zu helfen versuchte. Als er den Kopf wandte, erkannte er chromfarbenes, metallisch glänzendes Haar.

Sheryl!

Sie war eine Mitgefangene in dieser Sektion des Straflagers und arbeitete in einem der Nachbarstollen. Wie Cedric gehörte sie dem Volk der Sarday'kin an. Er hatte einmal gehört, daß sie wegen Spionage gegen das Imperium verurteilt worden war (allein aus dieser Formulierung sprach das Selbstverständnis der Sarday'kin, die einzig legitimen Nachfolger des alten großen Sternenreiches zu sein). Heute wußte er nicht mehr, wer ihm das damals gesagt hatte und ob es stimmte oder nur ein Gerücht gewesen war, von denen es in den Minen mehr als sonstwo im Universum zu geben schien.

Sheryl selbst hatte über ihre Vergangenheit nie ein Wort verloren, ebensowenig wie Cedric über die seine. Nicht, daß es ein Geheimnis gewesen wäre: Die Anklage gegen ihn hatte auf Kollaboration mit dem Feind gelautet. Cedric ging sogar davon aus, daß es in den Datenbänken der Zentralstation gespeichert war, aber hier unten hatte es einfach niemanden gegeben, der ihn jemals danach gefragt hätte. Hier war es unwichtig, wer man zuvor gewesen war, woher man kam oder aus welchem Grund man hier war, einzig ausschlaggebend war, *daß* man hier war. Wer erst einmal auf Hadrians Mond angekommen war, für den gab es keine Vergangenheit mehr.

Und keine Zukunft!

Anfangs, als Sheryl vor anderthalb Jahren in diesen Sektor gekommen war, hatte Cedric geargwöhnt, daß man sie als Spionin auf ihn angesetzt hatte, ohne daß er wußte, worauf sich dieser Verdacht begründete. Irgendwann war ihm jedoch klargeworden, daß das nicht mehr als eine paranoide Vorstellung war, wie sie in dieser Umgebung zwangsläufig auftreten mußten. Wer würde sich etwas davon versprechen, einen Gefangenen überwachen zu lassen, der de facto längst tot war – auch wenn er sich noch bewegte und atmete?

Das außergewöhnlichste an Sheryl war ihr Haar. Es hatte ihn vom ersten Augenblick an fasziniert. Wie chromfarbenes, flüssiges Metall floß es bis zu ihren Schultern herab, rein und glänzend, und selbst der allgegenwärtige Dreck der Arbeit, der ihr schmales Gesicht verklebte, schien ihm auszuweichen. Cedric hatte den Eindruck, als hätte sich noch niemals auch nur ein einziges Staubkorn darin verfangen. Bis zum heutigen Tag wußte er nicht, was sie mit ihrem Haar angestellt hatte. Natürlich hatte er sie danach gefragt, aber sie hatte stets nur gelächelt – dieses geheimnisvolle und hintersinnige Lächeln, das er an ihr noch nie hatte leiden können – und gemeint, daß jede Frau schließlich ein Recht auf ihre eigenen kleinen Geheimnisse hatte. Ihr Haar konnte nicht gefärbt sein, denn wie hätte sie sich auf diesem gottverlassenen Himmelskörper die entsprechenden Mittel beschaffen sollen? Und außerdem hätte sie schon regelrecht darin baden müssen. Denn nicht nur ihr Haar und die Augenbrauen hatten diesen irrsinnigen Silberglanz.

Cedric wußte das. Schließlich kannte er mittlerweile jede Pore ihres Körpers. Das, was sie in jenen Momenten zusammengeführt hatte, hatte mit Liebe nichts zu tun gehabt; es war noch nicht einmal Zuneigung gewesen. Für solch hehren Gefühle gab es an einem solchen Ort keinen Platz. Nein, es war nicht mehr als Verlangen gewesen. Pures, unbeherrschtes Verlangen, das ohne Vorwarnung über sie hereingebrochen war und sich, ohne daß es irgendwelcher Worte bedurft hatte, in einer gemeinsamen Explosion entladen hatte.

Insofern war Cedric in gewisser Hinsicht froh, daß es Sheryl gab. Auch wenn sich das keiner von ihnen beiden je eingestehen würde – sie brauchten einander. Er sie, und sie ihn.

Doch was er *jetzt* in dieser Sekunde am allerwenigsten brauchte, war Mitleid. *Schon gar nicht* von Sheryl.

Mit einer ungelenken Bewegung schüttelte er ihre Hand ab, so daß er beinahe den Halt verloren hätte und zu Boden gestürzt wäre.

»Wieder zu stolz, um Hilfe anzunehmen?« stichelte Sheryl.

»Laß mich in Ruhe«, knurrte er ungehalten. »Ich komme alleine klar.«

Soweit er sich erinnerte, hatte Eitelkeit noch nie zu seinen hervorstechenden Charaktereigenschaften gehört, aber dennoch wollte er nicht, daß Sheryl ihn so hilflos sah. Er nahm all seine Kraft zusammen und zog sich mühsam auf die Beine. Belohnt wurde er dafür mit einem Hustenanfall.

Es war dieser verdammte Byraniumstaub! Er legte sich nicht nur über Kleidung, Haut und Haare, sondern setzte sich auch in der Lunge fest. Unwillkürlich fragte Cedric sich, wie lange es wohl noch dauerte, bis es mit ihm soweit war wie mit Duncan. Der Mann arbeitete seit über drei Jahren hier, und bei ihm war die Byranium-Vergiftung so weit fortgeschritten, daß er fast permanent unter Fieber litt und nur noch idiotisches Zeug faselte.

»Laß mich mal die Wunde ansehen«, sagte Sheryl und begann, an seinem Rücken herumzufingern.

»Das ist nicht nötig«, versuchte er sie abzuwehren. Sie ließ sich nicht abschütteln und zog ein kleines Döschen aus ihrem Overall.

»Hier, das ist etwas Wundsalbe. Halt still!«

Er zuckte zusammen, als sie die Wunde damit einstrich, und überstand den stechenden Schmerz mit zusammengebissenen Zähnen. Er fragte sich, wie zum Teufel sie an die Wundsalbe gekommen war. So etwas bedeutete hier unten einen unermeßlichen Luxus.

»Also gut«, sagte er, als sie fertig war, und drehte sich zu ihr um.

Schwankend lehnte er sich mit dem Rücken gegen die Stollenwand, und im nächsten Augenblick wünschte er sich sehnsüchtig, es nicht getan zu haben. Die Kleidung drückte unangenehm in die Wunde, aber dennoch verharrte er an den Stein gelehnt.

»Also gut?« wiederholte sie enttäuscht. »Ist das alles, was du zu sagen hast?«

»Na schön, wenn du's unbedingt hören willst – vielen Dank«, preßte er ungehalten hervor. »Und nun tu mir den Gefallen, und verschwinde endlich!«

Es mißfiel ihm nicht nur, daß sie ihn in diesem erbärmlichen Zustand sah, er wollte auch vermeiden, daß Schmidder sie bei seiner Rückkehr hier entdeckte. Cedric befürchtete, daß früher oder später andere Mitgefangene auftauchten. Als erster wahrscheinlich Nabtaal, der seine Nase in alles hineinsteckte, was ihn nichts anging. Ein Wunder, daß er angesichts dieser Unart überhaupt die ersten beiden Monate überlebt hatte. Er war einer dieser hoffnungslos weltfremden Träumer von O'Schilly's Freischärlern, die ständig von solch idiotischem Zeugs wie Demokratie oder Freiheit, Gleichheit und Brüderlichkeit redeten.

Plötzlich vernahm Cedric ein Geräusch und wandte den Kopf. Er seufzte beim Anblick der hochgewachsenen, schlaksigen Gestalt. Wenn man vom Teufel redete . . . Und in Nabtaals Fall schien es bereits zu reichen, wenn man nur an ihn *dachte*.

»Cedric!« rief der junge Mann besorgt, während er auf sie zueilte. »Was hat man mit dir gemacht? Das war Schmidder, stimmt's?«

Welch scharfsinnige Folgerung! Als ob es in dieser Sektion außer Schmidder noch jemand anderen gegeben hätte, der eine Elektropeitsche trug! Cedric wechselte einen kurzen Blick mit Sheryl, die, was Nabtaal anging, offenbar seiner Meinung war.

»Es wird Zeit, daß wir etwas gegen diesen Kerl unternehmen«, sagte Nabtaal, als er sie erreicht hatte. »So kann das nicht weitergehen.«

Cedric schüttelte resigniert den Kopf. Was mochte nur in Nabtaals Kopf vorgehen? Bisweilen erweckte er den Eindruck, als hielte er das alles hier für einen mißglückten Betriebsausflug. Cedric wußte nicht, ob er den Freischärler für soviel Naivität bemitleiden oder beglückwünschen sollte.

»Etwas unternehmen«, wiederholte Sheryl und sah den Freischärler an, als hätte er soeben das Ei des Kolumbus entdeckt. »Mein Gott, Nabtaal, das ist genial! Warum sind wir noch nicht eher darauf gekommen?«

Nabtaal lächelte unsicher.

»Nicht wahr?«

Sheryl wurde schlagartig ernst, stemmte die Arme in die Hüften und funkelte ihn böse an.

»Ach ja«, meinte sie, »und *was* beispielsweise sollen wir unternehmen?«

Nabtaal dachte einen Moment nach.

»Nun«, setzte er an. »Ich habe euch das ja bereits vor ein paar Tagen in den Unterkünften zu sagen versucht, aber ihr wolltet mir ja nicht zuhören. Zuerst einmal müssen wir uns bewußt werden, daß wir Schmidder gegenüber in der Überzahl sind.«

»Überzahl«, wiederholte Sheryl fassungslos, als müsse sie sich dadurch überzeugen, daß Nabtaal es tatsächlich gesagt hatte.

»Genau.« Er nickte heftig. »Schmidder ist einer, und wir sind viele.«

»Viele«, entfuhr es Sheryl ungläubig.

»Du sagst es. Solange Schmidder sich uns also einzeln vornehmen kann, ist er uns überlegen. Das ändert sich, wenn wir gemeinsam agieren. Dann kann er nicht mehr so mit uns umspringen. Das setzt natürlich voraus, daß wir uns organisieren. Ich schlage deshalb vor, daß wir zuerst einmal ein Komitee zur Wahrung unserer Interessen gründen.«

»Komitee.«

»Richtig, ein Komitee. Damit verleihen wir unseren Stimmen größeres Gewicht. Wir könnten heute abend in den Unterkünften eine Versammlung einberufen und dann die Gefangenen wählen, die ihm angehören sollen – natürlich in freier und geheimer Abstimmung. Danach werden wir eine Petition abfassen, die wir an Croft weiterleiten und in der wir ihm . . .«

»Petition.«

»Ja, eine Petition.« Nabtaal nickte verwirrt und schien sich zu fragen, ob er so undeutlich sprach. »Darin weisen wir Croft in höflichen, aber bestimmten Worten darauf hin, daß sich der Byranium-Abbau bei einer entsprechenden Verbesserung unserer Lebensbedingungen sicherlich erheblich steigern ließe. Diesem Argument wird er sich nicht verschließen können. Doch das ist natürlich nur der Anfang.« Seine Augen leuchteten aus der dicken Schmutzschicht seines Gesichts hervor. Er geriet offensichtlich langsam in Fahrt. »Als nächstes ermuntern wir die Gefangenen der anderen Sektoren, ebenfalls solche Komitees zu gründen, die natürlich wiederum in einem übergeordneten Verband organisiert werden.«

»Verband.«

»Du sagst es. Und dann . . .« Weiter kam er nicht.

Cedric Cyper stieß sich von der Wand ab. Genug war genug!

Er würde sich dieses dumme Geschwätz keinen Augenblick länger anhören. Lieber ging er freiwillig zu Schmidder und ließ sich noch ein paar Peitschenhiebe verpassen. Er fühlte sich gedrängt, dem Freischärler ein paar kräftige Hiebe zu verpassen und ihm dabei ins Ohr zu brüllen: ›He, Nabtaal, irgend jemand zu Hause?‹ – aber er beließ es dabei, ihn am Kragen zu packen und zu sich heranzuziehen.

»Nabtaal!« zischte er. »Paß auf! Wenn du den heutigen Tag überleben willst, dann halt die Schnauze und verschwinde so schnell, wie du gekommen bist!«

Der schlaksige Freischärler wand sich in Cedrics Griff.

»Hör zu, Cedric«, keuchte er. »Du . . . äh . . . du machst da einen großen Fehler. Du . . . du mußt dir das nur in Ruhe durch den Kopf gehen lassen, dann wirst du schon einsehen, daß ich recht habe.«

»So, glaubst du?« fragte Cedric grimmig.

»Ja doch, bestimmt. Und bevor du jetzt vorschnell irgendwelche Gewalt anwendest, denk daran, daß irgendwann meine Leute kommen und mich hier rausholen werden.«

»Deine Leute!« Cedric gab ein verächtliches Lachen von sich. Nabtaal glaubte wohl auch noch an den Weihnachtsandroiden! Es war schlichtweg unmöglich, daß sie hier irgend jemand herausholte. Die genaue Lage von Hadrians Mond gehörte zu einem der bestgehüteten Geheimnisse der gesamten Galaxis. Und für den Fall, daß dennoch jemand auf den Gedanken kam, sich auf den Weg hierher zu machen, gab es im Orbit immer noch einen niedlichen kleinen Killer-Satelliten, an dem niemand vorbeikam, der hier nichts zu suchen hatte. Am allerwenigstens ein Schiff der Freischärler, die zumeist in besseren Wracks unterwegs waren. »Pah! Die sind ja nicht mal in der Lage, sich alleine den Hintern abzuwischen. Verschone mich gefälligst mit dem Geschwätz, und verschwinde endlich. Haben wir uns verstanden?«

»Aber, ich . . .«

»Du scheinst wohl was an den Ohren zu haben.« Cedric drückte noch ein wenig fester zu und wartete, bis Nabtaals Gesicht unter der Dreckschicht rot anzulaufen begann. »Dann will ich es dir noch mal buchstabieren. Verpiß dich! V-e-r-p-i-ß d-i-c-h! War das jetzt deutlich genug?«

Nabtaal schlich wie ein geprügelter Hund davon.

Cedric wandte sich zu Sheryl.

»Und was dich betrifft . . .«

»Gib dir keine Mühe, klarer zu werden«, kam sie ihm zuvor. »Ich habe schon verstanden.«

Damit drehte sie sich um und ließ ihn stehen.

Cedric schickte ihr einen halb erleichterten, halb bedauernden Blick hinterher. Dann griff er nach der altertümlichen Spitzhacke. Es war Zeit, daß er seine Arbeit wieder aufnahm. Er hatte schon genug Zeit vertrödelt und wollte Schmidder keinen Grund zu einem erneuten Schlag mit der Elektropeitsche geben. Der Kerl konnte jeden Moment zurück sein.

Cedric Cyper wandte sich der Wand zu, die das Ende des Stollens bildete, und verzog angewidert das Gesicht.

Es gab drei Geschöpfe im Universum, die er mehr haßte als alles andere. Darüber hinaus gab es natürlich noch eine ganze Reihe weiterer Anwärter auf seiner privaten Hitliste der meistverachteten Kreaturen, aber diese drei belegten seit zwei Jahren unangefochten die Spitzenplätze.

An erster Stelle lag eindeutig Croft, der Befehlshaber der Byranium-Minen auf Hadrians Mond. Manchmal bezweifelte Cedric, daß der Commander überhaupt etwas von einem Gefangenen seines Namens wußte; an anderen Tagen wieder war er sich sicher, absolut sicher, daß Croft nichts unversucht ließ, seine Lage noch mißlicher zu gestalten, als sie ohnehin war.

Den zweiten Platz belegte Schmidder, der von nichts so sehr überzeugt schien wie von zwei Dingen: Zum einen, daß er ein geradezu mustergültiger Angehöriger der Herrenrasse dieses Spiralarms war (und die meisten Sarday'Kin teilten diese Selbsteinschätzung), zum anderen, daß die Gefangenen seiner Sektion ihrer Herkunft nach nichts anderes als Dreck und Abfall waren und es somit auch nicht verdienten, daß man sie so und nicht anders behandelte.

Auf dem dritten Platz schließlich lag die Wand vor ihm.

Cedric mußte sich eingestehen, daß er sie mittlerweile als eine Art Persönlichkeit betrachtete, nicht einfach als eine Mauer aus granithartem Fels mit matt schimmernden Byranium-Adern, sondern als ein lebendes und denkendes Ding, das sich allem, was um es herum und mit ihm geschah, durchaus bewußt war und auf seine ganz eigene, bösartige Weise darauf reagierte. Tief im Innern war er fest davon überzeugt, daß sie ihn aufmerksam beobachtete, in jeder Sekunde, die er mit der Hacke auf sie einschlug oder sie mit dem Laserbohrer bearbeitete. Manchmal warf sie mit Steinen nach ihm oder stellte ihm ein Bein. Einmal hatte sich in Sekundenbruchteilen ein Stück herausgebildet, das wie ein Gebiß mit Dutzenden rasiermesserscharfen Zähne geformt gewesen war und nach seinem Hals geschnappt hatte. Hätte er nur etwas langsamer reagiert, so bräuchte er sein Schicksal heute nicht mehr zu verfluchen. Spätestens das fingerdicke Stück Fleisch, das ihm die Wand aus der Schulter gebissen hatte, hatte ihm gezeigt, daß er nicht nur an Hirngespinsten litt.

Mit der Zeit hatte er, wie alle Gefangenen auf Hadrians Mond, die noch am Leben waren, eine Art sechsten Sinn dafür entwickelt, wann das Byranium das nächste Mal zuschlagen würde, und auf diese Weise hatte er weiteren Attacken rechtzeitig entgehen können. Überall in der Galaxis war Byranium ein heißbegehrter Stoff, der als Glücksbringer in kleinen, oftmals teuer eingefaßten Stücken um den Hals getragen wurde. Cedric konne sich nicht vorstellen, was dieser teuflische, hinterhältige Stoff mit Glück zu tun haben konnte, aber angesichts der Vermögen, die bestimmte Leute dafür zahlten, und der blutigen Schlachten, die darum schon geführt worden waren, mußte einfach etwas daran sein! Gleichwohl – in größeren Ansammlungen war Byranium zudem ein mörderischer Stoff. Mörderisch, heimtückisch und tödlich, vor allem für diejenigen, die es abbauen mußten.

Kein Wunder, dachte Cedric, während er die Spitzhacke schwang. Er würde sich wahrscheinlich nicht anders verhalten, wenn jemand versuchen sollte, mit Gewalt Stücke aus ihm herauszuschlagen.

Bisweilen hatte er sogar den Eindruck, daß die Wand nur wartete, bis er sich am Ende seiner Schicht herumdrehte und zu Tode erschöpft in die Unterkünfte zurückschleppte, um dann um dasselbe Stück nachzuwachsen, das er gerade in vierzehn Stunden aus ihr herausgehauen hatte. Natürlich war er nicht der einzige, der diesen Verdacht hegte – aber was nutzte das? Es existierte keine Instanz, bei der sie sich hätten beschweren können.

Cedric Cyper war zu fünfzig Metern verurteilt worden; ein Straßmaß, bei dessen Verkündung die Richter und alle Anwesenden nicht müde geworden waren, ihm zu versichern, wie milde es ausgefallen sei. Und außerdem sei ihm dieses Urteil nur wegen seiner unbestreitbaren Verdienste als *Terminator* und seiner nicht vergessenen Treue der Regierung auf Tau-Ceti gegenüber gewährt worden. Damals hatte er das sogar geglaubt, zumal er von anderen Angeklagten gehört hatte, die zu zwei- oder gar fünfhundert Metern verurteilt worden waren. Sich fünfzig Meter weit in einen Stollen hineinzugraben *konnte* schließlich nicht schwer sein.

Heute jedoch wußte er, daß es nicht den geringsten Unterschied machte, ob man zu fünfzig Metern, fünfhundert Kilometern oder fünftausend Lichtjahren verurteilt worden war. Solche Abstufungen des Strafmaßes waren kaum mehr als unverhohlener Sarkasmus gegenüber den Verurteilten, ein letzter übler Scherz, den man sich auf ihre Kosten erlaubte.

Schon am ersten Tag hatte Cedric zwei wesentliche Erkenntnisse gewonnen. Die erste war gewesen, daß er tatsächlich so gut wie mit bloßen Händen arbeiten mußte. Das einzige Werkzeug, das den Gefangenen zur Verfügung stand, waren altertümliche Spitzhacken, Schaufeln und eine Anzahl völlig veralteter Laserbohrer, deren Leistungsfähigkeit geradezu phänomenal war. Wenn man sich eines dieser klobigen Dinger nach Schichtende versehentlich in die Tasche steckte und vergaß, es auszuschalten, konnte es einem tatsächlich ein Loch in die Hose brennen. Die zweite Erkenntnis hatte darin bestanden, daß das Felsgestein, durch das er seinen fünfzig Meter langen Tunnel in die Freiheit zu graben hatte, nur unwesentlich weicher als gehärtetes Plasmetall war.

Wenn man den Meßgeräten glauben durfte, die den Fortschritt seiner Arbeit bezeugten, so hatte Cedric den Stollen immerhin schon ganze vier Meter vorangetrieben.

Vier Meter in zwei Jahren.

Das machte die Errechnung seines Entlassungstages zu einer leichten Aufgabe: Wenn er in diesem Tempo weitermachte, würde es keine zwölf Jahre mehr dauern, bis er wieder in Freiheit war. Zwölf Jahre! Doch das war nicht mehr als theoretische Mathematik. Die praktische Mathematik, die auf Hadrians Mond Gültigkeit besaß, besagte, daß hier unten noch niemand länger als vier Jahre überlebt hatte. Schuld daran war das Byranium und das langsame Siechtum, das es unter den Gefangenen verbreitete. Bestes Beispiel dafür war Duncan. Drei Jahre, vielleicht ein halbes Jahr länger war Duncan jetzt in den Minen, und selbst die größten Optimisten, gaben ihm noch allerhöchstens ein paar Tage, bestenfalls eine Woche.

Und selbst wenn Cedric die nächsten zwölf Jahre überlebte, hätte Croft sich bestimmt irgendeine Schweinerei einfallen lassen, um ihn dennoch weiter hier zu behalten. Und sei es nur, um den Ruf zu wahren, daß noch niemals ein Gefangener von Hadrians Mond zurückgekommen wäre – zumindest nicht lebendig! Für Cedric war es mehr als unwahrscheinlich, daß sich irgend jemand die Mühe machte, die Leichname gestorbener Strafgefangener in einen Container zu laden und auf ihre Heimatwelt fliegen zu lassen. Vermutlich wurden sie einfach in einen stillgelegten Minenschacht geworfen.

Oder Croft ließ sie braten und sich und seinen Offizieren in der Messe servieren.

Nein, die Chancen, hier jemals wieder herauszukommen, standen gleich Null. Hätte man ihm die Frage gestellt, woher er angesichts dieser Hoffnungslosigkeit überhaupt die Kraft nahm, dennoch am Leben zu bleiben, so hätte er darauf keine Antwort zu geben gewußt. Viele Gefangene hatten sich früher oder später selbst das Leben genommen. Auf diese Weise hatten sie ihren Leiden ein schnelles Ende bereitet und die Fraktion der Sarday'cin zumindest um den Erlös des Byraniums gebracht, daß sie für sie abgebaut hätten. Das war wenig genug, aber vielleicht das einzige, das man seinen Richtern heimzahlen konnte.

Als ehemaliger *Terminator* hatte Cedric keine Angst vor dem Tod, und wenn er trotzdem nicht den Mut aufgebracht hätte, sich mit der Spitzhacke den Schädel zu spalten, so hätte er nur die drei Yoyodyne, die ebenfalls in diesem Sektor untergebracht waren, darum bitten müssen. Sie hätten ihm diesen Gefallen sicherlich gerne erfüllt. Oder er hätte sich mit ein paar gezielten Beleidigungen an Schmidder wenden können, der ihm bestimmt mit seinem Flamer behilflich gewesen wäre.

Weshalb also hatte er nicht längst einen dieser Wege beschritten und schuftete sich statt dessen lieber Tag für Tag ein Stückchen näher an den Tod heran? Wahrscheinlich war es tatsächlich nur der Gedanke an Rache; die Vorstellung, es irgendwann denjenigen heimzuzahlen, die ihn hierher gebracht hatten.

Cedric wußte, im Grunde genommen war eine solche Hoffnung lächerlich. Der Gedanke erfüllte ihn mit einem solch grimmigen Zorn, daß er die Spitzhacke mit doppelter Kraft schwang und auf den Fels vor sich niederkrachen ließ. Die Spitze prallte funkensprühend von der stahlharten Wand ab und vibrierte so schmerzhaft, daß die Spitzhacke Cedric beinahe aus den Händen gerissen worden wäre.

Cedric unterdrückte einen Fluch. Mittlerweile hätte er eigentlich klug genug sein müssen, solch nutzlose Kraftakte zu unterlassen. Seine Augen weiteten sich, als die Wand vor ihm ein Knirschen von sich gab, sich ganze Teile lösten und nach vorn kippten. Mit einem beherzten Sprung brachte Cedric sich in Sicherheit.

Hart landete er auf dem Boden, während hinter ihm die gelösten Steine krachend zu Boden stürzten und Staubkaskaden aufwirbeln ließen.

Einen Moment später kehrte wieder Ruhe ein, und Cedric begriff, daß er noch einmal davon gekommen war. Hinter dem Fels mußte irgendeine Spalte gewesen sein. Das kam schon einmal vor.

Nur langsam legte sich der Staub. Cedric wollte sich wieder aufrichten, als sein Blick auf ein armlanges, matt schimmerndes Bruchstück fiel, das direkt neben ihm zwischen all dem Schutt auf dem Boden lag. Ungläubig verharrte er, während sich die Erkenntnis in sein Hirn vorarbeitete, daß es sich dabei um reines Byranium handelte.

Es mußte der wohl größte Byranium-Brocken sein, der in diesen Minen je in einem Stück zutage gefördert worden war!

Es war ein Vermögen – so wertvoll, daß allein der Gedanke daran schwindelerregend war. Für den Gegenwert hätte man sich, beispielsweise auf einem der Planeten der Freihandelszonen von *St. Petersburg II, Magie Noire* oder *Aladdin* weit mehr als einen voll funktionsfähigen schweren Kommandokreuzer inklusive der entsprechenden Besatzung kaufen können.

Ergriffen streckte Cedric seine Hand danach aus, aber mitten in der Bewegung überkam ihn Ernüchterung. Ganz gleich, wieviel dieses Byranium-Stück *draußen* wert sein mochte, hier drinnen würde es ihm weder ein Raumschiff noch die Freiheit einbringen, realistisch betrachtet nicht einmal eine Extra-Portion Verpflegung oder sonst irgendeine Vergünstigung.

Wahrscheinlich nicht einmal dann, wenn der Brocken zehnmal so groß gewesen wäre.

Doch die Vorstellung, keinen halben Meter neben sich ein eigenes Raumschiff liegen zu sehen, war zu verlockend, als daß Cedric Cyper in der Lage gewesen wäre, sie so einfach ad acta zu legen. Und im selben Augenblick wußte er, daß er diesen unermeßlichen Schatz bei Schichtende nicht abgeben würde, wie es die Gefangenen mit allen Byranium-Funden tun mußten, die größer als ein Fingernagel waren.

Nein, dachte er mit grimmiger Entschlossenheit, dieses Stück würde er nicht aus den Händen geben!

Aber was, fragte er sich, sollte er statt dessen damit tun? Hier liegenlassen oder unter dem Schutt verbergen konnte er es nicht, denn dann würde es während der Nachtperiode von den Robots eingesammelt werden, die den Abraum und jedes noch so kleinste Byranium-Stück aus den Stollen entfernten. Es in die Quartiere schmuggeln zu wollen, war so gut wie aussichtslos. Dazu hätte es nicht einmal der Überwachungsgeräte bedurft, mit denen alle Gefangen vor dem Verlassen der Stollen durchleuchtet wurden; ein Stück dieser Größe hätte der Wachoffizier sogar mit bloßen Augen entdeckt. Und selbst wenn es ihm gelungen wäre, das Byranium in die Quartiere zu bringen, wäre damit nichts gewonnen gewesen. Privatsphäre gab es dort nämlich nicht und somit auch keinen Ort, es zu verstecken.

Es blieb nur ein Ausweg. Er mußte hier irgendwo *innerhalb* des Stollensystems ein sicheres Versteck finden; vielleicht einen stillgelegten Seitengang oder einen gesperrten Schacht, auf jeden Fall einen Platz, an dem sich normalerweise weder einer der Robots noch der Aufseher oder der anderen Gefangenen blicken ließ. Und es war Eile geboten. Er mußte es erledigt haben, bevor Schmidder zurückkam oder irgend jemand der Gefangenen auf seinen Fund aufmerksam wurde.

»Cedric!« rief eine bekannte Stimme vom Stolleneingang her. »Alles in Ordnung? Ist dir etwas passiert?«

Er schreckte wie ertappt aus seinen Gedanken hoch, hob den Kopf und sah, wie eine schlanke Gestalt durch den Staub auf ihn zukam.

Sheryl! Schon wieder!

Er wußte nicht, ob sie den Stollen erst gar nicht verlassen hatte, nachdem er ihr den Rücken zugewandt hatte, aber das war jetzt gleichgültig.

»Nein, es ist noch mal glimpflich ausgegangen«, erwiderte er, während er sich hastig aufrichtete, vor den Byranium-Brocken schob und hoffte, daß sie ihn noch nicht entdeckt hatte. Provozierend fügte er hinzu: »Enttäuscht?«

Sie strafte ihn mit einem mißbilligenden Blick.

»Idiot! Noch so eine Frage, und ich wünschte, du wärst tatsächlich . . .«

Sie redete nicht weiter, sondern starrte mit offenem Mund an Cedric vorbei. Das war's, dachte er. Sie hatte den Byranium-Brocken entdeckt.

Er zwang sich zu einem gekünstelten Lächeln. Wenn es schon dazu gekommen war, mußte er Sheryl eben in seinen Plan einbeziehen! Jetzt kam es vor allem darauf an, die richtigen Worte zu finden, um sie zu überzeugen, den Fund nicht zu melden oder abzuliefern.

»Laß uns darüber reden, Sheryl. Weißt du, ich . . .«

Er brach ab, als er verunsichert bemerkte, daß sie nicht im geringsten reagierte. Eine weitere Sekunde verstrich, ehe ihm klar wurde, daß sie gar nicht auf das Byranium-Stück zu seinen Füßen starrte, sondern auf irgendeinen anderen Punkt hinter seinem Rücken.

Wie unter einem inneren Zwang wandte er sich um, nur um einen Lidschlag später denselben erschrockenen Gesichtsausdruck zur Schau zu tragen.

Dort, wo sich die Wand gelöst hatte, ragte ungefähr in Kopfhöhe ein graues, schimmerndes Ding von der Größe eines Funkhelmes aus dem Gestein, als wäre es dort eingeschmolzen. Es saß auf breiten Schultern, die in einen silberglänzenden Anzug gehüllt waren.

Gemeinsam mit Sheryl näherte er sich dem schimmernden Etwas, und er erkannte, daß es sich tatsächlich um einen seltsamen Schutzanzug handelte. Die Schultern, die in ihm steckten, waren bei weitem zu wuchtig, als daß sie zu einem menschlichen Wesen hätten gehören können. Nicht anders sah es mit der Form des Helmes aus. Sie wirkte . . . sonderbar. Und beunruhigend.

»Mein Gott!« entfuhr es Sheryl. Unwillkürlich hatte sie die Stimme zu einem Flüstern gesenkt. Sie streckte zögernd die Hand aus, wagte es aber nicht, den Gegenstand zu berühren. »Was ist das?«

Cedric wußte es nicht. Im ersten Moment hatte er noch gedacht, daß es sich um einen Phagon handelte, eines der genmanipulierten Wesen, die aufrechtgehenden Steinböcken glichen und von der Bruderschaft, der wohl geheimnisvollsten und zugleich entartetsten Fraktion des ehemaligen Sternimperiums, als Kampftruppen gezüchtet und eingesetzt wurden. In der gesamten Galaxis besaßen sie einen fürchterlichen Ruf.

Aber das, was vor ihm aus der Wand ragte, war kein Phagon. Es schien, als strahle allein dieser Helm, seine Form, seine Farbe, sein Material und in erster Linie natürlich seine Gegenwart etwas *Beunruhigendes* aus.

Auf jeden Fall etwas, das für das Frösteln verantwortlich war, das plötzlich Cedrics Rücken herabkroch.

»Keine Ahnung«, gestand er ein. Er straffte sich. »Aber ich kenne eine Methode, es herauszufinden.«

Er beugte sich ein wenig vor, überwand seinen Widerwillen und griff an die Stelle, wo der Helm in den Anzug überging. Der silberglänzende Stoff fühlte sich kühl an.

Sheryl zuckte erschrocken zusammen.

»Was machst du da?« fragte sie entsetzt. »Du willst doch nicht etwa . . .«

Irgendein verborgener Mechanismus sprang plötzlich an, und mit einem leichten Zischen löste sich die Verbindung zwischen Helm und Anzug.

Alles in Cedric sträubte sich dagegen, aber er konnte nicht anders, als den Helm anzuheben und zu offenbaren, was sich darunter verbarg.

Sheryls Schlucken war in der Stille deutlich zu hören. Sie hatte im gleichen Augenblick wie Cedric erkannt, was in dem Anzug steckte.

Es war ein Schädel. Ein Schädel von der Größe eines Rinderkopfes, mit wuchtiger Stirn, einer breiten Augen- und Nasenpartie und einem weit vorgeschobenen, kantigen Unterkiefer, der dem Gesicht zu dessen Lebzeiten das Aussehen einer schlechtgelaunten Bulldogge verliehen haben mußte. Cedric wollte es nicht, aber seine Phantasie versuchte sofort, sich vorzustellen, wie diese Kreatur einst ausgesehen hatte.

»Das ist doch nicht . . . nicht möglich!« flüsterte Sheryl. Ihre Stimme bebte.

Im allerersten Moment verstand Cedric ihre Fassungslosigkeit nicht. Doch dann sprach Sheryl weiter, und schon bei ihren nächsten Worten hatte auch er das Gefühl, von demselben eiskalten Hauch gestreift zu werden, der sie bereits umfangen hielt.

»Die Gespenster«, murmelte sie. »Es . . . es ist also wahr. Es gibt sie!«

»Unsinn«, antwortete Cedric – aber das war nur ein Reflex. Er *wollte* einfach nur, daß es so war.

Die Gespenster ... Viele der nie verstummenden Gerüchte hier unten beschäftigten sich mit diesen Horrorwesen; natürlich hatte auch er schon die Geschichten darüber gehört. Dabei war dieser Himmelskörper ein Ort, an dem außerhalb der Minen- und Kommandosektionen keine vorstellbare Art von Leben existieren konnte. Das wußte Sheryl so gut wie er und jeder andere, der jemals einen Blick auf Hadrians Oberfläche mit seiner Methanatmosphäre und seinen Höllenstürmen geworfen hatte. Nichts, was lebte und atmete, konnte in dieser Hölle länger als ein paar Sekundenbruchteile existieren. Aber dennoch gab es die Gerüchte von den Gespenstern. Angeblich hatte man solche Skelette hier unten schon an mehreren Orten gefunden, Schädel, Knochen und versteinerte Körperteile; Reste von Wesen, die unvorstellbar groß und fremdartig gewesen sein mußten.

Cedric glaubte nicht an diesen Unsinn. Nicht einmal jetzt, da er dieses *Ding* mit eigenen Augen sah.

»Die Geschichten sind wahr, Cedric!« murmelte Sheryl noch einmal. »Die Gespenster existieren!«

»He, langsam! Jetzt beruhige dich. Das sind nur ein paar alte Knochen.« Man hörte ihm an, wie krampfhaft er bemüht war, eine logische und vor allen Dingen beschwichtigende Erklärung zu finden. »Die liegen vielleicht schon seit Millionen von Jahren hier im Gestein. Vielleicht hatte Hadrians Mond früher ja einmal eine Atmosphäre. Oder es war ein Raumfahrer einer uns unbekannten Rasse, den es hierher verschlagen hat. Ganz egal, was es ist, auf jeden Fall ist es seit Urzeiten tot und vollkommen ungefährlich.«

Das klang nicht einmal in seinen eigenen Ohren überzeugend. Sein Gefühl sagte ihm etwas anderes. »Es gibt also keinen Grund, sich Sorgen zu machen«, fügte er hinzu, als könne er es damit beschwören.

Sheryls Kopf drehte sich mit einem Ruck in seine Richtung. »Kein Grund, sich Sorgen zu machen?« wiederholte sie beinahe hysterisch. Sie deutete mit einer heftigen Handbewegung auf den Schädel und fuhr lauter fort: »Hast du keine Augen im Kopf, Cedric? Das ... das *ist* ein Gespenst! Begreifst du denn nicht? Sie haben uns belogen. Es gibt sie, und das da ist der Beweis!«

In ihrer Stimme war ein Ton, der Cedric alarmierte. Und er verstand Sheryls Furcht nur zu gut. Es war nicht nur die Vorstellung, wie dieses Wesen zu Lebzeiten ausgesehen haben mußte: ein mindestens drei Meter großes Monstrum, das wahrscheinlich eine Tonne wog. Es war vielmehr der Gedanke an die Katastrophe, die es vor anderthalb Jahren in einer anderen Minensektion gegeben hatte. Niemand hatte je wirklich herausgefunden, was passiert war – und wenn, so hatte man es zumindest den Gefangenen nicht gesagt –, aber es hatte keine Überlebenden gegeben. Zweihundert Strafgefangene, dreißig Techniker und Soldaten sowie die gesamte Wachmannschaft waren ums Leben gekommen, und von der technischen Ausstattung der Mine war ebenfalls nicht viel übriggeblieben. Die offizielle Verlautbarung hatte als Ursache ein Erdbeben benannt, das den Schacht samt der darüberliegenden Basis zum Einsturz gebracht haben sollte. Aber es gab auch Gerüchte, die hartnäckig behaupteten, daß die Gespenster den Sektor angegriffen und die gesamte Besatzung getötet hatten. Andere Gerüchte wiederum besagten, daß es nur ein einziges Gespenst gewesen war.

Bislang hatte Cedric über solcherlei Unsinn nur lauthals lachen können. Jetzt war er sich da plötzlich nicht mehr so sicher.

»Wir ... wir müssen es melden!« fuhr Sheryl fort. »Jemand aus der Kommandosektion muß herunterkommen und es sich ansehen. Dann können sie nicht mehr behaupten, daß es keine Gespenster gäbe!«

»Ach ja?« fragte Cedric ironisch. »Können Sie das wirklich nicht?« Er packte Sheryl bei den Schultern, schüttelte sie leicht und zwang sie, ihn anzusehen. »Was, glaubst du, würde Croft wohl machen, wenn er dies hier sieht?«

Offenbar hatte Cedric den richtigen Ton angeschlagen. Sheryl schien wieder einigermaßen zur Vernunft zu kommen. Der hysterische Ausdruck in ihren Augen verschwand.

Resigniert ließ sie den Kopf hängen. Sie wußte so gut wie er, daß niemand *irgend etwas* unternehmen würde, nicht wegen dieses Skelettes, nicht einmal, wenn sie auf ein lebendes Exemplar dieser unheimlichen Spezies gestoßen wären. Wie Croft einzuschätzen war, würde er den Fund einfach in aller Stille verschwinden lassen, vermutlich aus der Angst, seine Förderquoten nicht mehr einhalten zu können, falls es tatsächlich einen Beweis für die Existenz von extraterrestrischem Leben auf Hadrians Mond präsentierte und es hier unten plötzlich von Untersuchungskommissionen und Wissenschaftlern nur so wimmelte. Die andere Möglichkeit bestand natürlich darin, daß er längst wußte, daß es die Gespenster gab; und wenn er bis jetzt nichts deshalb unternommen hatte, würde er es auch diesesmal nicht tun. Wahrscheinlich war in beiden Fällen, daß er vorsorglich alle erschießen ließ, die das Skelett gesehen hatten, um auf diese Weise die Verbreitung neuer Gerüchte zu verhindern.

So oder so – dieser Fund bedeutete nur Ärger. Wenn es in dieser Situation überhaupt irgend etwas Sinnvolles zu tun gab, dachte Cedric, dann bestand es wahrscheinlich darin, seine Spitzhacke zu nehmen und dieses Ding klein zu schlagen.

Leider war er schon einen Augenblick später nicht mehr in der Lage, allein zu entscheiden, was sinnvoll war und was nicht.

»Was ist los?« rief plötzlich eine Stimme hinter ihnen. »Was habt ihr gefunden? Wieso ... *großer Gott!*«

Es war Duncan! Um das festzustellen, brauchte Cedric sich nicht einmal umzudrehen. Der schmächtige Cybertech befand sich im letzten Stadium seiner Byranium-Vergiftung, was nichts anderes hieß, als daß er in etwa so unberechenbar war wie eine Handgranate mit defektem Zünder.

»Reiß dich zusammen, Duncan!« sagte er, während er sich dem Cybertech zuwandte.

Er erschrak unwillkürlich, als er dessen Zustand bemerkte. Duncans Augen, die sich in den letzten Tagen ohnehin zu schwarzen Trichtern inmitten seines trotz des dunklen Staubes bläßlichen Totengesichtes verwandelt hatten, waren geweitet. Völlig entsetzt starrte er auf die aus der Wand ragenden Knochen.

»Ein Gespenst«, keuchte er. »Mein Gott, sie... sie sind da. *Sie sind hier!* Sie sind gekommen! Jetzt sind wir alle verloren!«

Cedric fluchte lautlos. Verdammt, die Situation wuchs ihm langsam über den Kopf. Er mußte sich etwas einfallen lassen, bevor noch mehr Mitgefangene kamen. Hier unten verbreiteten sich solche Entdeckungen geradezu mit Überlichtgeschwindigkeit.

»Die Gespenster!« wimmerte Duncan mit weinerlicher Stimme. »Sie sind gekommen, um uns zu holen! Mein Gott, sie werden uns alle umbringen!«

»Jetzt beruhige dich!« redete Cedric eindringlich auf ihn ein. »Das ist nichts, wovor du Angst haben müßtest. Nur ein Knochen, mindestens ein paar tausend Jahre alt!«

Ebensogut hätte er mit der Wand hinter sich reden können. Duncan hörte seine Worte gar nicht. Anstatt sich zu beruhigen, begann er immer hysterischer zu stammeln und schreien und zitterte am ganzen Körper. Es konnte nicht lange dauern, bis er ihnen mit seinem Geschrei die gesamte Sektion auf den Hals gehetzt hatte.

Cedric tauschte einen raschen Blick mit Sheryl. Die junge Sarday'kin hatte den Ernst der Situation ebenso erkannt, nickte wortlos und trat hinter Duncan, während sich Cedric so postierte, daß er dem Cybertech den Blick auf den Schädel verwehrte. Nicht, daß das jetzt noch viel genutzt hätte. Duncan hatte alles gesehen, was es zu sehen gab. Wahrscheinlich schon entschieden zu viel. Zumindest für ihn.

»Wir werden sterben!« kreischte er immer wieder. »Sie sind gekommen, um uns zu ho...«

Cedrics Faust prallte genau im richtigen Winkel gegen sein Kinn. Duncan taumelte mit wild rudernden Händen zurück und brach in Sheryls Armen zusammen.

Behutsam ließ Sheryl den jungen Cybertech zu Boden sinken, bettete seinen Kopf in ihrem Schoß und untersuchte ihn flüchtig.

»Mußtest du unbedingt so fest zuschlagen?« fragte sie vorwurfsvoll. »Du hättest ihn umbringen können.«

Kaum, dachte Cedric. Duncan war nämlich schon tot. Er war lediglich zu stur, es zuzugeben.

Wie um Cedrics Gedanken zu bestätigen, begann Duncan sich zu regen und hob benommen den Kopf.

Wie war das möglich? Der Haken hätte ihn für eine Viertelstunde außer Gefecht setzen müssen. Und einen Moment später wußte Cedric die Antwort darauf: das Byranium.

Zumindest begann Duncan nicht wieder herumzuschreien, obwohl er seinen Blick nach wie vor nicht von dem Skelett nehmen konnte. Er krabbelte auf allen vieren herum und brabbelte unverständliches Zeugs. Solange er es dabei beließ und nicht lauter wurde, gab es keinen Grund, ihm einen weiteren Schlag zu verpassen.

Cedric verspürte ein seltsames Unbehagen, als er den jungen Cybertech so sah. Der Cybertech war jetzt seit dreieinhalb Jahren hier, und seit ungefähr zwei Wochen befand er sich im letzten Stadium. Was Cedric Cyper in dem hohlwangigen und zerstörten Gesicht las, war sein eigenes Schicksal. Ihr aller Schicksal, um genauer zu sein. Cedric hatte schon vor seiner Verurteilung Gerüchte darüber gehört, was geschah, wenn ein Organismus zu lange der konzentrierten Strahlung größerer Byranium-Mengen ausgesetzt war, aber das waren eben nur Gerüchte gewesen.

Heute konnte Cedric mit eigenen Augen sehen, welche Folgen eine solche Vergiftung hatte. Die seit Jahren zu absoluter Höchstleistung stimulierten Organe schienen nicht mehr in der Lage zu sein, ihre Funktion anders als im Übermaß auszuüben. Es hatte irgend etwas mit dem DNS-Code zu tun, der durcheinandergeriet und wie ein überdrehter Motor immer schneller lief, bis das Opfer so etwas erlebte wie eine biologische Kettenreaktion. Duncans Organismus lief Amok.

Und er tat es auf eine Art und Weise, daß es für jedermann zu sehen war.

Verdammt, dachte Cedric. Wieder so ein Gerücht, das sich hier unten als wahr erwiesen hatte.

Er schickte einen nervösen Blick zum Stolleneingang. Wie lange noch, fragte er sich nervös, bis dort der nächste Gefangene auftauchte? Oder Schmidder. Oder besser gleich einer der Kampfrobots, der mit ihnen allen kurzen Prozeß machte.

»Was jetzt?« fragte Sheryl.

Er dachte einen Moment nach.

»Am besten, wir bringen Duncan in seinen Tunnel zurück und hoffen, daß er dort bleibt«, schlug er vor.

Sheryl nickte.

Sie gingen zu Duncan, der auf den Knien vor das Skelett in dem silberglänzenden Anzug gerutscht war, die Arme in einer theatralischen Geste ausgebreitet hatte und ergriffen etwas flüsterte, das sich anhörte wie:

»Dis Patac Urchurba Wyddan.«

Cedric beugte sich vor, um den bedauernswerten Cybertech unter die Arme zu greifen und ihn in die Höhe zu ziehen, als vom Skelett her wie aus heiterem Himmel ein zischendes Geräusch erklang, das zwar recht leise war, aber dennoch so intensiv, daß es Cedric ein neuerliches Frösteln den Rücken hinunterjagte.

Sein Kopf ruckte hoch, und er sah gerade noch, wie die uralten Knochen sich auflösten und einfach zu Staub zerfielen. Gleichzeitig begann sie, in grünlichem Licht zu leuchten.

Heller und heller wurde der Schein, bis Cedric instinktiv die Hand hob, um seine Augen vor der gleißenden Helligkeit zu schützen; und das Licht war selbst dann noch da, als das Skelett selbst sich vollständig aufgelöst hatte.

Nur einen Herzschlag später sprang das grünliche Leuchten wie ein gleißender Feuerball aus dem offenen Schulterteil des fremdartigen Anzugs.

In Cedrics Gedanken hallte ein schrilles, triumphierendes Lachen wider, das gewalttätig von außen in sein Bewußtsein eindrang. Alles in ihm schrie danach, die Flucht zu ergreifen, diesen Ort so schnell wie möglich zu verlassen, die Beine in die Hände zu nehmen und um sein Leben zu rennen, solange er noch Gelegenheit dazu hatte, aber irgend etwas anderes hielt ihn fest.

Das Licht raste wie eine umherspringende Flipperkugel durch den Stollen, schoß urplötzlich auf Cedric zu und durchdrang seinen Körper, um auf der anderen Seite wieder aus ihm herauszufahren. Für Sekundenbruchteile hatte Cedric sich wie in heißes Öl getaucht gefühlt, während über sein Denken eine Woge aus Triumph und unendlicher Erleichterung hereinbrach.

Auch auf Sheryl sprang der Lichtball zu und durchdrang sie ebenfalls. Nur vor Duncan, der weiterhin mit ausgebreiteten Armen und einem verzückten Lächeln auf den Lippen niederkniete, schien er zu stoppen. Ein paarmal umkreiste der Lichtball den ausgemergelten Körper, als hätte er Angst, ihm zu nahe zu kommen, dann trennte er sich von ihm, schlug noch ein paar Haken und raste zum Stolleneingang hinaus. Im nächsten Moment war der gleißende Schein verschwunden, so schnell und übergangslos, daß man daran zweifeln konnte, ob es ihn überhaupt je gegeben hatte.

Stille kehrte ein.

Cedric blickte zu Sheryl hinüber. Die Sarday'kin wirkte fassungslos. Es schien, als spüre sie das Verlangen, sich schutzsuchend an seine Schulter zu pressen. Leider tat sie es nicht.

»Was . . . was war das?« kam es tonlos über ihre bebenden Lippen.

Er atmete tief durch und hob die Schultern. »Ich habe keine Ahnung.«

»Es ist vollbracht«, murmelte Duncan mit schweren Lippen. »Es ist . . .«

Der Rest wurde von dem dumpfen Laut erstickt, mit dem er der Länge nach vornüber kippte, auf den Stollenboden fiel und reglos liegenblieb.

Cedric starrte wie betäubt zu ihm herab. Er begriff, daß er soeben Zeuge eines unfaßbaren Vorganges gewesen war und daß er unglaubliches Glück gehabt hatte, überhaupt noch am Leben zu sein.

Gleichzeitig schien damit sein Vorrat an Glück endgültig aufgebraucht zu sein. Schmidders Stimme hallte herrisch und zugleich voller sadistischer Vorfreude durch den Stollen.

»Was ist denn hier los?«

Cedric verdrehte die Augen, zählte in Gedanken bis drei und drehte sich dann ganz langsam um.

Obgleich er den Aufseher nur als Schatten vor dem besser beleuchteten Haupttunnel sah, erkannte er ihn sofort. Die kleine, feiste Gestalt war so unverwechselbar wie der Schattenriß der Elektropeitsche, deren entrollte Schnur hinter ihm auf dem Boden schleifte und dort, wo sie sich an dem Gestein rieb, kleine bläuliche Blitze produzierte.

»Duncan ist zusammengebrochen«, sagte Cedric, während in seinem Kopf die Gedanken rasten. Er hatte das Gefühl, irgend etwas unternehmen zu müssen. »Ich glaube, es geht zu Ende.«

»Zu Ende, so?« fragte Schmidder. Cedric mußte sich erst gar nicht anstrengen, um das breite Grinsen hinter der Sichtscheibe der Atemmaske zu erkennen. »Ich denke, er ist nur zu faul zum Arbeiten.«

Schmidder kam näher, während hinter ihm das Ende der Peitschenschnur, von bläulichem Knistern umspielt, über den Boden schleifte.

»Sterben«, murmelte Duncan plötzlich, der das Bewußtsein wiedererlangt hatte und den Kopf leicht in den Nacken hob. »Wir werden sterben. Sie werden uns alle . . . umbringen!«

»Wer bringt hier jemanden um?« fragte Schmidder mit einem selbstgefälligen Unterton. Es schien ihm ein geradezu ketzerischer Gedanke zu sein, daß es hier unten außer ihm noch jemand anderen gab, der sich das Recht herausnahm, jemanden umzubringen.

Er bewegte sich einen weiteren Schritt vor, und Cedric trat vorsichtig ein wenig zur Seite, um den leeren Anzug in der Wand zu verdecken. Es war ohnehin ein Wunder, daß Schmidder ihn noch nicht entdeckt hatte.

»Er phantasiert«, sagte Cedric rasch. »Ich sage doch, es geht zu Ende. Er ist im letzten Stadium.«

»Ach, seit wann bist du der für diese Sektion zuständige Arzt?«

Der für diese Sektion zuständige Arzt – wäre ihre Lage nicht so bedrohlich gewesen, hätte Cedric laut losgelacht. Der einzige Doktor, der sich hier unten je hatte sehen lassen, war ein Doktor der Philosophie gewesen. Ein Mitgefangener, der keine zwei Wochen durchgehalten hatte.

»Um das festzustellen, muß man kein Arzt sein«, sagte Sheryl an seiner Stelle. »Dazu braucht man nur Augen im Kopf.«

Es war zu sehen, wie Schmidder unter seiner Atemmaske ärgerlich das Gesicht verzog. Die Hand, die sich um den Stiel der Peitsche gelenkt hatte, zuckte nervös.

Cedric ertappte sich unwillkürlich bei dem Vorsatz, sich Schmidder in den Weg zu stellen, falls er die Peitsche gegen die junge Sarday'kin schwingen sollte. Dann schüttelte er unmerklich den Kopf. Welcher Teufel ritt ihn, daß er auf solch selbstmörderische Gedanken kam?

»Möglich«, knurrte Schmidder. Sein Mißtrauen war nicht besänftigt, das war deutlich zu spüren. Vielleicht war er einfach nur enttäuscht, keinen Grund zum Zuschlagen zu haben. »Aber vielleicht überlaßt ihr beiden Schlaumeier diese Entscheidung lieber mir. Los, aus dem Weg!«

Er wedelte ungeduldig mit der freien Hand und beugte sich über Duncan, nachdem Sheryl so widerwillig beiseite getreten war, daß es fast beinahe an offenen Widerstand grenzte. Doch Schmidder war viel zu sehr auf Duncan fixiert, um es zu bemerken. Sein Intellekt schien nicht mit der Fähigkeit gesegnet zu sein, sich mit mehr als einer Angelegenheit gleichzeitig beschäftigen zu können.

»He, was ist los mit dir?« fragte er und stieß ihn leicht mit der Stiefelspitze an. »Spielst du mir nur was vor, oder kratzt du etwa wirklich ab?« Duncan stammelte etwas von ›Sterben‹, ›Umbringen‹ und ›Ungeheuern‹.

»Was faselst du da?« fragte Schmidder, und als Duncan weiterhin unverständliches Zeugs vor sich hin brabbelte, wurde er wütend. »He, du sollst mir antworten, Kerl!«

Er holte mit dem Fuß aus und versetzte Duncan einen Tritt in die Seite, so kräftig, daß Cedric sich einbildete, das Brechen von Rippen hören zu können.

Duncan reagierte jedoch nicht. Er schien den Tritt nicht einmal gespürt zu haben.

»Na schön«, knurrte Schmidder, trat einen halben Schritt zurück und hob die Peitsche. »Wenn du nicht gehorchen willst, muß ich eben andere Saiten aufziehen.«

»Lassen Sie ihn in Ruhe!« forderte Sheryl. »Sie sehen doch, daß er Ihnen nicht antworten *kann.*«

»Das werden wir ja sehen«, meinte Schmidder, holte aus und ließ die Peitsche auf Duncans Rücken herunterzischen.

Und dann ging alles viel zu schnell, als daß irgendeiner von ihnen eine Chance gehabt hätte, etwas zu tun oder sonst auf irgendeine Weise zu reagieren.

Auch eiserne Grundregeln des Schicksals schienen ihre Ausnahmen zu haben, und was Schmidder anging, so schien ihn das Schicksal in seiner unergründlichen Unberechenbarkeit dafür auserkoren zu haben, ihm jetzt und hier und ganz persönlich eine dieser Ausnahmen zu widmen. Duncan keuchte und bäumte sich auf, als sein Körper von einem Gespinst aus bläulichen Blitzen umwabert wurde, aber es war kein Schmerzlaut, sondern ein wütender, halb erstickter Ruf, der sich eine Sekunde später in einen gellenden, durchdringenden Schrei verwandelte, als sich seine Hand mit unvorstellbarer Schnelligkeit und noch unvorstellbarerer Kraft um Schmidders Fußgelenk schloß.

Diesmal bildete Cedric sich das Knistern brechender Knochen nicht nur ein.

Schmidder kreischte. Haltlos taumelte er gegen die Stollenwand, ließ seine Peitsche fallen und versuchte gleichzeitig verzweifelt, seinen Fuß loszureißen. Es gelang ihm nicht. Im Gegenteil, Duncans Hand hielt Schmidders Fußgelenk wie in einem Schraubstock umklammert.

Wieder krachten Knochen, und aus dem Stiefelschaft spritzte Blut. Schmidder, dessen Körper längst ebenfalls von dem bläulichen Blitzgewitter umknistert wurde, begann unkontrolliert zu zucken und ging zu Boden. Seine Schreie hörten sich kaum mehr menschlich an.

»Wir müssen Duncan aufhalten!« schrie Sheryl. »Sonst sind wir alle geliefert!«

Cedric sprang vor. Mit einem Satz war er bei Duncan, packte mit beiden Händen nach seinem Arm und versuchte, seinen Griff zu sprengen. Er stöhnte auf, als er in Kontakt mit den Blitzen kam. Gleichzeitig warf sich Sheryl von hinten auf den jungen Cybertech, um ihn mit vereinten Kräften zur Vernunft zu bringen.

Es war sinnlos. Duncan schien ihre vereinten Bemühungen nicht einmal zu bemerken. Mit einer fast beiläufigen Bewegung schüttelte er Sheryl ab und versetzte Cedric einen Hieb, der in seinem Gesicht einen grellen Schmerz explodieren ließ. Obwohl ihn Duncans Hand lediglich gestreift hatte, warf ihn der Schlag quer durch den Stollen und ließ ihn hart gegen die gegenüberliegenden Wand prallen. Einen Augenblick lang mußte er mit aller Gewalt um sein Bewußtsein kämpfen. Bunte Sterne tanzten vor seinen Augen, und Schmidders Schreie hörten sich plötzlich seltsam leise an und schienen von weit, weit entfernt zu kommen.

Als Cedric seine Benommenheit endlich abgeschüttelt hatte, war Duncan auf die Füße gekommen. Er hatte Schmidders Fuß losgelassen, den Aufseher dafür aber mit beiden Händen gepackt und in die Höhe gerissen. Langsam und mit der monotonen Gleichförmigkeit einer Maschine schmetterte er den Kopf des Aufsehers immer wieder gegen die Wand. Schmidder hatte längst zu schreien aufgehört, hing hilflos im Griff des Cybertechs und wimmerte nur noch. Sein Gesicht bestand aus Blut und den zertrümmerten Resten der Atemmaske.

Cedric sprang erneut nach vorne, ohne genau zu wissen, warum. Hatte er das, was Duncan grade mit Schmidder machte, nicht selbst lange schon mit ihm machen wollen?

Mit aller Macht warf er sich im Stile eines Gravo-Footballers gegen den Cybertech, schaffte es, ihn aus dem Gleichgewicht zu bringen, und zerrte ihn mit einer zweiten, noch verzweifelteren Kraftanstrengung zu Boden.

Er sah Duncans Schlag nicht einmal kommen. Und diesmal verlor er das Bewußtsein tatsächlich, allerdings nur für ein paar Sekunden.

Als er wieder zu sich kam, hatte Duncan von Schmidder abgelassen und war wieder auf die Knie herabgesunken. Mit leerem Blick stierte er vor sich hin, als wäre nicht das geringste vorgefallen.

Cedric Cyper erhob sich stöhnend und mit einem röchelndem Husten, kroch auf Händen und Knien zu Schmidder und preßte die Lippen zusammen, als er dessen Gesicht sah. Das wenige, was davon noch übrig war, sah aus, als wäre es unter eine Müllpresse geraten. Man mußte keine ärztliche Ausbildung haben, um zu wissen, daß er tot war.

Cedric murmelte die yoyodynische Bezeichnung für menschlichen Abort, die während seines Dienstes unter den sarday'kinschen Soldbrüdern so etwas wie ein Modefluch gewesen war.

Jetzt gab es kein Zurück mehr. Trotzdem tat es ihm nicht leid um Schmidder.

Cedric sah auf und blickte in Sheryls Gesicht.

»Das war's«, meinte sie tonlos. Mutlosigkeit und Verzweiflung lagen in ihrem Blick.

Grade das machte Cedric zornig. Er war kein *Terminator* geworden, um bei der erstbesten Schwierigkeit gleich aufzugeben.

Erstbeste Schwierigkeit, wiederholte ein anderer, vorwitziger Gedanke in seinem Kopf ironisch. Das war die Untertreibung des Jahrtausends! Sheryl und er steckten in dem wohl größtmöglichen Schlamassel, der sich denken ließ. Man würde kurzen Prozeß mit ihnen machen. Nein, korrigierte er sich sofort darauf, keinen kurzen, sondern einen sehr, sehr langen und vor allem schmerzhaften Prozeß.

Das brachte ihn auf eine Idee.

»Noch haben wir eine Chance!« rief er.

»Eine Chance?« wiederholte Sheryl fassungslos und sah Cedric an, als fürchte sie um dessen Verstand. Sie lachte humorlos. »Du hast recht, wir könnten uns mit Schmidders Flamer selbst erschießen, um Croft die Arbeit abzunehmen und ihm seinen Spaß zu verleiden.«

»Red keinen Unsinn!« erwiderte er barsch. Er beugte sich zu dem toten Aufseher herab. »Los, hilf mir lieber!«

»Helfen? Wobei?«

»Wir bringen Schmidder in Duncans Stollen.« Er machte eine Kopfbewegung in Richtung des jungen Cybertech, der noch immer auf dem Boden hockte. »Und ihn dazu.«

Das Aufblitzen in ihren Augen zeigte ihm, daß sie verstanden hatte. Dennoch zögerte sie.

»Was ist?« drängte er ungeduldig. »Wir müssen uns beeilen. Dann denken sie vielleicht, daß er allein für Schmidders Tod verantwortlich ist.« Und, fügte er in Gedanken hinzu, währenddessen hatte er vielleicht Zeit, den aus der Wand ragenden, leeren Raumanzug und den Byranium-Brocken verschwinden zu lassen.

»Und bringen dann nur ihn allein um, wie?« fragte Sheryl.

»Wenn du so scharf darauf bist, ihm dabei Gesellschaft zu leisten, kannst du ja bei ihm bleiben, nachdem wir ihn in seinen Stollen gebracht haben.«

»Ich wußte nicht, daß du ein solcher Feigling bist!«

Cedric ignorierte den bewußt verletzenden Ton in ihrer Stimme.

»Ich bin nur vernünftig«, antwortete er hart. »Duncan ist schon so gut wie tot, wann begreifst du das endlich? Und es hilft ihm nicht, wenn wir ihm dabei Gesellschaft leisten!« In ihrer Miene zeigte sich ein Hauch von Einsicht. »Los, kümmere dich um Duncan, und nimm die Elektropeitsche mit! Ich werde Schmidder rausschleppen.«

Natürlich konnte es nicht klappen. Cedric hatte Schmidders Leichnam noch nicht einmal richtig hochgehoben, als hinter ihnen schon wieder Schritte laut wurden, und gleich darauf die aufgeregten Stimmen von mindestens drei oder vier Männern. Schmidders entsetzte Schreie waren nicht ungehört geblieben.

»Was ist hier passiert?« es war Nabtaal. Wer sonst konnte derart dumme Fragen stellen?

»Nichts«, antwortete Cedric. Er hob Schmidders Leichnam hoch, als hätte sein Vorhaben jetzt noch den geringsten Sinn. Doch irgend etwas veranlaßte ihn, die neuen Gegebenheiten zu ignorieren. »Geh mir aus dem Weg!«

Er versuchte, Nabtaal beiseite zu schieben, der von sich aus zurückwich, ehe Cedric ihn berührte. Aber natürlich war es längst zu spät. Wahrscheinlich hatte Nabtaal die Situation mit einem einzigen Blick erfaßt.

»Oh, verdammt«, entfuhr es ihm. Nach einem raschen Blick, der über Duncan und Schmidders Leichnam wieder zu Cedric zurückirrte, fragte er nur: »Duncan?«

Cedric nickte knapp. Er hielt nicht im Schritt inne, sondern ging weiter. Genauer gesagt, er *versuchte* es, kam aber kaum noch von der Stelle, denn hinter Nabtaal drängte mindestens ein halbes Dutzend Gefangener heran.

»Verdammt, laßt mich durch!« verlangte er verzweifelt. »Wenn die Roboter bemerken, was hier passiert ist, bringen sie uns alle um!«

Das war vermutlich nicht einmal übertrieben, und so zeigten seine Worte Wirkung. Die Gefangenen wichen zur Seite, um ihm mit seiner Last Platz zu machen.

Erst, nachdem er fast bis zum Hauptkorridor gelangt war, erkannte er, daß er sich in diesem Punkt gründlich getäuscht hatte. Die anderen Gefangenen wichen zwar nach rechts und links zur Seite, aber sie taten es nicht, um *ihm* Platz zu machen.

Am Ende der lebenden Gasse, die sich vor ihm bildete, erschien eine weitere Gestalt. Und hätte Cedric sie nicht zu gut gekannt, hätte er wohl den Irrtum begangen, sie für menschlich zu halten.

Ihre Silhouette war gut zwei Meter groß, hatte einen gedrungenen Rumpf, zwei Arme, ebenso viele Beine und etwas, das man mit viel gutem Willen als Kopf bezeichnen konnte. Der Koloß wog eine halbe Tonne, bestand aus Stahl, Glas und Kunststoff und hatte nur an einem seiner Arme eine Hand. Am Ende des anderen Armes befand sich ein Laser, dessen aktivierter Projektionskristall direkt auf Cedrics Gesicht deutete. Es sah wie ein kleines rötliches Auge aus, das ihm herausfordernd zublinzelte.

Cedric erstarrte.

Der Roboter bewegte sich mit steifen, plump aussehenden Schritten auf ihn zu. Seine starren Optik-Linsen fixierten Cedric kalt.

»Niemand rührt sich von der Stelle«, schnarrte der Roboter. »Jeder bleibt, wo er ist. Wer sich widersetzt, wird eliminiert.«

Jedermann erstarrte zur Reglosigkeit. Sie alle waren praktisch schon tot, seit ihrem Eintreffen hier auf Hadrians Mond, aber trotzdem hingen sie verzweifelt am Leben. Es war auch keine besonders angenehme Todesart, von einem Laser eliminiert zu werden.

»Was ist hier geschehen?« wollte die Maschine wissen. »Gefangener Cyber! Was hast du getan?«

»Nichts«, antwortete Cedric. Seine Gedanken überschlugen sich. Der Roboter starrte ihn an, und mit ihm blickten ihn wahrscheinlich ein Dutzend Männer an, die das Bild, das die Optik-Linsen der Maschine aufnahmen, jetzt auf ihren Kontrollmonitoren in der Zentrale der Basis verfolgten. »Es war ein Unfall. Ich habe versucht, ihm zu helfen, aber ich fürchte, es ist zu spät.«

Er wußte selbst, wie unglaubwürdig diese Antwort klang. Niemand würde sie ihm abnehmen. Nicht einmal wenn er die Wahrheit sagte und Sheryl sie bestätigen würde. Vielen Dank, Duncan, dachte er. Genau das hatte ich gebraucht!

»Komm her!« befahl der Roboter. »Langsam!«

Cedric machte zaghaft einen Schritt vorwärts. Die Last des Leichnam schien tonnenschwer auf seiner Schulter zu liegen. Dieser verdammte Schmidder. Wahrscheinlich beobachtete er die Szene gerade aus dem Jenseits und lachte sich dabei ins Fäustchen.

Cedric zuckte zusammen, als hinter ihm ein gellender, hysterischer Schrei erklang. Der plumpe Leib des Roboters ruckte herum. Seine kalten Linsen suchten ein neues Ziel, und für die Dauer einer halben Sekunde war der Laser nicht mehr unmittelbar auf Cedrics Brust gerichtet.

Das Fauchen eines Flammenstrahls erfüllte den Stollen. Eine feurige Bahn erfaßte den Robot. Ungläubig gewahrte Cedric, daß Nabtaal sich Schmidders Waffe bemächtigt hatte und mit verzerrter Miene auf den Robot feuerte, als könne er damit auch nur das Geringste ausrichten. Es war eine reine Verzweiflungstat.

Die Flammenbahn prallte an der metallenen Haut der Maschine an, und das einzige, was Nabtaal mit seinem selbstmörderischen Angriff bewirkte, war wahrscheinlich, daß er die Optik-Linsen ein wenig blendete. Der Laserarm schwenkte ruckartig in Richtung des Freischärlers.

Etwas traf auf die glänzende Oberfläche des Robots, und von einer Sekunde auf die andere war er in ein knisterndes Gespinst von bläulichen Blitzen gefüllt. Es war Sheryl, die sich die Elektropeitsche des Aufsehers geschnappt hatte.

Der Laserarm ruckte in die Richtung der Sarday'kin, aber die Bewegung sah seltsam ruckhaft und unkoordiniert aus.

Cedric, der im ersten Augenblick überrascht gewesen war, ließ sich nicht länger bitten. Mit einer kraftvollen Bewegung schleuderte er Schmidders Leichnam gegen den Robot, während ein anderer einen großen Stein warf, hart und so gezielt, daß er eine der glitzernden Opto-Linsen traf.

Der Laser des Robots entlud sich mit einem hellen, elektrischen Knistern, doch der Strahl fuhr lediglich in Schmidders Körper, der seltsam verdreht über dem Waffenarm der Maschine hing. Sofort breitete sich der unangenehme Geruch von verkohlendem Fleisch aus.

Der Robot taumelte; wahrscheinlich weil einer der Männer oben an den Kontrollen eine erschrockene Bewegung gemacht hatte, die sich auf die Maschine übertrug.

Da wurde der Robot vom nächsten Schlag der Elektropeitsche getroffen, und Sheryl schwang sie so zielsicher und geschickt, als hätte sie jahrelang nichts anderes getan. Das Peitschenende zuckte wie eine angreifende Schlange nach dem Stahlgesicht des Roboters, zischte herunter und ließ weitere bläuliche Blitze über die Metallhaut tanzen.

Das Unglaubliche geschah.

Die zweite, noch verbliebene Optik-Linse explodierte in einem grellen Blitz, und plötzlich quoll schwarzer Rauch aus den Fugen der glänzenden Außenhaut. Ein kreischender, immer schriller werdender Ton drang aus dem mechanischen Leib. Der Robot versuchte mühsam, noch einmal den Laser in die Höhe zu bekommen – und krachte scheppernd zu Boden, bevor er es schaffte.

Wie ein auf dem Rücken liegendes Insekt zappelte er hilflos mit Armen und Beinen herum, um einen Lidschlag später von einem Wust aus Körpern, Armen und Fäusten begraben zu werden, die allesamt Steine und Spitzhacken schwangen und auf ihn niederprasseln ließen. Der angestaute Haß der Strafgefangenen entlud sich wie ein Hurrikan.

»Nein!« rief Cedric verzweifelt. »Hört auf damit! Mein Gott, hört auf!«

Natürlich hörte niemand auf ihn.

Synfile 2

Patrouillen-Alltag

Ein Patrouillenflug war nicht gerade ein Unternehmen, um das sich die Kommandeure der Sarday'kinschen Flottenverbände rissen; weiß Gott nicht. Die Routen solcher Flüge lagen weit abseits der Sektoren, in denen die Lorbeeren des Ruhmes und der Ehre zu ernten waren. Wenn die Patrouille zudem noch durch den Delta-Sektor führte, dann wurde sie zur ziemlich langweiligsten Angelegenheit im gesamten Universum.

Andererseits war Maylor sich darüber im klaren, daß er froh sein konnte, nach den Vorfällen vor zwei Jahren, die ihm beinahe Kopf und Kragen gekostet hätten, überhaupt noch ein Raumschiff zu führen. Damals, gegen Ende des Prozesses, hatte er allen Ernstes befürchtet, daß sein zukünftiges Betätigungsfeld darin bestehen würde, auf irgendeiner abgelegenen Raumschiffwerft die manuelle Wartung der Toiletten zu übernehmen. Statt dessen hatte man ihn *nur* zum Stellvertretenden Kommandanten degradiert, und fortan hatte er solch interessanten Missionen beiwohnen dürfen wie der Reparatur von Beobachtungssatelliten, Ersatzteillieferungen zu Außenposten oder eben Patrouillenflügen.

Vor einem halben Jahr war er schließlich wieder in den Rang eines Kommandeurs aufgestiegen. Er wußte nicht, ob er das seinen vormaligen Verdiensten und Auszeichnungen zu verdanken hatte oder ob er einflußreiche Fürsprecher auf höheren Ebenen besaß, die sich wohlwollend an ihn erinnerten. Denn früher hatte er so manch erfolgreichen Schlag gegen Planetenfestungen der Yoyos oder Technos geführt. Niemand anderes als er war es gewesen, der beim Sturm auf die Gen-Fabrik der Phagon auf ›Predator II‹ für seinen gefallenen Kommandeur eingesprungen war und die feindliche Kommandostation in einem wahren Husarenstück erobert hatte.

Was waren das doch für glorreiche Zeiten gewesen!

Heute hingegen zweifelte Maylor daran, ob ihm eine Verurteilung zur manuellen Toilettenwartung nicht doch die weitaus spannendere Tätigkeit beschert hätte. Denn auch nach seinem Wiederaufstieg zum Kommandanten hatte sich an der Stupidität seiner Aufgaben nur eines geändert: Er durfte sie jetzt selbst befehligen.

Maylor hatte sich gemütlich in seinem Kommandosessel der FIMBULWINTER zurückgelehnt, die Augen geschlossen und ließ seine Gedanken für ein paar Momente umherschweifen. Dabei war Maylor alles andere als ein Träumer. Bei seinen Männern war er früher als jemand bekannt gewesen, dessen Vorname *Phantasielosigkeit* war und der Unaufmerksamkeiten im Dienst auf eine Stufe mit der Erbsünde stellte; vielleicht auch ein wenig höher.

Aber erstens war dies kein Kampfeinsatz, und zweitens bestand selbst ein Mann wie Maylor letztendlich nur aus Fleisch und Blut. Er betrachtete diesen Flug schlichtweg als Zeit- und vor allem Energieverschwendung. Einen schweren Kreuzer durch den halben Spiralarm zu schicken, um völlig sichere Routen zu kontrollieren, einen Computer mit neuen Programmen zu füttern und eine robotgesteuerte Station durchzuchecken, die viel besser auf sich selbst achtzugeben in der Lage war, grenzte seiner Meinung nach schon an Schwachsinn. Natürlich hatte er nichts gesagt, als er den Marschbefehl erhalten hatte. Er hatte nicht einmal eine Miene verzogen, sondern versucht, wie es nun einmal seine Art war, aus der Situation das Beste zu machen.

Das Beste – welch ein Hohn! Es war wenig genug, was sich aus solchen Missionen machen ließ. Solche Flüge waren mit einer einschläfernden Aura behaftet, die aus der Sicherheit resultierte, daß nichts, absolut nichts passieren würde. Selbst Maylor konnte sich dem nicht entziehen, obwohl er bei der Einsatzbesprechung vor einer Woche noch deutlich erklärt hatte, daß er keinerlei Disziplinlosigkeiten zu dulden geneigt war. Dabei hatte er schon zu diesem Zeitpunkt nur zu gut gewußt, daß die gesamte Mannschaft diesen Flug als eine Art Sonderurlaub betrachtete. Viele hatten zuvor auf anderen Schiffen Kampfeinsätze mitgemacht und genossen nun diese Wochen der Ruhe.

Der Kurs führte die FIMBULWINTER in überwiegend planetenlose Sonnen-, Doppelsonnen- oder Dreiersysteme. Wo es Planeten gab, waren es meist nichts anderes als unwirtliche Methan-, Eis oder Feuerhöllen, für jegliche Besiedlung ungeeignet. Oder es waren Himmelskörper, die durch Killersatelliten gesichert waren und zu deren Erstürmung eine ganze Flotte von Raumschiffen vonnöten gewesen wäre; und ein derartiges Risiko einzugehen wäre mit Sicherheit keine der anderen Fraktionen bereit gewesen.

Um genau solch eine Welt handelte es sich auch bei dem System der roten Riesensonne ›Eleven 12‹, in das die FIMBULWINTER vor mehr als acht Stunden eingetaucht war. Der einzige Planet war nicht viel mehr als ein atmosphäreloser, riesiger Steinklumpen, der von einem Trabanten namens Hadrians Mond umkreist wurde. Allein die Tatsache, daß sich in dessen Orbit ein Killersatellit befand, zeugte von der eminent wichtigen Bedeutung, die er für die Sarday'kin haben mußte. Welche, darüber war in den Dateien des Bordcomputers nichts vermerkt, nicht einmal die Masse- und Oberflächendaten, die von der Fernortung jedes ankommenden Raumschiffes ohnehin binnen weniger Sekunden festgestellt wurden.

Kurz nach dem Eintauchen hatten sie Funkkontakt mit der automatischen Station aufgenommen, den Erkennungscode gesendet – um nicht selbst als unautorisiertes Raumschiff eingestuft zu werden – und einen kurzen Datenaustausch vorgenommen. Natürlich hatte es weder das geringste Anzeichen einer internen noch einer externen Störung gegeben. Dennoch würde die FIMBULWINTER die vorgeschriebenen zwei Doppelschleifen durch das System fliegen und die Oberfläche des Eisriesen mit Ortungsstrahlen Zentimeter für Zentimeter abtasten, ehe sie per Hyperraumsprung ins nächste System übersetzen würden, wo dann die gleiche Prozedur noch einmal von vorne begann. Vorschrift war nun einmal Vorschrift – vielleicht das zentrale Glaubensbekenntnis aller Sarday'kin.

Maylor hätte sein Jahresgehalt dafür verwettet, daß er diese Patrouille noch hundert Jahre hätte fliegen können, ohne daß es je zum kleinsten Vorfall gekommen wäre.

Eine Wette, die er verloren hätte – und zwar schon in der nächsten Sekunde. Von irgendeinem Instrumentenpult erklang plötzlich ein nervendes Fiepen.

»Hypersprung-Ortung!« erklang sofort darauf der aufgeregte Ruf des Ortungsoffiziers durch die Kommandozentrale. »Wir bekommen Besuch!«

Ganz anders als sonst brauchte Maylor ungefähr eine Sekunde, um die Worte richtig zu begreifen. Er öffnete die Augen und schickte dem Ortungsoffizier hinter dem wuchtigen Pult der Tiefenraum-Überwachung einen erstaunten Blick zu; ohne dabei mehr als den Kopf zu drehen.

»Wie bitte?« fragte er.

»Wir bekommen Besuch, sagte ich«, wiederholte der Offizier, der sich kerzengerade in seinem Sitz aufgerichtet hatte.

»Wie bitte?« wiederholte Maylor mit eisiger Stimme.

Der Ortungsoffizier zuckte zusammen.

»Ich ... meine, Sir, daß ... ich Ortungskontakt mit einem unbekannten Raumobjekt habe«, korrigierte er sich eilig. Sein Gesicht war völlig ausdruckslos, er zuckte nicht einmal mit einer Wimper. Vermutlich ahnte er, daß selbst ein mißbilligendes oder auch nur überraschtes Stirnrunzeln ihm gute Aussichten eingebracht hätte, den Rest des Patrouillenfluges für den Kombüsendienst zuständig zu sein. »Den Daten nach ein großer Flugkörper. Entfernung ...« Er warf einen flüchtigen Blick auf eines seiner Anzeigeninstrumente. »Vierhundertachtzigtausend Meilen. Plus/Minus fünftausend.«

Maylor ließ eine weitere Sekunde verstreichen, ohne in irgendeiner Form zu reagieren. Diesmal jedoch spielte er blitzschnell sämtliche möglichen Bedeutungen dieser Nachricht in Gedanken durch.

»Gelber Alarm!« befahl er knapp. Er stand auf, trat einen Schritt vom Podest mit seinem Kommandosessel herunter und ging auf den großen, konkav gewölbten Hauptschirm zu, der die komplette Stirnwand der Zentrale einnahm. »Versuchen Sie, das Schiff zu identifizieren«, sagte er. »Und auf den Schirm damit.«

Das letzte Wort ging fast im mißtönenden Schrillen der Alarmsirenen unter, die plötzlich in jedem Winkel der FIMBULWINTER zu hören waren. Das Licht flackerte ein paarmal von Weiß zu Gelb hinüber und wieder zurück, und Maylor spürte, wie der Boden unter seinen Füßen zu zittern begann, als die gewaltigen Fusionsreaktoren im Rumpf der FIMBULWINTER schlagartig hochgefahren wurden. Überall an Bord des Hundertzwanzig-Meter-Kreuzers stürmten die Männer jetzt auf ihre Posten oder sprangen aus den Kojen, um hastig in die Kampfanzüge zu schlüpfen. Das Bild auf dem riesigen Hauptmonitor überzog sich mit einem dünnen Grauschleier, als die Schutzschirme sich auseinanderfalteten und das Schiff in einen dreifach gestaffelten Kokon aus nahezu undurchdringlichen Energiefeldern hüllten. Aber die spürbaren Veränderungen waren nur der kleinste Teil der technologischen Metamorphose, die mit der FIMBULWINTER vonstatten ging. Aus dem dreieckigen Rumpf des Kreuzers schoben sich ein halbes Dutzend buckeliger Kuppeln hervor, als das Schiff seine Waffensysteme aktivierte. Fünf Sekunden, nachdem Maylor den entsprechenden Befehl gegeben hatte, hatte sich der im Halbschlaf dahindämmernde Metallgigant in eine Vernichtungsmaschine von unvorstellbarer Zerstörungskraft verwandelt.

Und wer immer dort draußen aus dem Hyperraum gekommen war, würde einen verdammt guten Grund dafür angeben müssen, dachte Maylor, wollte er nicht eine Kostprobe dieser Zerstörungskraft bekommen.

Sein Blick huschte über den großen Schirm und fixierte nach einigen Sekunden einen winzigen, grünen Punkt, der ein wenig rechts von seiner Mitte flackerte. Natürlich war es nicht wirklich ein Bild des Raumschiffes. Eine halbe Million Meilen waren selbst für die leistungsfähigsten Kameras zuviel. Was Maylor sah, war vielmehr eine elektronische Simulation der Daten, die die Tiefenraum-Überwachung auffing.

»Was macht die Identifizierung?« In Maylors Stimme klang Ungeduld mit. auch ohne sich herumzudrehen, spürte er, wie der Offizier hinter dem Ortungspult zusammenfuhr.

»Ich versuche es«, sagte er nervös. »Aber das Bild ist noch zu undeutlich. Die Datenauswertung . . . Halt! Jetzt ist sie fertig!«

Auf dem Bildschirm erschien eine grüne Daten- und Zahlenkolonne, unmittelbar unter dem flackernden Radarpunkt.

»Ein Handelsschiff der Container-Klasse.« Die Stimme des Ortungsoffiziers war die Verwunderung deutlich anzuhören, als er die Identifizierung laut vorlas. »Registriernummer . . .« Er sparte sich die Zahlenkolonne, die ohnehin jedermann deutlich auf dem Schirm lesen konnte, und fuhr statt dessen fort: »Die PFENNIGFUCHSER! Was um alles in der Welt suchen die denn hier?«

Maylor wandte kurz den Kopf, sah seinen zweiten Offizier an und registrierte mit einem Hauch von Befriedigung, daß dieser in seinem Sessel ein Stück zusammenschrumpfte. Irgendwann, dachte Maylor, irgendwann würde es dieser Mensch noch lernen, eine vorschriftsmäßige Meldung über die Lippen zu bekommen!

Er sollte sich irren.

»Fliegen wir ein wenig näher, und fragen wir sie einfach.« Es klang wie ein Vorschlag, aber jeder in der Kommandozentrale nahm es als das, was es in Wirklichkeit auch war: ein Befehl.

Das flimmernde Lichtband der Galaxis begann sich im Uhrzeigersinn auf dem Schirm zu drehen, als die FIMBULWINTER ein Wendemanöver einleitete und Kurs auf das Containerschiff nahm. Maylor ging zum Kommandosessel zurück und nahm darauf Platz. Wahrscheinlich war es unnötig, denn die Schockabsorber des Schiffes bewahrten dessen Besatzung zuverlässig vor jeder Erschütterung, obwohl die FIMBULWINTER mit Werten beschleunigte, die jedes lebende Wesen normalerweise auf der Stelle getötet hätten.

Das Schott zur Kommandozentrale glitt mit einem elektronischen Summen auf, und Yokandra stürmte herein. Die nicht gerade schlanke Navigatorin trug einen völlig unvorschriftsmäßigen, weiten Burnus und offene Sandalen. Unter ihren

Augen lagen dunkle Ringe; offensichtlich hatte der Alarm sie aus dem Schlaf gerissen.

Maylor blickte wie beiläufig auf die Zeitanzeige und stellte fest, daß sie beinahe zwei Minuten gebraucht hatte, um sich von ihrem Quartier hierher zu bequemen; und das war doppelt so lange, wie es laut Vorschrift dauern durfte. Ein Verhalten, das schon an Befehlsverweigerung grenzte. Früher, während bestimmter Unternehmungen, hätte er Besatzungsmitglieder für weitaus geringfügigere Übertretungen der Vorschriften glattweg erschießen lassen, aber dennoch schwieg er. Sie würden später darüber reden. Unter vier Augen.

»Was ist los?« fragte Yokandra verschlafen.

»Ein Containerschiff«, erklärte Maylor scharf und deutete mit einer Kopfbewegung auf den Schirm. »Es ist vor fünf Minuten aus dem Hyperraum gekommen.«

Weder die Information noch sein Tonfall schien sie sonderlich zu beunruhigen.

»Ein Containerschiff?« Sie runzelte die Stirn, was ihr ohnehin wenig attraktives Gesicht noch unvorteilhafter erscheinen ließ. »Was tun sie denn hier?«

Maylor schluckte auch seinen Ärger über diese völlig überflüssige Frage herunter. Mit Navigatorinnen zu streiten war völlig sinnlos. Und Yokandra war in jeder Beziehung ein wahres Prachtexemplar ihrer Gattung. Maylor hatte keinen ausdrücklichen Beweis dafür, aber er war ziemlich sicher, daß sie ihn mit Absicht immer wieder bis aufs Blut reizte. Sie wußte natürlich, daß er von ihr abhängig war, denn ohne Navigatorinnen war es unmöglich, die Raumschiffe jedwelcher Fraktion auch immer zielgenau durch den Hyperraum zum vorgesehenen Ziel zu bringen.

Er spürte, wie sich einige der anderen Besatzungsmitglieder verstohlen die Köpfe hoben und in seine Richtung blickten. Wohlweislich verzichtete er darauf, den Leuten das Schauspiel zu gönnen, wie ihr Kommandant gedemütigt wurde. Er wandte sich an den Funkoffizier.

»Was macht die Funkanfrage?« Wiederum lag Ungeduld in seiner Stimme.

»Ich habe dreimal versucht, das Containerschiff auf der Standardfrequenz zu erreichen«, antwortete er schnell. »Bisher keine Reaktion. Sie scheinen uns nicht zu hören.«

»Dann versuchen Sie es eben noch einmal«, befahl Maylor. »Diesmal auf allen Frequenzen und mit A-Priorität. Machen Sie ihnen klar, daß wir das Feuer eröffnen werden, wenn sie sich nicht identifizieren und einen verdammt guten Grund dafür angeben, hier zu sein.« Vor seinem Abflug hatte er die entsprechenden Daten der Containertransporte ausführlich studiert. Das nächste Schiff in diesem System war frühestens in vier Monaten fällig – und wenn es eine Änderung gegeben hätte, hätte man ihn mit Sicherheit darüber informiert.

»Ist das nicht ein wenig übertrieben?« fragte Yokandra. »Ich meine, es ist nur ein Frachtschiff. Wer weiß, wie die hierher kommen. Sie können doch aus allen möglichen Gründen hier gestrandet sein.«

»Haben Sie vergessen, *wo* wir uns hier befinden?« antwortete Maylor kalt. »Und *warum* wir hier sind?«

In Yokandras Augen blitzte es ärgerlich auf, aber gleichzeitig erschien auch wieder dieses überhebliche Lächeln auf ihren Lippen, um dessentwillen allein Maylor sie am liebsten aus der Luftschleuse geworfen hätte. Er schluckte die bissige Bemerkung, die ihm auf den Lippen lag, herunter und wandte seine Konzentration wieder dem Schirm zu.

Der grüne Lichtpunkt war mittlerweile, nachdem die Computer das Schiff identifiziert hatten und sein Aussehen simulieren konnten, zum Abbild der in Wirklichkeit kilometergroßen Spinnwebkonstruktion eines Container-Trägers geworden. Maylor sah es ein paar Sekunden lang nachdenklich an, beging aber keineswegs den Fehler, sich davon täuschen zu lassen. Diese Computer-Simulationen waren ein zweischneidiges Schwert, denn solange man nicht wirklich bis auf Sichtweite heran war, sah man nur ein Abbild des Schiffes, so wie es sein *sollte*, nicht aber, wie es wirklich *war*!

Ein Blick auf die Datenleiste an der linken Seite des Schirmes zeigte, daß die Entfernung zur PFENNIGFUCHSER jetzt nur noch gute zweihundertfünfzigtausend Meilen betrug.

Maylor hoffte inständig, daß die Besatzung des Container-Trägers sich melden würde. Es war ihre einzige Chance, die nächsten sechs Minuten zu überleben. Schließlich hatte er seine Befehle. Er würde keine Sekunde zögern, sie auszuführen. Er war beileibe kein Mörder, aber ein Soldat, zu dessen Handwerk das Töten gehörte. Doch das bedeutete noch lange nicht, daß es ihm Freude bereitete. Im Gegenteil, die Vorstellung, vielleicht das Feuer auf einen Haufen Zivilisten zu eröffnen, die einfach nur zu dämlich gewesen waren, das richtige Sonnensystem zu finden, bereitete ihm fast körperliche Übelkeit. Mit einer fragenden Geste wandte er sich an den Funkoffizier. Der Mann schüttelte den Kopf.

»Noch immer keine Antwort«, gab er Auskunft.

Das Bild auf dem Monitor änderte sich. Der Computer hatte neue Daten von der Raumüberwachung erhalten und änderte die Darstellung. In dem detaillierten Bild eines gewaltigen Stahlgespinstes, das mehr als neunundneunzig Prozent der Masse des Transporters ausmachte, waren Dutzende von angedockten, zwölfseitigen Containern zu sehen. Das Schiff war mehr als zur Hälfte beladen.

»Womit sind die Container beladen?« fragte Maylor.

Der Mann hinter dem Ortungspult hatte längst die entsprechenden Messungen vorgenommen. Er schüttelte den Kopf.

»Soweit die Geräte feststellen«, sagte er, »sind sie leer.«

»Irgendwelche Bewaffnung?«

Ein neuerliches Kopfschütteln. Es war nicht anders zu erwarten gewesen. Containerschiffe waren normalerweise nicht bewaffnet. Aber dieses Schiff war nicht normal.

»Jedenfalls keine, die sich anmessen ließen«, sagte der Ortungsoffizier. »Falls sie Waffen an Bord haben, sind sie auf jeden Fall nicht aktiviert.«

Aus Yokandras Richtung war ein leises, spöttisches Lachen zu hören.

»Nun, Kommandant?« fragte sie. »Was gedenken Sie jetzt zu tun – angesichts eines so schrecklichen Gegners? Schießen Sie einen Hundert-Megatonnen-Torpedo auf sie ab, oder glauben Sie, daß schon eine Breitseite mit den Laserkanonen reicht?«

Maylor drehte betont langsam den Kopf und sah die Navigatorin eine Sekunde lang durchdringend an.

»Ich werde meinen Befehlen folgen«, antwortete er ruhig. »Und die besagen, daß ich diesem Schiff eine Salve vor den Bug setzen werde. Wenn sie darauf nicht reagieren, werde ich es zerstören.«

»Das macht Ihnen womöglich sogar Freude, wie?« fragte Yokandra verächtlich.

»Nein«, erwiderte Maylor, immer noch ruhig. »Im Gegenteil. Und Ihnen?«

Die Navigatorin blinzelte verwirrt.

»Wie meinen Sie das?« fragte sie mißtrauisch.

»Wie ich es sage«, antwortete Maylor. »Wenn Ihnen das Töten wirklich so zuwider ist, dann frage ich mich, warum Sie sich eigentlich für den Dienst auf einem Kriegsschiff entschieden haben.«

Yokandras Augen verengten sich. Maylor sah, wie sich ihre Gestalt unter dem Burnus straffte, als wollte sie sich jeden Moment auf ihn stürzen. Aber er gab ihr keine Gelegenheit, die Diskussion fortzuführen, sondern konzentrierte sich wieder auf den Schirm. Die Distanz zur PFENNIGFUCHSER betrug jetzt noch knapp hunderttausend Meilen. Ohne daß es eines besonderen Befehles bedurft hätte, begann die FIMBULWINTER abzubremsen, um sich der Geschwindigkeit des Containerschiffes anzugleichen und auf Parallelkurs zu gehen.

»Zielerfassung abgeschlossen«, meldete der Waffenoffizier. »Siebzehn Treffpunkte für Gesamtzerstörung sind festgelegt und anvisiert. Laserbahn für den Warnschuß ist auf vierhundert Meter vor das Cockpit des Frachters justiert.«

Maylor fing einen fragenden Blick seines Ersten Offiziers auf.

»Rot-Alarm?«

Maylor verneinte. Schutzschirme und Waffen auf Kampfstärke hochzufahren wäre angesichts *dieses* Gegners nur Energieverschwendung gewesen. Containerschiffe waren zwar riesig; wahre Giganten, deren stählerne Haltekonstruktionen manchmal Ausdehnungen erreichten, die an die eines kleinen Mondes grenzten, aber sie bestanden im Grunde nur aus Ladebuchten. Das eigentliche Schiff mit dem Antrieb, der Zentrale und den Quartieren der Besatzung war keine dreißig Meter lang. Die FIMBULWINTER hätte es nötigenfalls einfach rammen und mit ihren Schutzschirmen zermalmen können.

Wieder wandte Maylor sich an den Funkoffizier.

»Immer noch keine Antwort?« fragte er.

»Nein.« Der Mann schüttelte den Kopf, ohne den Blick von seinen Instrumenten zu nehmen. »Ich versuche es weiter. Auf allen Frequenzen.«

»Vielleicht sind ihre Funkgeräte ausgefallen«, vermutete Yokandra.

Maylor überlegte einen Moment, ob er diese Worte als Friedensangebot werten konnte, und entschied sich dann dafür. Nach einer ausgestreckten Hand zu greifen, war in seinen Augen trotz ansonsten strengster Dienstauffassung kein Zeichen von Schwäche.

»Möglich«, sagte er vage. »Hoffen wir, daß wenigstens ihre Kameras funktionieren und sie unseren Warnschuß sehen. Ansonsten brauchen sie keine Funkgeräte mehr.«

Yokandra machte eine unwillige Handbewegung, die angesichts ihrer Körperfülle schwammig wirkte.

»Ich verstehe Sie nicht, Kommandant«, sagte sie und bewies Maylor damit, daß seine Meinung über sie nur zu berechtigt war. »Dieses Schiff dort ist winzig. Selbst wenn es bis oben hin mit Phagon-Battleclones vollgepumpt wäre, würde es keine Gefahr für uns darstellen. Warum lassen Sie es nicht einfach entern? Vielleicht sind dort drüben sogar Menschen, die Hilfe brauchen.«

»Ihre Fürsorglichkeit in allen Ehren, aber ich darf Sie daran erinnern, daß unsere Befehle anders lauten«, antwortete Maylor, und er tat es in einem Ton, der selbst Yokandra klarmachte, daß er nicht bereit war, weiter über dieses Thema zu diskutieren.

Die Zeit schien langsamer zu verstreichen, je näher sie dem riesigen Container-Träger kamen. Das Bild auf dem Schirm wurde immer detaillierter. Die Computer-Simulation war der Wahrheit nahe gekommen, was die Größe und die Anzahl der Frachtcontainer in den Ladebuchten anging, aber nicht, was den Zustand des Schiffes betraf. Die PFENNIGFUCHSER war ein besseres Wrack. Eine Anzahl Ladebuchten waren zerstört, manche vielleicht von Meteoren oder Raumschrott getroffen, die meisten aber offensichtlich ganz einfach unter der Last der Jahre auseinandergebrochen. Auch das Schiff selbst zeigte Spuren großflächiger und mit mehr gutem Willen als Fachkenntnis ausgebesserter Schäden, die es irgendwann einmal davongetragen hatte. Mindestens zwei der insgesamt acht Landungsboote waren ebenfalls schwer beschädigt. Und der Rest schien mehr durch Farbe und die Gebete seines Besitzers zusammengehalten zu werden als durch irgend etwas anderes.

Yokandras Theorie über den Zustand der Funkgeräte wirkte angesichts dieses Bildes ein wenig überzeugender. Für Maylor allerdings noch lange nicht überzeugend genug. Er hatte schon Weiße Zwerge explodieren sehen.

Äußerlich völlig ruhig, innerlich aber vor Ungeduld bebend, wartete er darauf, daß die FIMBULWINTER ihre Geschwindigkeit dem Tempo des Containerschiffes völlig angepaßt hatte.

»Abstand fünftausend Kilometer«, meldete der Offizier hinter dem Steuerpult schließlich. Das Kursangleichsmanöver war abgeschlossen. »Konstant.«

»Noch immer keine Antwort?« fragte Maylor. Er erntete ein wortloses Kopfschütteln, zögerte noch eine Sekunde und sagte dann: »Gut, dann versuchen wir es jetzt anders. Feuer frei für Warnschuß.«

Einen Moment später stand ein gleißender, scharf konturierter Lichtfinger im All, der von einem Geschützarm der FIMBULWINTER dicht vor dem Cockpitfenster der Containerzentraleinheit vorbei in die Schwärze des Weltenraums stach. Dreimal insgesamt, jeweils zwei bis drei Sekunden lang.

»Keine Reaktion«, kommentierte der Funkoffizier.

Maylor schüttelte den Kopf. Die Warnschüsse waren ein unmißverständliches Zeichen gewesen, das von niemandem, der sich dort drüben hinter der Cockpitverglasung der Antriebseinheit befand, übersehen worden sein konnte. Und das Cockpit *mußte* einfach besetzt sein. Es war erst wenige Minuten her, daß die PFENNIGFUCHSER aus dem Hyperraum gekommen war. Selbst wenn tatsächlich sämtliche Funkgeräte ausgefallen waren, gab es immer noch genügend Möglichkeiten, Antwort zu geben. Zum Beispiel per Morsecode über die Außenscheinwerfer.

»Was nun?« fragte Yokandra mit belegter Zunge, obwohl sie die Antwort bereits kennen mußte.

Maylor preßte die Lippen zu einem dünnen Strich zusammen. Er bemerkte, daß er es bis jetzt überhaupt nicht für möglich gehalten hatte, tatsächlich die Zerstörung des Containerschiffs befehlen zu müssen. Die Besatzung der PFENNIGFUCHSER mußte doch wissen, welches Schicksal ihr drohte! Dort drüben konnte doch niemand ernsthaft glauben, damit durchzukommen indem man sich einfach taub, stumm und blind stellte!

Er wußte, daß er die Entscheidung nicht länger hinausschieben durfte. Seine Befehle waren eindeutig.

»Hypersprung-Ortung!« tönte der aufgeregte Ruf des Ortungsoffiziers zum zweiten Mal durch die Kommandozentrale. Seine Finger flogen über das Kontrollpult, um die Daten auf den großen Bildschirm zu übertragen. »Ein zweites Schiff. Entfernung viertausendfünfhundert Meilen. Rasch näherkommend.«

Maylors Augenbrauen fuhren in die Höhe. Sein erster Gedanke bestand aus einem kurzen Fluch, sein zweiter aus der Frage, wer um alles in der Welt das sein konnte, und sein dritter galt der Feststellung, daß viertausendfünfhundert Meilen verdammt nahe waren. Vor allem dann, wenn es sich bei dem zweiten Schiff um einen Angreifer handeln sollte.

Er beugte sich etwas im Sitz vor und sah mit gerunzelter Stirn auf den Schirm, der jetzt nicht mehr den Container-Träger, sondern ein anderes, viel kleineres Schiff zeigte: eine massige, von Hunderten von Ausbuchtungen übersäte Scheibe von mattsilberner Farbe. Das Bild ließ keinen Zweifel zu. Ein schwerer Kreuzer, genau wie die FIMBULWINTER. Ein Schwesterschiff sozusagen. Aber das besagte noch nichts darüber, wer dort drinnen saß. Sämtliche Fraktionen bedienten sich noch immer der Schiffe, die damals zu Zeiten des Großen Imperiums gebaut worden waren. Neukonstruktionen gab es höchstens bei kleineren Einheiten.

»Volle Gefechtsbe . . .«, wollte er anordnen, als ihm der Funkoffizier plötzlich ins Wort fiel.

»Es ist eines von uns!« rief er. »Identifizierung positiv.«

»Eines von uns?« wiederholte Maylor verblüfft. Diesmal gelang es ihm nicht mehr, seine Überraschung zu verbergen.

Der Offizier nickte.

»Die Identifizierung ist verstümmelt, aber eindeutig. Ein Sarday'kin-Kampfraumschiff. Sie senden Identifizierungs- und Grußcodes aus.«

»Soll ich trotzdem auf volle Gefechtsbreitschaft gehen?« fragte der Erste Offizier nach.

Maylor überlegte angestrengt. Einerseits erleichterte es ihn, daß es sich bei dem anderen Schiff um eine Sarday'kin-Einheit handelte. Andererseits beantwortete das noch lange nicht die Frage, warum es sich hier befand und auf Kollisionskurs näherte.

»Entfernung?« fragte er.

»Tausendfünfhundert Meilen«, antwortete der Ortungsoffizier. »Näher kommend. Sie bremsen ab.«

»Stellen Sie eine Verbindung zu dem anderen Kommandanten her!« befahl Maylor, ohne auf den mittlerweile gequält wirkenden Gesichtsausdruck des Ersten Offiziers zu achten, der noch immer auf eine Antwort auf seine Frage nach der Gefechtsbereitschaft wartete.

»Keine Reaktion«, gab der Funker Auskunft. »Sie senden weiterhin nur den Identifizierungscode.«

Maylor starrte das elektronisch vergrößerte Abbild des Scheibenschiffes fast verbissen an; seine Gedanken überschlugen sich. Seine Befehle für eine solche Situation waren eindeutig. Er hätte längst das Feuer eröffnen lassen müssen. Aber das dort drüben war ein Sarday'kin-Schiff und keines der Raumpiraten oder der Phagon.

»Sind Sie sicher, daß es eins von uns ist?« fragte er nach.

»Hundertprozentig«, antwortete der Erste Offizier. »Die Identifizierungscodes sind mittlerweile einwandfrei.«

Maylor entschloß sich, es beim Gelb-Alarm zu belassen, bis sie herausgefunden hatten, um wen es sich da handelte. Ein Rot-Alarm mit seinen vollaktivierten Waffensystemen, den extrem aufgeladenen Schutzschirmen und den automatisch zugeschalteten Kampfcomputer, die ein stellares Gefecht viel reaktionsschneller als jedes lebende Wesen durchführen konnten, wären auf dem anderen Schiff deutlich zu orten gewesen und hätten womöglich als Angriff gedeutet werden können.

Es war ein fataler Fehler, einer von der Art, die man nur einmal im Leben beging.

»Um Gottes willen!« schrie der Ortungsoffizier plötzlich. »Sie haben die Waffensysteme aktiviert. Das . . . das ist ein Angriff!«

Ein heller, vibrierender Ton schwang durch die Zentrale. Es war der Laut, mit dem der Kampf-Computer der Besatzung der Zentrale mitteilte, daß das Schiff von den Zielgeräten des Gegner erfaßt worden war.

»Rot-Alarm!« brüllte Maylor und sprang auf. »Feuer frei nach eigenem Ermessen!«

Es war zu spät, und er wußte es. Mit einem Male war es, als bliebe die Zeit stehen. Er sah, wie sich die Hand des Ersten Offiziers auf den Alarmknopf senkte, aber gleichzeitig blitzte es am Rumpf des gegnerischen Schiffes blendend weiß und blau auf, und im selben Sekundenbruchteil erbebte die FIMBULWINTER unter einem gigantischen Hammerschlag.

Übergangslos waren die dreifach gestaffelten Schutzschirme in ein bläuliches Blitzlichtgewitter gehüllt, in dem weißliche Eruptionen tobten. Die Kernfusionsreaktoren der FIMBULWINTER dröhnten auf, als sie versuchten, die Energien der Schutzschirme zu verstärken, doch da fielen die äußeren beiden Energiehüllen bereits unter dem Ansturm der Laserenergie in sich zusammen. Und der dritte Schirm hielt nur zwei, drei Sekunden länger, dann zerplatzte auch er wie eine schillernde Seifenblase.

»Torpedo-Angriff!« brachte es der Ortungsoffizier gerade noch fertig, durch das Tosen und Kreischen zu rufen, mit dem sich die Laserstrahlen des anderen Raumschiffes durch die Außenhüllen fraßen.

Einen Lidschlag später hatten die Torpedos die FIMBULWINTER auch schon erreicht.

Der Weltuntergang begann.

Synfile 3

Vom Wesen der Revolution

Ihr *Ad-hoc*-Aufstand endete genau dort, wo es nicht anders zu erwarten gewesen war: vor dem Panzerschott, das den Zugang zum Lastenaufzug verriegelte, zugleich der *einzige* Zugang, den es überhaupt zu dieser Stollensektion gab. Geöffnet wurde er nur zweimal am Tag, jeweils zu Schichtbeginn und -ende. Trotzdem war das Gros der Gefangenen nach ihrem Erfolg über den Roboter sofort dorthin gestürmt, als hätten sie erwartet, das Panzerschott offenstehend vorzufinden, womöglich sogar noch mit einem blümchenumrahmten Schild, auf dem stand: ›*Teilnehmer an Gefangenenaufständen, bitte hier entlang! Zur Freiheit diesen Weg! Vorsicht, Stufe!*‹

Cedric und Sheryl hatten sich ein wenig mehr Zeit gelassen und zuerst die anderen Stollengänge mit dem Flamer im Anschlag kontrolliert, ob sich dort noch andere Aufseher oder Robots aufhielten. Was diesen Punkt anbetraf, war ihnen das Schicksal gewogen.

Als sie zum Panzerschott kamen, hatten die anderen ihr nutzloses Unterfangen, mit Schaufeln oder Spitzhacken darauf einzuschlagen, bereits wieder eingestellt. Sie hätten noch eine ganze Woche lang weitermachen können, ohne dem mehrfach gehärteten Plastmetall irgendeine Schramme zufügen zu können. Cedric wußte, daß das Schott gut fünf Zentimeter dick war und selbst dem Beschuß einer schweren Laserkanone standgehalten hätte. Das Kontrollfeld zusammen mit der kleinen Glasfläche zur Handlinienerkennung, auf die Schmidder seine Hand hatte legen müssen, um das Tor zu öffnen, war natürlich längst von zentraler Stelle abgeschaltet worden, wahrscheinlich in dem Moment, da der Robot zerstört worden war. Und damit wurde auch Cedrics Plan hinfällig, dem toten Aufseher die Hand abzuschneiden, um das Sicherheitssystem vielleicht auf diese Weise überlisten zu können. Nun gab es keine Möglichkeit mehr, das Panzerschott von hier unten aus zu öffnen.

Cedric mußte daran denken, daß es nur eines dieser Systeme luftdicht abschließender Tore war, mit dem praktisch jeder Teil der Mine isoliert werden konnte – offiziell aus Sicherheitsgründen; für den Fall, daß es irgendwo zu einem Leck kam, durch das die Methanatmosphäre Hadrians hätte eindringen können. Der *eigentliche* Grund bestand natürlich darin, daß sich ein solches System von Sicherheitsschotts hervorragend eignete, aufständische Gefangene einzuschließen und ihren Widerstand im wahrsten Sinne des Wortes zu ersticken.

»Verdammt!« sagte Sheryl, der beim Anblick der Stahlwand anscheinend dieselben Gedanken gekommen waren. »Croft braucht nur zu warten, bis uns die Luft ausgeht.«

»Kaum«, antwortete Cedric. Croft würden ohne Zweifel Möglichkeiten zur Verfügung stehen, der ganzen Sache viel schneller ein Ende zu bereiten, als darauf zu warten, bis sie alle erstickt waren.

Er übersah den fragenden Seitenblick Sheryls und ließ seinen Blick über die rußgeschwärzten Gesichter seiner Mitgefangenen streifen. Resignation hatte sich breitgemacht – und die Erkenntnis, daß ihr Aufstand eine halbe Stunde, nachdem er begonnen hatte, schon gescheitert war. Cedric wunderte sich, daß bis jetzt noch nichts unternommen worden war. Irgend etwas stimmte dort oben in der Zentralsektion nicht. Entweder hatte sich die gesamte Besatzung der Basis gleichzeitig schlafen gelegt, oder Croft und seine Offiziere brüteten eine besondere Teufelei aus.

Wie aufs Stichwort erlosch im selben Augenblick das Licht. Übergangslos kehrte stockfinstere Dunkelheit ein.

Einige Männer schrien erschrocken auf. Die Resignation wich mit einemmal der Panik.

»Nur ruhig Blut!« rief Cedric laut genug, um das einsetzende Stimmengewirr zu übertönen. »Kein Grund, in Panik zu geraten! Sie haben nur das Licht ausgeschaltet, das ist alles!«

Ja, ergänzte er in Gedanken für den Moment war das alles. Als nächstes würden sie wahrscheinlich die Sauerstoffversorgung abstellen. Und was kam dann? Betäubungsgas? Oder gleich Giftgas?

Cedrics Worte schienen die Männer seltsamerweise zu beruhigen. Das Stimmengewirr flaute ab. Offenbar brauchten sie jemanden, der ihnen erzählte, was sie gerne hören wollten. Und daß es keinen Grund zur Panik gab, gehörte allem Anschein zu den Lügen, nach denen sie sich jetzt augenscheinlich am dringendsten sehnten.

»Wartet hier«, fügte er hinzu. »Im Aufseherraum muß es Lampen geben. Ich werde welche besorgen.«

Er machte auf dem Absatz kehrt und tastete sich mit ausgestreckten Armen durch die Dunkelheit: Schmidders kleiner Aufenthaltsraum lag ein- oder zweihundert Meter vom Panzerschott entfernt, wie Cedric wußte, schließlich war er in den letzten zwei Jahren jeden Morgen und Abend daran vorbeigekommen. Dort hatte der Aufseher die meiste Zeit des Tages verbracht, von gelegentlichen Kontrollgängen einmal abgesehen.

Cedric war keine fünf Meter weit gekommen, als seine Hände plötzlich auf Widerstand stießen. Er ertastete halbrunde Formen, weich und fest zugleich und unter dem rauhen Stoff eines Overalls verborgen. Plötzlich traf ihn eine schallende Ohrfeige: Sheryl. Er konnte nicht umhin, ihr angesichts der Finsternis eine geradezu bewundernswerte Zielgenauigkeit zuzugestehen.

»Hast du jetzt nichts anderes im Kopf!« zischte sie ihn an.

»Na, bravo!« knurrte er, während er seine Hände eilig zurückzog. »Glaubst du etwa, ich hätte das mit Absicht gemacht?«

Einen Moment herrschte Stille.

»Ja«, kam es dann trotzig aus der Dunkelheit zurück.

Cedric Cyper gab einen undefinierbaren Laut von sich und machte sich daran, an Sheryl vorbeizukommen und sich weiter durch die Dunkelheit voranzutasten. Er merkte, daß sie ihm dichtauf folgte. Unwillig schüttelte er den Kopf, in der sicheren Gewißheit, daß Sheryl ihn ohnehin nicht sehen konnte. Mochte einer die Frauen verstehen! Erst gaben sie einem eine Ohrfeige und dann liefen sie einem wieder hinterher.

»Wäre es nicht langsam an der Zeit, sich Gedanken darüber zu machen, wie wir hier herauskommen?« flüsterte Sheryl.

»Wozu?« erwiderte er lakonisch. »Es gibt nicht die geringste Chance, das zu schaffen. Eigentlich sollten wir uns alle am besten gegenseitig mit dem Flamer erschießen. Das wäre die einfachste Lösung – und wahrscheinlich auch die schmerzloseste.«

»Dann geh doch mit gutem Beispiel voran und fang an!« fauchte sie ihn an. Sie war nervös, und sie gehörte zu den Menschen, die ihre Nervosität durch Reizbarkeit und Unwillen Ausdruck verliehen. Aber das hatte Cedric schon vor einem guten Jahr herausgefunden. »Dann muß ich mir nicht länger dein pessimistisches Gerede anhören!«

Cedric ersparte sich eine Antwort und blickte weiter in den dunklen Tunnelabschnitt vor ihnen.

»Ich sehe unsere Lage nicht pessimistisch, sondern realistisch«, behauptete er nach einigen Sekunden. »Wenn sie also rabenschwarz ist, dann kann ich auch nichts dafür.«

»Witzig«, maulte Sheryl, »ausgesprochen witzig!«

»Ausgesprochen *realistisch*«, verbesserte Cedric. Er rang sich ein gezwungenes Lächeln ab. »Du glaubst doch nicht im Ernst, daß wir hier jemals rauskommen, oder? Vergiß nicht – diese Anlage wurde von Sarday'kin erbaut, und wenn unsere Leute etwas tun, dann tun sie es verdammt gründlich.«

Das Sicherheitssystem dieser Station war nach menschlichen Maßstäben gerechnet einfach perfekt. Die einzelnen Minensektionen arbeiteten völlig autark. Abgesehen von Sprechleitungen gab es keine Verbindung nach draußen, weder zu einer anderen Mine noch sonstwohin. Das System war so simpel wie wirkungsvoll. Da es keine Fahrzeuge gab, war es ausgeschlossen, daß sich ein Aufstand ausweiten konnte. Selbst wenn es zu einer Rebellion kam und es Aufständischen gelingen sollte, eine ganze Minensektion in ihre Gewalt zu bringen, blieben sie dennoch isoliert. Eine Flucht war ausgeschlossen, es sei denn, man wollte versuchen, zu Fuß ins nächste Sonnensystem zu laufen. Es gab kein einziges Raumschiff auf Hadrians Mond. Der Abtransport des geschürften Byraniums erfolgte durch vollautomatische Transporter, die in Abständen von rund vier Monaten landeten und nach dem Verladen der Container sofort wieder starteten. Da weder der Transporter noch die Container eine lebende Besatzung hatten, konnte man auf einen Luxus wie Schockabsorber oder ähnlich aufwendige Dinge verzichten, die den Menschen an Bord von Raumschiffen das Überleben sicherten. Jeder blinde Passagier wäre spätestens fünf Sekunden nach dem Start nur noch ein *toter* Passagier gewesen, weil ihn die Beschleunigungskräfte zerquetscht hätten. Zudem wurde jeder der Transporter von mindestens einem schwerbewaffneten Zerstörer begleitet, der in der Lage war, eine Station dem Erdboden gleichzumachen.

Cedric ertappte sich dabei, bei diesen Gedanken ein absurdes Gefühl von Stolz zu empfinden. Letztendlich waren es *seine* Leute, die sich dieses perfekte Sicherheitssystem ausgedacht und es installiert hatten. Schon allein deshalb *war* das System lückenlos. Ihre Rebellion hatte nicht die geringste Perspektive.

Es machte Cedric nichts aus, zu sterben. Als ehemaliger Sarday'kin-*Terminator* gehörte der Tod zu seinem Leben; er hatte gewußt, daß seine Tage gezählt waren, als das Urteil feststand. Aber der Gedanke, bei einer solch lächerlichen Aktion ums Leben zu kommen, machte ihn wütend.

Es war so lächerlich! Aber der Tod war nichts, was lächerlich sein sollte.

Sie erreichten Schmidders Aufenthaltsraum, ohne daß Sheryl etwas geantwortet hätte. Die Tür stand offen. Nach kurzer Suche ertastete er die Umrisse einer Taschenlampe, und als er sie einschaltete, erkannte er, woher die Geräusche rührten, die er während der letzten Sekunden wahrgenommen hatte. Sie stammten von einigen Mitgefangenen, die sich nach der Revolte hierher geflüchtet und im Dunkeln über Schmidders Mittagessen hergemacht hatten, als gäbe es nichts Wichtigeres, als sich den Bauch vollzustopfen. Cedric Cyper verspürte Verärgerung, doch als der Strahl seiner Taschenlampe über die ausgezerrten, verängstigten Gesichter der Leute wanderte, verflog sein Ärger so schnell, wie er gekommen war. Wer war er, daß er diesen Leuten, die ohnehin kaum mehr richtig bei Sinnen waren, das Recht auf eine Henkersmahlzeit verweigern wollte?

Ein Schwenk des Lichtstrahls über die erloschenen Anzeigen des Computersystems bewies, daß es ebenfalls zentral abgeschaltet worden war. Sheryl durchsuchte die Schränke und fand zwei weitere Lampen, die sie an sich nahm, und damit bewaffnet kehrten sie zum Panzerschott zurück.

Im Schein der spärlichen Beleuchtung sah Cedric sich um. Ihre kleine Gruppe war bunt zusammengewürfelt. Sheryl und er waren die einzigen Sarday'kin, ansonsten gab es noch zwei Freischärler, vier Cybertechs und drei Yoyodyne. Und was diese drei anging, war Cedric am meisten beunruhigt. Bis heute war ihm die Fraktion der Yoyodyne ein Buch mit sieben Siegeln. Er wußte, daß sie nach dem Zusammenbruch des Imperiums im Jahre 3798 aus einer Vereinigung der ehemaligen terranischen Trusts *Sakamura Inc.*, *Toshiba Mifune Style Corporation* und *TransSonyRelations* entstanden war, und zwar unter der Führung von Sumoro Yoyodyne, der auch zu ihrem Namensgeber wurde. Allen Angehörigen war ein ebenso strenger wie für Außenstehende undurchsichtiger Ehrenkodex zu eigen. Aus diesem Grund hatte es Cedric überrascht, auf Hadrians Mond überhaupt Yoyos – wie sie abfällig genannt wurden – anzutreffen, denn bislang war er wie jedermann der Meinung gewesen, daß dieser Ehrenkodex der Kriegerkaste ihnen jeglichen Sklavendienst verbot. Um so sicherer war er, daß sie sich – wenn sie schon keine Gelegenheit gehabt hatten, standesgemäß *Seppuku* zu begehen – auf keinen Fall ergeben, sondern einen ehrenvollen Tod im Kampf suchen würden.

Von den sechs galaktischen Machtblöcken fehlten lediglich Angehörige der Söldnergilde und der Phagon. Was die Söldner anging, war dieser Tatbestand nicht weiter überraschend. Da jede der anderen Gruppierungen irgendwann einmal auf die Hilfe der Söldnergilde zurückgriff, wurden ihre Angehörigen grundsätzlich niemals gefangengenommen – was gewissen Spekulationen über das Schicksal derer, die nicht aus dem Kampf zurückkehrten, ständig neue Nahrung gab. Was mit gefangenen Phagon geschah, wußte Cedric nicht. Es war möglich, daß sie durch ihre besondere biologische Beschaffenheit nicht für den Byranium-Abbau geeignet waren. Vielleicht weil die verheerende Strahlung diesen gengezüchteten Wesen einfach *zu gut* bekam und noch grauenvollere Veränderungen auslöste, als sie in den Gen-Labors der Phagon ausgebrütet worden waren. Die Vorstellung, einem Phagon gegenüberzustehen, der längere Zeit unter dem Einfluß eines Schwingquaders gestanden hatte, erschien Cedric jedenfalls nicht besonders verheißungsvoll.

Abgesehen von den hier versammelten Männern gab es in dieser Stollensektion mindestens noch doppelt so viele Mitgefangene. Doch die meisten davon hatten sich ängstlich in irgendeiner Ecke verkrochen oder setzten monoton ihre stupide Arbeit fort, entweder weil die Strahlung des Byraniums ihre Hirne längst zerstört hatte, oder aber weil sie hofften, auf diese Weise von den Gegenmaßnahmen verschont zu bleiben. Eine unsinnige Hoffnung. Cedric konnte sich nicht vorstellen, daß Croft ein Wort wie Gnade überhaupt bekannt war.

»Was sollen wir jetzt machen?« fragte einer der Cybertechs an Cedric gewandt und in einem Tonfall, als wäre er der einzige, der sie jetzt noch retten konnte.

Solange die Luft anhalten, bis wir tot sind, lag es Cedric auf den Lippen, aber er sprach es nicht aus. Plötzlich fühlte er wieder die alte Tatkraft, die ihn schon als *Terminator* der Sarday'kin ausgezeichnet hatte.

Ein Teil seines Verstandes analysierte ihre Lage mit glasklarer Logik, und wenn dabei als Ergebnis auch nichts herauskam, was sie der Freiheit ein Stück näherbrachte, so erkannte er zumindest das einzig Vernünftige, was jetzt zu tun war. Vorrangig ging es erst einmal darum, die nächsten Sekunden, Minuten und vielleicht sogar Stunden zu überleben. Wie es danach weiterging, würde sich ergeben. Unwillkürlich mußte Cedric Cyper an einen Rat denken, den Daily Lama, einer seiner alten Lehrmeister, ihn während seiner Ausbildung zum *Terminator* gegeben hatte: *Wer sich einen Weg pflastern will, der lege immer nur einen Stein nach dem anderen!* Und genau so gedachte er vorzugehen!

»Zuerst müssen wir uns vom Panzerschott zurückziehen«, sagte er. »Hier erreichen wir gar nichts.«

»Wieso zurückziehen?« wandte jemand ein. »Das ist doch der einzige Weg, der uns hier rausführen kann. Weshalb sollten wir von hier weggehen? Das wäre doch das Dümmste, was wir tun könnten.«

Cedric wandte sich dem betreffenden Mann zu und nickte, scheinbar zustimmend.

»Richtig«, meinte er. »Dies hier ist der einzige Ausweg. Aber du glaubst doch nicht im Ernst, daß Croft so gütig sein wird, uns einfach den Aufzug herunterzuschicken und uns erster Klasse nach oben fahren zu lassen? Im Gegenteil. Als erstes wird er uns ein paar Robots schicken. Und ich glaube kaum, daß er sich dafür ein paar nette kleine Aufsichtsrobots auswählt wie den, den wir vorhin mit viel Glück ausgeschaltet haben, sondern *gepanzerte und bis an die Zähne bewaffnete Kampfrobots. Kampf*robots, versteht ihr?«

Betretenes Schweigen.

»Wer immer sich hier aufhält, wenn sie eintreffen«, fuhr Cedric fort, »ist ein toter Mann.«

Mit Befriedigung bemerkte er, wie seine Worte Wirkung zeigten. Seine Mitgefangenen senkten die Köpfe. Gleichzeitig fragte Cedric sich, warum er das alles überhaupt erzählte. All diese Leute würden ihn mehr behindern, als daß sie ihm halfen, und wenn man es nüchtern analysierte, traf dieser Tatbestand auch auf Sheryl zu.

Als er sich mit den anderen vom Schott zurückziehen wollte, trat ihm ein Mann in den Weg. Er war kleiner als Cedric, von gedrungener Gestalt, die pechschwarzen Haare zu einem Zopf zusammengebunden.Der Mann reckte ihm herausfordernd das Kinn entgegen.

Taifan – einer der drei Yoyodyne!

»Weshalb solltest ausgerechnet du derjenige sein, der uns sagt, was richtig und was falsch ist?« schallte seine Frage wie eine Kriegserklärung durch den Stollen.

Er war zwar der kleinste der Yoyodyne, aber das hatte nach ihren Maßstäben nicht viel zu besagen. Entscheidend war, daß Taifan ein *O-Ban* war – oder auch ein *Himmelsstürmer*, wie sich die Angehörigen der herrschenden Schicht selbst nannten. Die Aufteilung der yoyodynischen Hierarchie war mindestens ebenso streng wie ihr Ehrenkodex, und beides hatte selbst hier unten in den Byranium-Minen nichts von ihrer Gültigkeit verloren. Die beiden anderen Yoyos, die sich hinter Taifan aufgebaut hatten, hätten es niemals gewagt, von sich aus das Wort zu ergreifen, es sei denn, er hätte sie ausdrücklich dazu aufgefordert. Einer von ihnen – sein Name war Kara-Sek – war ein *Shingaru*, ein Angehöriger der bürgerlichen Kaste, aus der die mittleren Befehlsränge rekrutiert wurden.

Der dritte schließlich gehörte der niedrigsten Kaste an. Er war ein Mitglied der yoyodynischen Hilfstruppen, aber zugleich war er derjenige, dessen Anwesenheit Cedric am meisten Unbehagen bereitete. Er hieß Omo und sah aus wie der Weiße Riese; ein muskelbepackter Gigant von beinahe zweieinhalb Metern Körpergröße, vor dem selbst Schmidder Respekt empfunden und es tunlichst vermieden hatte, ihn mit seiner Elektropeitsche zu reizen.

Omo war eine sogenannte *Humsz*-Züchtung, das Ergebnis einer unheilvollen Anwendung erkaufter Gentechnik der Phagon. Bei diesen Giganten handelte es sich in erster Linie um ehemalige Kriminelle der Systemkritiker aus den Reihen der Yoyodyne, aber hinter vorgehaltener Hand erzählte man sich, daß sich darunter auch Gefangene anderer Fraktionen befinden sollten, die im Verlaufe militärischer Aktionen in Feindeshand geraten und dann zu diesen unförmigen Monstren umgebildet worden waren, um fortan den yoyodynischen Kampftruppen zu dienen. Jedesmal, wenn Cedric Omo sah, beschlich ihn die erschreckende Vorstellung, er könne es hier mit einem ehemaligen Kameraden zu tun haben, der während früherer Einsätze in feindliche Gefangenschaft geraten und zu einem Muskelprotz geworden war.

Niemand hatte in den vergangenen Monaten auch nur annähernd soviel Meter in den Stollen getrieben wie Omo. Er war vielleicht der einzige, der sein Strafmaß wirklich hätte abarbeiten und die Freiheit wiedererlangen können. Doch selbst wenn er die Meter, zu denen er verurteilt worden war, geschafft hätte, wäre er doch nie von der Seite seines Befehlshabers gewichen. Erschauernd mußte Cedric an Berichte denken, denen zufolge den *Humsz* eine Kampfdroge implantiert worden war, die sie zu rasenden, alles vernichtenden Berserkern machen konnte. Auf welche Weise diese Droge aktiviert wurde, war bis heute ein Rätsel. Sicher war nur, daß ein Vorgesetzter in ihrer Nähe sein mußte.

So wie Taifan momentan, fragte Cedric sich.

»Hast du vielleicht eine *bessere* Idee, was jetzt zu tun ist?« fragte er zurück. »Wenn ja, dann raus damit!«

Taifan gab ein grunzendes Geräusch von sich.

»Na also«, meinte Cedric. »Dann laß uns zusehen, daß wir von hier wegkommen und einen Platz finden, der sich besser verteidigen läßt!«

Verteidigen, hallte es in seinen Gedanken wider. Was für einen Unsinn redete er da überhaupt? Wenn Croft Kampfroboter schickte, gab es hier unten keinen einzigen Quadratzentimeter, der irgendeine Sicherheit hätte versprechen können.

Taifan verschränkte die Arme vor der Brust und machte keine Anstalten, zur Seite zu treten.

»Zum Führer ist nur der berufen, dessen Stolz und Mut ihn dazu befähigen«, erklärte der Yoyodyne, als handle es ich um ein Naturgesetz. Er musterte Cedric mit verächtlichem Blick. »Weshalb glaubst du, daß ausgerechnet *dein* Stolz und *dein* Mut der größte ist?«

Es war eine äußerst verfängliche Frage. Gleichgültig, was Cedric jetzt sagte, entweder würde Taifan sich beleidigt fühlen, oder er würde es als Bestätigung seiner Forderung sehen! Cedric kniff die Lippen zusammen. Worauf lief dieses Theater eigentlich hinaus? Auf einen Zweikampf zwischen Taifan und ihn um den Führungsanspruch? War das etwa auch so ein unsinniges Ritual des yoyodynischen Ehrenkodex'?

Cedric hatte jedenfalls keine Lust, sich darauf einzulassen. Er hob den Flamer und blickte den Yoyodyne an.

»Vielleicht deshalb«, schlug er vor.

Er war auf alles gefaßt, sogar auf einen blitzschnellen Angriff, doch zu seiner Verblüffung stand Taifan lediglich zwei oder drei Sekunden lang da, ohne mit der Wimper zu zucken, dann nickte er und trat mit einer Bewegung, die man mit viel gutem Willen als Verbeugung deuten konnte, wortlos zur Seite. Und zusammen mit ihm gaben auch Kara-Sek und Omo den Weg frei.

Cedric hob erstaunt die Augenbrauen. Hatte er da eben irgend etwas gesagt oder getan, was dem yoyodynischen Ehrenkodex entsprach?

»He!« rief Sheryl wütend dazwischen. »Seid ihr endlich fertig? Falls es euch noch nicht aufgefallen ist – wir sitzen hier *zusammen* fest. Entweder wir überleben zusammen, oder wir sterben zusammen! Geht das nicht in eure Schädel?«

Verärgert bemerkte Cedric, daß sie ihn dabei genauso scharf ansah wie die drei Yoyos. Als ob er irgendeine Schuld an der Auseinandersetzung hatte! Er verkniff sich eine Antwort und machte sich daran, zusammen mit den anderen Mitgefangenen tiefer in den Stollen zurückzugehen. Die Männer in Schmidders Aufenthaltsraum starrten ihnen nur dumpf entgegen und ließen sich nicht bewegen, sich ihnen anzuschließen. Cedric hatte keine andere Wahl, als sie zurückzulassen.

Bald erreichten sie den ersten Kreuzungspunkt in der Minensektion. Von hier aus begannen sich grünlich schimmernde Byraniumfäden durch die Stollenwände zu ziehen. Nabtaal kam ihnen entgegen, und hinter ihm kroch Duncan über den Stollenboden. Der junge Freischärler hielt irgend etwas von der Länge eines Unterarms in der Hand und wirkte so vergnügt, als befände er sich auf Abenteuerurlaub in der für finanzkräftige Besucher kultivierten Höllenwelt *Gran Canaria IV*.

»Hallo, Cedric!« rief Nabtaal. »Ich hatte schon befürchtet,

ihr wärt ohne mich ausgebrochen. Wie geht's denn voran mit der Revolution? Habt ihr irgend etwas erreicht?«

Cedric stöhnte auf. Nicht schon wieder dieser Grünschnabel! Womit hatte er das verdient? Hätten Crofts Kampfrobots nicht längst da sein und sie alle erschießen können, bevor er diesem Verrückten abermals in die Arme lief!

»Was für eine Revolution?« fragte er mühsam beherrscht. »Wir sind lediglich dabei, unsere Begräbnisvorbereitungen zu treffen.«

»Warum so pessimistisch?« erkundigte sich Nabtaal, als hätte er den bitteren Unterton in Cedrics Stimme überhaupt nicht wahrgenommen.

Pessimistisch! Mußte Nabtaal jetzt auch noch damit anfangen? Cedric verspürte Lust, den Freischärler über den Haufen zu schießen und es den anderen gegenüber scheinheilig als Versehen auszugeben.

»Weil ich angesichts der Schwierigkeiten, in denen wir stecken«, erwiderte Cedric heftig, »nichts entdecken kann, was irgendeinen Anlaß zum Optimismus gäbe!«

»Nun, immerhin haben wir es geschafft«, erklärte Nabtaal, »diesen verdammten Roboter auszuschalten und uns ein Stück Freiheit zu erkämpfen.«

Cedric musterte den Freischärler nachdenklich.

»Freiheit?« Er sah Nabtaal auf eine Art an, von der er selbst nicht ganz sicher war, ob sie nun mitleidig oder bewundernd war. »Du meinst das doch nicht etwa ernst?«

Nabtaal runzelte die Stirn, als könne er mit dieser Frage nichts anfangen.

»Ja ... nun, äh ... wieso eigentlich nicht?«

»Zum Teufel, schau dich doch mal um! Was für eine Art von Freiheit soll denn das sein?« Cedric schwieg eine Sekunde, in der er sich gewaltsam zur Ruhe zwang, und fuhr in einem etwas sanfteren Ton fort: »Falls du es noch nicht gemerkt haben solltest, Kleiner – wir sitzen hier fest, und der einzige Grund, weshalb sie uns nicht schon längst erledigt haben, ist der, daß sie da oben einen besonders gemeinen Plan ausknobeln, wie sie das bewerkstelligen, ohne daß wir Gelegenheit finden, vorher noch möglichst viel Schaden anzurichten.«

»Ja«, stimmte Nabtaal ihm zu seiner Überraschung zu. »Weil sie Angst um das Byranium haben.« Er lächelte. »Und genau das ist unsere Verhandlungsbasis.«

»Verhandlungsbasis?« mischte sich Sheryl ein.

»Genau«, bestätigte Nabtaal. »Auf ein paar Arbeiter mehr oder weniger kommt es ihnen bestimmt nicht an. Aber unter keinen Umständen können sie sich eine Kettenreaktion des hier vorhanden Byraniums leisten. Und mit diesem Ding hier können wir eine solche Reaktion auslösen!«

Er hob demonstrativ den armlangen Gegenstand, den er in der Hand hielt, und erst jetzt erkannte Cedric, daß es sich dabei um den Arm des Robot-Aufsehers handelte, den sie überwältigt hatten. Aus dem zerfetzten Ende baumelten lose Kabel und elektronische Bauteile, die an Adern und Nervenverbindungen erinnerten, als wäre es wirklich ein Teil eines ehemals lebenden Körpers. Irgendwie hatte Nabtaal das Kunststück fertiggebracht, den Laser mit nichts anderem als seinen bloßen Fingern und einigen Stückchen Metall und Draht wieder funktionsfähig zu machen. Und in einer improvisierten Halterung befanden sich die beiden Deuterium-Batterien, die den Robot angetrieben hatten. Eine Meisterleistung, wenn man bedachte, daß er den Rest der Arbeit in fast vollkommener Dunkelheit ausgeführt haben mußte.

Cedric fragte sich, ob er sich vielleicht in dem jungen Freischärler getäuscht hatte.

Sheryl machte große Augen und flüsterte irgend etwas, was sich verdächtig nach ›genial‹ anhörte. Cedric verzog das Gesicht.

»Ich kann mir nicht vorstellen, daß das funktioniert?« meinte er fast trotzig.

»Was?« fragte Nabtaal irritiert. »Der Waffenarm oder der Plan?«

»Beides.«

»Nun, ich . . .«

»*Ich* jedenfalls finde den Vorschlag gut«, ergriff Sheryl Partei für den jungen Freischärler. Sie funkelte Cedric zornig an. »Du kannst ja aufgeben, wenn du unbedingt willst. Aber laß dann wenigstens die Lampe und den Flamer hier, und hör vor allem auf, uns mit deiner Miesmacherei auf den Geist zu gehen! Mag gut sein, daß wir alle sterben, aber wenn, dann sterben wir immer noch lieber im Kampf, als uns wie Sklaven zu Tode zu schuften.«

»Bonsai«, sagte Cedric trocken.

»Es heißt *Banzai*«, verbesserte Nabtaal ihn.

Cedric schüttelte resignierend den Kopf. Offensichtlich war keiner der anderen bereit oder in der Lage, ihre Situation realistisch zu sehen – und im Grunde konnte er sie sogar verstehen. Wer sah schon gern dem unausweichlichen Verderben ins Auge? Vielleicht würde der Waffenarm und die Drohung, damit auf die Byranium-Adern zu feuern, Croft einiges Kopfzerbrechen bereiten; aber was dann? All das brachte sie noch lange nicht aus dieser Mine heraus oder weg von Hadrians Mond!

Und *das* war ihr eigentliches Problem.

Er spürte eine Berührung an der Wade und sah, daß Duncan zu ihm gekrochen war.

»Weg . . . weg . . .«, brabbelte er. »Wir müssen weg. Sie . . . sie kommen! Weg hier . . .«

Cedric schüttelte den schmächtigen Cybertech ab und trat schnell ein paar Schritte zur Seite. Noch zu deutlich hatte er vor Augen, wie Duncan Schmidders gepanzerten Stiefel mit bloßen Händen zerquetscht hatte.

»Welch zutreffende Einschätzung«, kommentierte Cedric sarkastisch. »Aber leider gibt es außer dem Aufzug keinen Weg hier heraus, und durch das Panzerschott kommen wir nie.«

»Vielleicht doch«, sagte Sheryl plötzlich.

Sein Kopf ruckte zu ihr herum.

»Ach ja«, erkundigte er sich, »und darf man fragen, wie du das Panzerschott zu überwinden gedenkst?«

»Das meine ich nicht«, sagte sie.

»Sondern?«

»Daß es womöglich doch einen zweiten Ausweg gibt.« Sie zögerte und machte eine unsichere Geste. »Ich bin mir natürlich nicht sicher . . . Aber vor etlichen Monaten habe ich ein Kontrollkommando darüber reden hören, daß man hier unten irgendwo auf einen Gespenstertunnel gestoßen ist. Das ist noch gar nicht so lange her. Natürlich wurde der Durchbruch sofort wieder verschlossen.«

Cedric wußte, wovon Sheryl sprach. Er hatte noch keinen dieser Gänge zu Gesicht bekommen, aber genauso wie die anderen Gefangenen hatte er schon die verschiedensten Gerüchte darüber gehört: daß diese Gänge nur ein Teil eines kompletten Systems von Stollen, Höhlen und bodenlosen Schächten darstellten, das Hadrians Mond tief unter seiner Oberfläche durchzog; daß diese aus nie geklärten Gründen mit einer für Menschen atembaren Sauerstoff-Atmosphäre gefüllt waren; daß ein paarmal Trupps in diese Gänge vorgedrungen waren, ohne dabei jedoch auf mehr als Steine und Fels gestoßen zu sein; und daß sämtliche Zugänge zu diesen sogenannten Gespenstergängen versiegelt worden waren.

»Das sind doch bloß leere Gerüchte!« meinte er abfällig. Ebensogut hätten sie sich hinsetzen und auf die gute Fee mit den drei Wünschen warten können.

»Aber sicher.« Sheryl nickte heftig, und in ihren Augen erschien wieder dieses wütende Funkeln. Es paßte ausgezeichnet zu ihrem chromfarbenen Haar, fand Cedric. Warum war ihm das eigentlich nicht schon viel früher aufgefallen. »Schließlich waren die Gerüchte über die Gespenster ja auch nur leeres Geschwätz, nicht wahr?«

Cedric sah sie verblüfft an. Verdammt, sie hatte recht!

Konnte es sein, daß sich ihnen damit Möglichkeiten eröffneten, die er bislang noch gar nicht auf der Rechnung hatte? Und Croft ebensowenig?

»Gespenster, Gespenster . . .«, murmelte Duncan, der auf Händen und Knien umherkroch. »Gespenstergespensterge . . .«

»Gespenster?« fragte Nabtaal verwirrt. »Was für Gespenster? Habt ihr etwa eines dieser . . .?«

»Nabtaal!« unterbrach Cedric.

»Ja, Cedric?«

»Halt die Klappe!« Und an Sheryl gewandt, fügte er hinzu: »Du weißt nicht zufällig, wo sich dieser Durchgang befindet?«

»Wenn ich mich recht erinnere, irgendwo im Beta-Sektor«, antwortete sie. »Aber wo genau, weiß ich nicht. Vielleicht ist in Schmidders Aufenthaltsraum irgend etwas darüber ...«

»Die Computer-Konsole ist abgestellt«, erinnerte er sie. »Da bekommen wir kein einziges Bit heraus.«

Im Beta-Sektor also, dachte Cedric. Dieser Teil des Stollensystems begann gut achthundert Meter entfernt und war seit rund fünf Monaten provisorisch abgesperrt. Offiziell hatte es geheißen, daß dort keine ausreichenden Byranium-Mengen mehr zu holen wären, aber Cedric hatte schon mehr als einmal in Erfahrung bringen dürfen, wie es an einem solchen Ort um den Wahrheitsgehalt offizieller Verlautbarungen bestellt war. Bestimmt war zwischendurch auch eine Verlautbarung erlassen worden, nach der Hadrians Mond eine Scheibe war.

»Na und«, meinte Sheryl. »Wenn wir uns im Beta-Sektor umsehen, finden wir den Durchgang vielleicht. Selbst wenn sie ihn wieder verschlossen haben, müssen irgendwelche Spuren zurückgeblie ...«

»Still!« rief Cedric, der plötzlich das Gefühl hatte, als dringe ein entferntes Geräusch an seine Ohren und er gebot ihr mit erhobener Hand Einhalt.

Cedric lauschte in die Stille hinein und erkannte, daß er sich nicht getäuscht hatte. Aus dem Stollen, aus dem sie gerade gekommen waren, drang ein leichtes Rumpeln, das davon kündete, daß der Aufzug nach unten fuhr, und gleich darauf war ein feines Zischen zu vernehmen. Das Panzerschott hatte sich geöffnet.

»Sie kommen!« sagte einer der Gefangenen mit tonloser Stimme.

Cedric nickte. Der Tanz ging los, und was immer sie an anderen Plänen, Möglichkeiten der Hoffnungen erwogen hatten, war im selben Moment hinfällig geworden. Verrückt – aber irgendwie fühlte er sich regelrecht erleichtert. Wenn es etwas gab, das schlimmer war als ein Kampf, den man nicht gewinnen konnte, dann war es das *Warten* darauf.

Er ging neben der Stollenmündung in Stellung und winkte den anderen zu, Deckung zu suchen. Einer von ihnen, ein

Cybertech, verlor die Nerven und rannte wie von Furien gehetzt davon. Cedric hatte nur ein kurzes Kopfschütteln für ihn übrig.

»Licht aus!« rief er Sheryl zu, während er selbst seine Lampe ausknipste. »Und Ruhe!«

Es dauerte ein paar Sekunden, bis sich Cedrics Netzhäute an die Dunkelheit gewöhnten, die nur unzureichend von dem matten Schimmern der Byranium-Stränge erhellt wurde. Doch dieser Lichtschein reichte bestenfalls ein paar Meter weit, keineswegs war er hell genug, um in den Stollen zu dringen, der zum Panzerschott führte.

Leise fluchend starrte Cedric in die Dunkelheit. Vor ihm war alles still, bis auf ein erneutes entferntes Zischen. Wenn das erste bedeutet hatte, daß sich das Panzerschott geöffnet hatte, so mußte es sich jetzt wieder geschlossen haben. Was immer nach unten geschickt worden war, es hatte den Aufzug verlassen. Cedric erwartete das metallische Stampfen von Kampfrobots, aber er hörte nichts.

Verdammt, was für eine Teufelei hatte Croft sich ausgedacht? Was für eine Form des lautlosen Todes schickte er ihnen?

Mit einemmal erschien ein winziger Lichtpunkt in der Dunkelheit, vielleicht fünfzig oder sechzig Schritte entfernt. Es war eine Beobachtungssonde, die um eine Biegung des Ganges geschwebt kam, wie Cedric bemerkte, ohne daß er wußte, ob er aufatmen sollte oder nicht.

Demnach wollte man sich in der Zentrale erst einmal ein Bild der Lage verschaffen. Nun gut, dachte er grimmig. Er würde ihnen etwas zu *beobachten* geben!

Cedric Cyper löste sich von der Stollenwand, trat in die Gangmitte und hob den Flamer. Die Infrarot- und Nachtsichtkameras der Sonde durften keinerlei Schwierigkeiten haben, ihn klar und deutlich zu erfassen. Einen Moment blieb er so stehen, breitbeinig und herausfordernd, dann legte er auf ein Stück der Stollenwand an, in der vereinzeltes grünliches Leuchten von noch nicht abgebauten Byranium-Adern zeugten, und gab einen einzelnen Schuß ab. Der zu greller Intensität gebündelte Lichtstrahl grub eine rötliche Furche in die Seitenwand ein, und dort, wo er auf das Byranium traf, knisterten grelle Blitze auf, die jedoch sofort wieder erstarben. Die Intensität dieses einen Schusses reichte natürlich bei weitem nicht aus, eine Kettenreaktion in Gang zu setzen, aber es war eine wirksame Demonstration ihrer Entschlossenheit.

Und eine noch wirksamere Sondervorstellung gab Nabtaal, der plötzlich neben Cedric aufgetaucht war und mit dem Laserarm des Robots auf dieselbe Stelle feuerte. Eine Sekunde lang lag ein weitaus hellerer Strahl in der Luft, dessen Intensität selbst Cedrics Augen kurz blendete, und die Furche, die der Treffer schlug, fräste sich armbreit in die Stollenwand. Diesmal dauerte es wesentlich länger, ehe die knisternden Blitze über dem Byranium wieder erloschen.

Cedric warf Nabtaal einen überraschten Blick zu. Bis jetzt hatte er es gar nicht für möglich gehalten, daß der von Nabtaal erbeutete Waffenarm des Aufsichtsrobots wirklich funktionieren könnte.

Die Sonde war tatsächlich kurz in der Luft stehen geblieben, als müsse sie die lädierte Stollenwand genauer in Augenschein nehmen, dann allerdings schwebte sie näher. Cedric hob den Flamer und zielte diesmal genauer – und auf ein anderes Ziel.

Der Strahl traf die fliegende Kamera, die in einem grellen Lichtblitz verging.

Cedric atmete hörbar aus und wandte sich an die anderen.

»Ich hoffe, sie begreifen die Warnung«, sagte er. »Wenn nicht, dann müssen sie einen Vollidioten zum Kommandanten dieser Station gemacht haben.«

»Cedric!« rief Nabtaal plötzlich.

»Ja, was . . .?«

»Da!«

Mit einem Gesichtsausdruck, als hätte er ein besonders ekelhaftes Insekt entdeckt, wies Nabtaal mit ausgestreckten Arm auf ein kleines Trümmerstück der Sonde, das kaum einen halben Meter vor seinen Füßen lag. Cedric sah sofort, was Nabtaal meinte, und es nötigte ihm abermals Respekt vor dem jungen Freischärler ab.

Dieses Trümmerstück war nichts anderes als ein kleines

Kameraauge, das im Falle einer Zerstörung der Sonde weggeschleudert wurde und zusammen mit einen integrierten hochempfindlichen Mikrofon für eine weitere Übertragung sorgte.

Er hob es auf, schrie so laut er konnte »Banzai!« hinein und zertrat es dann.

Erneut wandte er sich den anderen zu.

»Ich denke, wir haben einen kleinen Aufschub gewonnen«, erklärte Cedric. Er bedachte Sheryl mit einem verschwörerischen Blick. »Nutzen wir ihn, um mal nachzusehen, was sich im Beta-Sektor so finden läßt . . .«

Erstaunlicherweise widersprach Sheryl ihm diesmal nicht.

Synfile 4

Ärger, nichts als Ärger

Auf seinem Com-Pult begann eine rote Lampe zu flackern. Croft brach mitten im Satz ab und blickte das Licht eine halbe Sekunde verblüfft und mit allmählich aufkeimender Verärgerung an. Ein Notruf mit A-Priorität, der jedes andere Gespräch unterbrach.

»Was zum Teufel ...?«

Nelora, die das Licht nicht sehen konnte, legte fragend den Kopf auf die Seite.

»Wollen Sie mir erzählen, daß der Kommandant dieser Station Schwierigkeiten hat, einen Schweber zu bekommen, *Commander*?« fragte sie spöttisch, wobei sie das letzte Wort auf eine ganz bestimmte Art und Weise betonte. Ihre Augen glitzerten, und in das unausgesprochene Versprechen auf ein paar amüsante Stunden in den Holo-Gärten der Erholungsstation mischte sich eine ebenso unausgesprochene Drohung, daß es damit vielleicht doch nichts werden könnte. Croft kannte diesen Blick und wußte, daß er ihn besser ernst nehmen sollte. Nelora war kein sehr geduldiger Mensch. Und sie hatte niemals einen Hehl daraus gemacht, daß ihr Verhältnis mit Croft für sie mehr als den Charakter eines *Geschäftes* hatte. Er hatte seine Befriedigung und sie ihre Vorteile, das war der Gegenstand ihres ungeschriebenen Vertrages – und warum auch nicht?

»Nein«, antwortete Croft. Das rote Licht flackerte weiter. »Oder vielleicht doch. Ich melde mich später wieder.« Er versuchte zu lächeln, spürte aber, daß es ihm nicht ganz gelang. »Bleib am Empfänger. Irgend jemand hat wohl gerade entdeckt, daß es eine Möglichkeit gibt, mich selbst in meiner Freizeit zu stören. Ich hoffe für ihn, daß es wirklich wichtig ist.«

Nelora nickte, und gleich darauf brach die Verbindung zusammen. Anstelle der blonden Programmiererin erschien das Gesicht Hauptmann Hanksons auf dem Bildschirm. Für seine Verhältnisse sah er sehr nervös aus.

»Hat man hier eigentlich niemals seine Ruhe?« blaffte Croft, ehe Hankson auch nur den Mund auftun konnte.

Seine heftige Reaktion tat ihm fast im gleichen Moment schon wieder leid, aber er konnte Hankson nun einmal nicht leiden. Was allerdings nicht viel bedeutete. Außer Nelora und sich selbst konnte Croft eigentlich niemanden leiden. Seiner Meinung nach mußte jeder, der sich freiwillig zum Dienst auf Hadrians Mond gemeldet hatte, entweder einen gehörigen Dachschaden haben – oder aber einen verdammt guten Grund, sich vor dem Rest des Universums zu verkriechen.

»Also, was gibt es, Hauptmann?« fügte Croft in einem etwas versöhnlicheren Tonfall hinzu.

»Gefangenenaufstand in Sektion *Love-Eight-Fifteen*«, antwortete Hankson.

Crofts Ärger war wie weggeblasen. Von einer Sekunde auf die andere war er ganz ruhig.

»Wie viele?« fragte er automatisch.

»Nicht mehr als zwanzig Aufständische«, antwortete Hankson. »Die Lage ist unter Kontrolle, aber dennoch leider ein wenig . . . kompliziert.«

Croft seufzte. Ein Gefangenenaufstand war nichts Besonderes. Er hatte irgendwann vor Ende seines ersten Jahres auf Hadrians Mond aufgehört, sie zu zählen. Er empfand sie nicht einmal mehr als Ärger, geschweige denn als Sorge. Allerhöchstens verspürte er leise Verwunderung, daß diese Narren es immer wieder versuchten.

»Warum fluten Sie die entsprechenden Abschnitte nicht einfach mit Betäubungs- oder irgendeinem anderen Gas?« fauchte er.

»Das ist leider nicht möglich«, erwiderte Hankson. »In *Love-Eight-Fifteen* ist vor zwei Monaten die Absauganlage ausgefallen, und die Ersatzteile für einen kompletten Austausch kommen erst mit dem nächsten Containertransport. Sie selbst haben damals die entsprechende Eingabe abgezeichnet, Commander.«

»Was bedeutet das konkret?« fragte Croft.

»Wir können die Sektion zwar mit Kampfgas fluten«, sagte Hankson, »aber wir bekommen sie erst wieder sauber, wenn wir die Ersatzteile erhalten und die defekte Absauganlage ausgetauscht haben. In vier Monaten also. So lange könnten die Stollen nur in geschlossenen Anzügen betreten werden, und ein Byranium-Abbau wäre ebenfalls praktisch unmöglich. Die Luft-Versorgung habe ich bereits abgestellt, aber angesichts der Größe der Station dürfte es Wochen oder Monate dauern, ehe die Aufständischen den Sauerstoffmangel spüren werden. Eher dürften sie verhungern oder verdursten.«

»Dann schicken Sie doch einfach ein paar Kampfroboter! Die werden doch wohl damit fertig werden – *oder*?« In der Betonung des letzten Wortes schwang die Frage mit, warum Hankson nicht selbst auf diese Idee gekommen war.

»Im Prinzip ja.« Hankson verzog keine Miene. Allein seine stoische Ruhe war für Croft schon Grund genug, ihn nicht zu mögen. »Allerdings haben sich die Gefangenen in einem äußerst sensiblen Bereich verschanzt. *Love-Eight-Fifteen* ist eine der Sektionen, in der die Byranium-Strukturen so beschaffen sind, daß es zu einer Kettenreaktion kommen kann.«

»Stellen Sie sich vor, das weiß ich. Schließlich bin ich der Kommandant dieser Station.« Er zwang sich zu einem ruhigen Durchatmen. »Wo also liegt das Problem?«

»Das Problem liegt darin, daß wir keine schweren Waffen einsetzen können, um keine Kettenreaktion zu riskieren, *Commander*«, erklärte Hankson. Schon die Art, wie er den Titel betonte, war bereits eine Unverschämtheit, fand Croft. »Außerdem besitzen die Aufständischen nicht nur die Elektro-Peitsche und den Flamer des Aufsehers, sondern es ist ihnen auch gelungen, einen Robot-Aufseher zu überwältigen. Unter Umständen könnten sie dessen Laser-Arm demontiert haben. Sie werden nicht zögern, ihn einzusetzen. Und wenn sie dabei auf das Byranium . . .«

»Schon gut, ich habe verstanden. Ich komme sofort in die Zentrale«, unterbrach ihn Croft. »Unternehmen Sie nichts, bis ich da bin.«

Croft schaltete den Telekom ab und fluchte lautstark. Das hatte ihm gerade noch gefehlt! Nicht, daß ihm Hanksons Worte wirkliche Sorgen bereiteten. Wenn es nach ihm ginge, hätten die Aufständischen die ganze Mine in Schutt und Asche legen können. Er hatte sich nicht um diesen Posten gerissen, ganz im Gegenteil. Seine Versetzung auf Hadrians Mond war eine kaum verhohlene Strafaktion gewesen, nachdem er in eine Falle der Yoyodyne getappt war und sein Schiff samt seiner Besatzung verloren hatte. Es war nicht wirklich seine Schuld gewesen, aber das Flottenoberkommando der Sarday'kin hatte eine ganz eigene Art, derartige Dinge zu betrachten.

Persönliches Versagen! Croft schnaubte erbittert, während er sein Quartier verließ und sich auf den Weg zur Zentrale machte. Gut, er hatte damals in der Tat ein paar Fehler gemacht, aber die waren ihm vor dem Militärgericht nicht nachzuweisen gewesen. Dennoch zweifelte er keine Sekunde daran, daß er diesem Prozeß, obwohl das Urteil auf *Freispruch* gelautet hatte, seine Versetzung hierher zu verdanken hatte. Offiziell hatte es damals geheißen, daß es nur geschah, weil angeblich kein neues Schiff zur Verfügung stand, und außerdem gelte die Versetzung nur für eine Übergangszeit, bis ein neuer Kommandant für den Minenkomplex auf Hadrians Mond gefunden wäre. Das war jetzt fünf Jahre her. Seitdem hing er auf diesem verdammten Felsklumpen fest, befehligte eine fünfzigköpfige Mannschaft und hatte die Aufsicht über rund die zwanzigfache Anzahl von Strafgefangenen, von denen die meisten nicht annähernd so lange hier waren wie er. Streng genommen war sogar *kein einziger* von ihnen so lange hier wie er. Croft hatte noch nie von einem Gefangenen gehört, der länger als vier Jahre in den Minen durchgehalten hatte.

Der Fahrstuhl hielt mit einem leichten Ruck auf dem Kommandodeck. Das Schott glitt auf, und Croft betrat die Zentrale mit den Computerkonsolen und Bildschirmen. Einer alten Gewohnheit folgend, warf er zunächst einen Blick zu der Glaskuppel hinauf, die sich hoch über ihm wölbte. Bei der unvorstellbaren Windgeschwindigkeit, die auf der Oberfläche des Methanplaneten herrschte, wurden die Moleküle beim Aufprall auf den Schutzschirm ionisiert. Dadurch war die Kuppel ständig von einer farbig leuchtenden Aureole umgeben, jenseits der sich Wirbel und Windhosen bildeten, in denen die Methanschwaden von unvorstellbaren Gewalten auseinandergerissen wurden. Es war ein schrecklicher Anblick, zugleich aber auch ein Anblick von brutaler Schönheit; ein Bild, das für Croft immer noch so beeindruckend war wie am ersten Tag.

Croft wandte den Blick wieder ab und trat auf Hankson zu, der an dem etwas erhöhten Kommando-Pult an der Stirnseite des Raumes saß.

»Nun?«

»Die Situation ist unverändert«, erklärte Hankson knapp. Mit der Andeutung eines ironischen Lächelns fügte er hinzu: »Es war auch nicht damit zu rechnen, daß die Gefangenen inzwischen freiwillig aufgeben würden.«

Croft verbiß sich eine Antwort. Rededuelle waren nicht seine Stärke, während Hankson bravourös mit Worten zu jonglieren verstand.

»Bekomme ich einen Lagebericht, oder brauchen Sie eine Extra-Einladung?« fragte er.

Hankson drückte einige Knöpfe. Auf dem großen Bildschirm vor ihm erschien die schematisierte Übersichtskarte eines Teils der Mine.

»Sektion *Love-Eight-Fifteen*«, erläuterte er überflüssigerweise. Ein roter Punkt leuchtete in einem der Stollen auf. »Die Aufständischen dürften sich etwa dort befinden.«

»Dürften? Etwa?« Croft zog eine Grimasse. »Das sind genau die präzisen Angaben, die ich von einem Soldaten erwarte.«

»Die Aufständischen haben die Überwachungskameras zerstört, und da ich vor Ihrem Eintreffen nichts unternehmen sollte, habe ich bis jetzt noch keinen Reparaturrobot hinuntergeschickt«, antwortete Hankson ungerührt. Er betätigte einige Tasten. Weitere Punkte erschienen auf dem Bildschirm, diesmal in gelb umrandetem Schwarz. »Das sind mehrere Kampfrobots, die ich vor dem Aufzug postiert habe. Wenn Sie wollen, Commander, kann ich unsere Robot-Trupps binnen einer Minute in die Sektion runterbringen.«

»Was wissen Sie über die Bewaffnung der Burschen da unten?«

»Sie haben den Aufseher und einen Aufsichtsrobot überwältigt. Also dürften sie auf jeden Fall einen Flamer und die Peitsche besitzen. Und vielleicht den Laser des Roboters.«

»Zwei Waffen also, womöglich sogar nur eine«, murmelte Croft und massierte nachdenklich sein Kinn. Die Elektro-Peitsche zählte für ihn nicht als Waffe. Das war ein Spielzeug, mit dem man ungehorsame Kinder tadelte. »Wenn wir die schwergepanzerten Kampfroboter einsetzen, haben sie keine Chance. Der Kampf dürfte keine halbe Minute dauern. Kaum genügend Zeit, um großen Schaden anzurichten.«

Hankson schien zumindest mit dem letzten Satz nicht völlig übereinzustimmen.

»Ich weiß nicht, ob das so einfach sein wird«, gab er zu bedenken. »Die Aufständischen dürften sich strategisch hervorragend postiert haben. Sie stehen zwar wie auf dem Präsentierteller, aber es ist praktisch unmöglich, sich ihnen unbemerkt zu nähern.«

Croft war sicher, in Hanksons Stimme einen hämischen Unterton zu hören. Er verbiß sich aber jeden Kommentar und gab Hankson mit einem Kopfnicken zu verstehen, daß er weiterreden sollte.

»Außerdem wissen die Leute, daß sie nichts mehr zu verlieren haben«, fuhr der Hauptmann mit einem süffisanten Grinsen fort. »Ich bin überzeugt davon, daß sie, sobald wir angreifen, anfangen werden, wild um sich zu schießen, nur um möglichst großen Schaden anzurichten. Und wenn sie auch nur einen Flamer und einen Laser haben, so könnten sie unter ungünstigsten Umständen eine Kettenreaktion auslösen. Und wie es aussieht, könnte diese nicht nur *Love-Eight-Fifteen* zerstören.«

Croft runzelte die Stirn, beugte sich vor und studierte die Karte auf dem Monitor genauer, obwohl er sie auswendig kannte.

»Leider ist das nur allzu richtig«, mußte er zugestehen. »Die Byranium-Stränge in dieser Sektion scheinen eine Verbindung zur Hauptader zu haben. Wenn es zum großen Knall dort unten kommt, könnte das auch für andere Sektionen ziemlich unangenehme Folgen haben. Das würde die Produktion um Monate zurückwerfen.«

»Wenn nicht gar für Jahre«, ergänzte Hankson.

Croft nickte verhalten. Zum ersten Mal, seit Hankson seinen Flirt mit Nelora unterbrochen hatte, begann ihm zu dämmern, daß diese Geschichte vielleicht doch mehr als nur ein ärgerlicher Zwischenfall werden könnte.

»Die Frage ist nur«, murmelte er, während er erneut sein Kinn massierte, »ob die Aufständischen das überhaupt wissen! Vielleicht sitzen sie nach ihrem Anfangserfolg jetzt ganz einfach da und warten auf den Gnadenschuß.«

»Ich habe im Aufzug eine Beobachtungssonde postiert«, sagte der Hauptmann. »Wir könnten sie herunterschicken und nachsehen.«

Crofts Kopf ruckte in Hanksons Richtung. Ärgerlich musterte er den Hauptmann.

»Warum haben Sie das nicht schon längst gemacht?«

»Sämtliche Vorbereitungen dazu waren abgeschlossen, als ich Kontakt mit Ihnen aufgenommen habe, Commander«, sagte Hankson. »Aber dann haben Sie mir gesagt, ich solle nichts . . .«

»Schon gut. Ich weiß, was ich gesagt habe.« Croft wedelte ungeduldig mit der Hand. »Na los, worauf warten Sie noch? Schicken Sie die Sonde los! Und stellen Sie die Bilder auf den großen Bildschirm!«

Hankson gab die entsprechenden Befehle, während Croft sich der großen Bildwand zuwandte. Er erkannte das Innere eines Lastenfahrstuhls. Irgendwann, vielleicht eine halbe Minute später, glitten die Schotthälften zur Seite.

»Umschaltung auf Infrarot- und Elektronenerfassung«, erklärte Hankson. »Ich steuere die Sonde jetzt in den Stollen hinein.«

Auf dem Bildschirm war zu sehen, wie die Stollenwände zu beiden Seiten des Bildschirms vorbeiglitten. Die ersten Aufständischen entdeckten sie in Schmidders Aufenthaltsraum. Allerdings zögerte selbst Croft, sie tatsächlich als Aufständische zu bezeichnen. Es waren armselige Kreaturen, die längst ihren Verstand verloren hatten und die Sonde nicht einmal bemerkten.

Der Beobachtungskörper schwebte weiter.

»Aufständische voraus!« meldete Hankson irgendwann. »Ungefähr zehn Personen, voraus an der Gangkreuzung. Also genau dort, wo wir sie vermutet haben.« Aus seinen Worten klang unterschwellig Zufriedenheit.

»Fahrt verlangsamen!« befahl Croft, was die Sonde gleich darauf tat, und als sich plötzlich einer der Aufständischen aus seiner Deckung löste und sich breitbeinig in den Stollen stellte, fügte er hinzu: »Stoppen!«

Die Objektive zoomten sofort auf den Gefangenen mit dem schmutzverschmiertem Overall. Croft hatte den Eindruck, als starre ihm dieser Mann geradewegs in die Augen, was natürlich eine Täuschung war, aber der Bildschirm übermittelte diesen trügerischen Eindruck. Deutlich war der Flamer in der Hand des Gefangenen zu sehen, der wohl der Anführer des Aufstands war.

»Wer ist das?«

»Gefangener Cedric Cyper, Nummer S-3811«, las Hankson aus irgendeiner Konsole ab. »Ein ehemaliger *Terminator,* Klassifizierung Maximus.«

Ein Maximus-*Terminator,* ging es Croft durch den Kopf. Ein verdammt harter Brocken also. Seine Hoffnung, die Aufständischen könnten womöglich nicht wissen, wie sie ihm Schwierigkeiten bereiten konnten, zerplatzte wie eine schillernde Seifenblase, als der Mann auf dem Bildschirm den Flamer hob und einen Schuß auf die Byranium-Stränge in der Wand abgab.

Überdeutlich waren die Entladungsblitze zu sehen, die sie kurz umtobten und wieder erloschen.

Sie wußten es also!

Im nächsten Moment trat ein anderer Gefangener neben den ersten Mann, eine hagere Gestalt in den Armen den Strahlarm des Aufsichtsrobots. Dann ließ ein greller Strahl die Byranium-Stränge aufblitzen.

»Gefangener Bedam Nabtaal, Nummer F-4711«, erläuterte Hankson. »Gefangen im Majordomus-Sektor wegen Spionage und staatsgefährdender Propaganda.«

Spionage, hallte es in Crofts Kopf. Und *staatsgefährdende Propaganda*! Das paßte nicht zusammen! Welcher Spion würde schon durch Verbreitung von Propaganda auf sich aufmerksam machen?

»Näher heranfahren«, befahl er.

Das Bild der Gefangenen wurde größer, doch nur einen Moment lang. Croft wußte, daß er einen Fehler gemacht hatte, als der Gefangene 3811 abermals den Flamer des Aufsehers hob, scheinbar genau auf die Männer in der Kommandozentrale zielte und der Bildschirm plötzlich dunkel wurde. Sie hatten nur eine Beobachtungssonde verloren.

Doch schon eine Sekunde später baute sich ein neues Bild auf. Diesmal wie unter extremer Weitwinkelperspektive aufgenommen.

»Splittersonde abgesetzt«, kommentierte Hankson. »Bildkorrektur läuft.«

Die Verzerrung verschwand vom Bildschirm. Die Gestalten der beiden Gefangenen mit dem Flamer und dem Robotarm waren wieder deutlich zu erkennen. Der Mann mit dem Flamer wandte sich gerade um.

»Ich hoffe«, erreichte Cedrics Stimme verzerrt, aber verständlich die Kommandozentrale, *»sie begreifen diese Warnung. Wenn nicht, dann müssen sie einen Vollidioten zum Kommandanten dieser Station gemacht haben.«*

Croft hatte das Gefühl, daß sich ihm alle Gesichter zuwandten, aber in Wirklichkeit nahm es sich natürlich außer Hankson niemand heraus, sich ihm zuzuwenden.

»Cedric!« schallte die Stimme des anderen aus den Lautsprechern.

»Ja, was . . .?«

»Da!«

Der Arm des schlaksigen Mannes schien direkt auf die Kommandozentrale zu weisen. Der andere Mann dreht sich wieder um und näherte sich. Die Perspektive schwankte plötzlich; im nächsten Augenblick füllte sein Gesicht den gesamten Bildschirm aus, und dann nur noch sein Mund.

»BANZAJ!« schallte es so brüllend laut durch die Zentrale, daß die verborgenen Lautsprecher dröhnten und jedermann zusammenfuhr.

Eine Sekunde später erlosch das Bild auf dem Schirm endgültig.

»Sie haben die Splittersonde ebenfalls zerstört«, sagte Hankson über eine Konsole gebeugt. Unschuldig wandte er sich an Croft. »Und was jetzt, Commander?«

Croft bohrte mit dem Finger im Ohr, als könne er damit den üblen Ton verscheuchen, der sich dort seit der so überraschenden Akustik-Attacke eingenistet hatte.

»Wir müssen uns eben etwas anderes ausdenken«, meinte er.

Hankson grinste herablassend. »Haben Sie auch schon eine Idee? Sollen wir ihnen vielleicht freies Geleit anbieten? Die wissen, daß wir das nicht können, selbst wenn wir es wollten. Und ich glaube nicht, daß wir sie mit etwas anderem ködern können. Die meisten von ihnen befinden sich ohnehin bereits an der kritischen Grenze. Spätestens in ein, zwei Monaten hätten wir sie ohnehin herausnehmen müssen. Das sind die reinsten Berserker. Sie hätten sehen sollen, wie sie den Roboter auseinandergenommen haben. Soll ich Ihnen die Aufnahmen vorspielen?«

»Nicht nötig.« Croft winkte ab. »Ich kann es mir ganz gut vorstellen.« Er wandte sich an eine dunkelhaarige Frau vor einem anderen Computerpult. »Selen, was sagt der Computer über die im ungünstigsten Fall zu erwartenden Schäden?«

»Die Wahrscheinlichkeit, daß die Gefangenen innerhalb von hochgerechneten siebenunddreißig Sekunden, die ein Einsatz der Kampfrobots im Mittel dauern würde, eine Kettenreaktion auslösen könnten, beträgt im ungünstigsten Fall knapp siebenundachtzig Prozent«, antwortete die junge Frau. Sie sah dabei nicht auf ihre Geräte. Offensichtlich hatte sie die Frage erwartet. Sie besaß eine ähnlich aufsässige Art wie Hankson, aber Croft schätzte sie als eine Kapazität, was den Umgang mit Computern und Daten anging. Was nichts anderes bedeutete, als daß sie wahrscheinlich recht hatte.

Im ungünstigsten Fall... Bei seiner derzeitigen Glückssträhne, dachte Croft mißmutig, bedeutete das wahrscheinlich, daß sie sich am besten gleich von dem gesamten Stollen verabschieden konnten.

»Und die Wahrscheinlichkeit, daß die Kettenreaktion noch auf weitere Sektionen außerhalb von *Love-Eight-Fifteen* überspringt«, fuhr Selen unaufgefordert fort, »liegt bei rund sechzig Prozent.«

»Auch hier den mittleren Verlauf eines Angriffes vorausgesetzt«, ergänzte Hankson süffisant. »Interessieren Sie die Zahlen für einen ungünstigeren Verlauf oder sogar für den Fall, daß der erste Angriff scheitert?«

Croft schüttelte den Kopf.

»Danke. Mein Bedarf an schlechten Nachrichten ist gedeckt. Haben Sie nicht zur Abwechslung auch einmal eine gute Nachricht?«

»Habe ich. Ob Ihnen das ebenso gefällt, wage ich zu bezweifeln.« Hankson grinste und entblößte dabei so makellose weiße Zähne, daß es in Crofts Hand zuckte, sie ihm einzuschlagen. »In fünf Minuten ist mein Dienst zu Ende. Aber da sie ja ohnehin wieder hier sind und das Kommando übernommen haben, können Sie sich ja von nun an allein mit dem Problem herumschlagen.«

»Irgendwann bringe ich Sie um, Hankson«, sagte Croft mit einem geradezu liebenswürdigen Lächeln. »In Ihrem eigenen Interesse rate ich Ihnen, heute ausnahmsweise ein paar Minuten früher Schluß zu machen und schnellstens von hier zu verschwinden. Verstanden?«

»Besten Dank.« Mit einem provozierenden Lächeln stand

Hankson auf und schlenderte aus der Zentrale. Croft starrte ihm wütend nach. Er hatte Hankson von Anfang an nicht ausstehen können. Irgendwie hatte er wohl schon immer gespürt, daß er jemand war, der ihm einmal gefährlich werden würde. Der verfluchte Hurensohn war ehrgeizig, und im Gegensatz zu Croft war er bei der gesamten Crew beliebt. Er sah einfach zu gut aus, und er hatte ein zu gewinnendes, einnehmendes Wesen, um sich auf Dauer mit der Position als zweiter Mann abzufinden. Croft wußte, daß Hankson insgeheim nur auf einen Fehler von ihm wartete. Dabei hätte er nichts lieber getan, als ihm diese ganze verfluchte Basis zu *schenken*. Ob dieser Idiot im Ernst glaubte, daß er *Wert* auf diesen Posten gelegt hatte?! »Ihre Befehle, Commander?« riß ihn Selen aus seinen Gedanken, nachdem Hankson die Zentrale verlassen hatte. Sie lächelte verzeihend und fügte etwas leiser hinzu: »Wir können ja schlecht tatenlos abwarten, was geschieht.«

»Vielen Dank für die Belehrung«, sagte Croft ärgerlich, obwohl er wußte, daß Selens Worte nur freundlich hatten sein sollen. Er ließ sich in den Sessel sinken, aus dem Hankson aufgestanden war. Für eine Sekunde mußte er gegen den Impuls ankämpfen, angeekelt wieder aufzustehen.

Dieses Gefühl wurde von dem Unbehagen ausgelöst, daß er recht ratlos war, was er jetzt anordnen sollte. Diese Situation glich in unangenehmem Maße derjenigen, in der er damals in den Hinterhalt der Yoyodyne geraten war. Jede Entscheidung, die er traf, konnte entweder vollkommen richtig sein – oder verhängnisvoll falsch. Wenn er die Kampfroboter losschickte und sie den Gefangenenaufstand problemlos niederschlugen, war er der umsichtige, stets richtig entscheidende Commander, doch falls die Gefangenen es schafften, vorher noch eine Kettenreaktion auszulösen und diese Minensektion in Schutt und Asche zu legen, war er der unfähige Versager. Keine Frage, welche Alternative Hankson lieber gewesen wäre. Vielleicht, überlegte Croft, sollte er den Hauptmann zuvor noch niederschießen, wenn sich seine Entscheidung als falsch herausstellte.

Aber all diese Überlegungen halfen ihm nicht im geringsten bei seiner Entscheidung. Es war im Grunde genommen nichts anderes als reines Glück. Das reinste Vabanque-Spiel. Alles oder nichts.

Er hatte sich fast schon durchgerungen, auf einen Einsatz der Kampfrobots zu setzen, als ihn Scart, der Funkoffizier, unterbrach:

»Commander, ich empfange ein Funksignal. Sonderbar ... aber ich orte zwei Schiffe in der Einflugschneise. Anscheinend ein Container-Transporter mit Begleitschutz. Sie haben den Code an den Killer-Satelliten abgestrahlt und gehen zum Orbitalanflug über.«

Croft stöhnte. »Wie bitte?« Ihm blieb auch gar nichts erspart.

»Was wollen die denn hier? Der nächste Transport ist erst in vier Monaten fällig, und die letzte Inspektion war doch erst vor einem halben Jahr. Also – was zum Teufel suchen die hier?«

Natürlich antwortete ihm niemand. Croft verdrehte die Augen. Bei seinem augenblicklichen Glück würde es ihn nicht im geringsten wundern, wenn irgendein Idiot in irgendeiner Verwaltung schon wieder eine neuerliche Inspektion angesetzt hätte.

»Stellen Sie eine Verbindung zu dem Schiff her«, verlangte er seufzend. »Und auf den Bildschirm damit.«

Er wartete vergeblich.

»Was ist?« drängte er schließlich. »Wo bleibt die Verbindung?«

»Ich tue, was ich kann«, verteidigte sich Scart. »Aber es gibt irgendwelche Schwierigkeiten. Der Empfang scheint durch ... durch irgend etwas beeinträchtigt zu werden.«

»Atmosphärische Störungen?« Zweifelnd warf Croft einen Blick zur Kuppel hinauf. Für die hiesigen Verhältnisse war es ein ungewöhnlich schöner Tag. Auf Hadrians Mond von schönem Wetter zu sprechen war purer Zynismus – und trotzdem herrschte im Vergleich zu den Höllenstürmen, die manchmal über die Station hinwegfegten, an diesem Tag ein geradezu mildes Lüftchen.

»Negativ«, meldet Scart. »Irgend etwas anderes stört unseren Funk. Oder ihren.«

»Merkwürdig.« Croft runzelte die Stirn. »Sind Sie denn auch

wirklich sicher, daß es sich hier um zwei unserer Schiffe handelt?«

»Vollkommen sicher, Commander. Immerhin haben sie den Geheimcode an den Wachsatelliten geschickt.«

Croft überlegte eine Sekunde, ob vielleicht auch diese Worte einen verborgenen Spott enthielten. Denn schließlich war seine Frage ziemlich überflüssig gewesen. Wären es keine Sarday'kin-Schiffe gewesen, die sich dem Killer-Satelliten, der in achtzigtausend Kilometern Höhe über Hadrians Mond schwebte, genähert hätte, dann hätte es jetzt *überhaupt keine* Schiffe mehr gegeben, die ihnen Kopfzerbrechen bereiteten, denn diese gigantische computergesteuerte Mordmaschine war darauf programmiert, gnadenlos das Feuer auf alles zu eröffnen, was sich nicht spätestens auf den zweiten Anruf hin einwandfrei identifizierte.

»Ich habe inzwischen die genauen Abtastergebnisse«, fuhr Scart fort. »Ich lege sie auf Ihr Terminal.«

Aufmerksam studierte Croft die Informationen, die im gleichen Moment auf dem kleinen, im Kommandosessel integrierten Monitor erschienen; nicht nur Daten über die einfliegenden Schiffe, sondern auch schematische Darstellungen. Ein Schiff war ein reiner Transporter, ein mit einem simplen Antrieb versehener gewaltiger Klotz, dazu gedacht, die Container aufzunehmen, die Zubringerschiffe von der Oberfläche des Mondes heraufholen würden. Begleitet wurde der Transporter von einem Zerstörer oder Kreuzer, der nur als winziger Punkt auf Crofts Schirm auftauchte. Aber die Kennung unter der Computergrafik war eindeutig. Ganz ohne Frage handelte es sich um Sarday'kin-Einheiten.

»Wie lange noch bis zur Orbitalankunft?« erkundigte sich Croft.

»Schätzungsweise eine halbe Stunde.«

»Okay. Dann haben wir zuvor noch etwas Zeit, mit unserem kleinen Gefangenen-Problem fertig zu werden.« Crofts Gedanken überschlugen sich beinahe. Wenn das Byranium schon außerplanmäßig abgeholt wurde, dann hatten diese beiden Schiffe mit an Sicherheit grenzender Wahrscheinlichkeit auch einen außerplanmäßigen Inspekteur an Bord. Bis dieser Inspekteur hier eintraf, mußten sie den Aufstand niedergeschlagen haben.

»Hat jemand einen Vorschlag?« fragte er ohne sonderliche Hoffnung.

»Ich sehe keine andere Wahl, als die Kampfroboter einzusetzen«, erwiderte Selen.

Danke, dachte Croft, darauf wäre ich ohne fremde Hilfe nie gekommen!

»Allerdings schlage ich vor, nur eine zahlenmäßig begrenzte Anzahl zu schicken«, fuhr sie fort. »Zwei oder drei Maschinen. Bei einem solch begrenzten Angriff ist kaum anzunehmen, daß die Aufständischen sofort damit beginnen werden, das Byranium zu bestrahlen. Schließlich würden sie damit ihr eigenes Todesurteil sprechen.«

Was für eine messerscharfe Logik, dachte Croft sarkastisch. Aber er zweifelte daran, ob es zugleich auch die Logik von Männern war, die nichts mehr zu verlieren hatten.

»Mit etwas Glück werden sie versuchen, sich erst einmal zu verteidigen«, erklärte Selen, »und wenn die Roboter schnell genug sind, dann bleibt ihnen nicht mehr viel Zeit, es sich anders zu überlegen und größeren Schaden anzurichten. Ich meine, es *wird* natürlich Schäden geben, aber sie dürften sich einigermaßen in Grenzen halten.«

Croft überlegte ein paar Sekunden. Die Idee gefiel ihm nicht sonderlich, aber von allen schlechten Ideen, die in seinem Schädel herumschwirrten, schien es noch immer die beste zu sein.

»Also gut«, stimmte er schließlich zu. »Versuchen wir es. Schicken wir die Roboter los! Ich will, daß alles vorbei ist, bis der Kontrolleur eintrifft.«

Er erteilte die entsprechenden Kommandos.

»Das ist seltsam«, meldete sich Scart plötzlich wieder zu Wort. »Ich weiß jetzt, wieso wir keinen Funkkontakt bekommen. Der einfliegende Zerstörer ist dafür verantwortlich.«

Croft sah ihn fragend an.

»Er sendet Störimpulse aus«, sagte Scart in einem Ton tiefster Verwirrung.

»Störimpulse?« wiederholte Croft ungläubig. »Sie müssen sich irren. Es ist völlig unmöglich. Warum sollte er unseren Funk stören?«

»Ich habe keine Ahnung, aber die Daten sind unzweideutig.« Scart blickte noch einmal auf seine Geräte, wie um sich zu überzeugen, daß das, was er zu sehen glaubte, auch wirklich zu sehen war. Dann sprach er das aus, was Croft insgeheim schon seit einigen Sekunden gespürt hatte. »Irgend etwas stimmt da nicht, Commander!«

Synfile 5

Im Reich der Gespenster

Die Beta-Sektion war durch provisorische Sperren abgeriegelt, die aus nicht mehr als ein paar Strahlstreben und Leichtmetallplatten bestanden. Sie zu durchbrechen war ein Kinderspiel. Dazu hatten sie nicht einmal die Strahlwaffe des Robotarms einsetzen müssen; ein paar kräftige Hiebe und Schläge mit den Spitzhacken hatten ausgereicht, das Hindernis zu knacken.

Cedric Cyper sah sofort, wo die anderen eingedrungen waren und folgte ihnen. Er hatte sich kurzfristig von den anderen getrennt, weil er noch etwas zu erledigen gehabt hatte, was ihm plötzlich irrsinnig wichtig erschienen war, obwohl es bei näherer Betrachtung eigentlich nur irrsinnig und kein bißchen wichtig war. Dann war er erneut zu Schmidders Aufenthaltsraum zurückgekehrt und hatte etwas geholt, was ihm vom ersten Besuch her in Erinnerung geblieben war: ein silberfarbener, aus gehärteten Leichtmetall bestehender Werkzeugkoffer. Das Werkzeug hatte er gleich in der Kabine ausgeleert, dafür befand sich jetzt, nach einem kurzen Abstecher in seinen Stollen, etwas anderes darin. Etwas, das mindestens genauso schwer war.

Je tiefer Cedric in die Stollen der Beta-Sektion eindrang, desto mehr sah er sich in seiner Absicht bestätigt, wie wenig man hier auf offizielle Verlautbarungen geben konnte. Es hatte geheißen, daß dieser Teil der Mine gesperrt worden war, weil die hier vorhandenen Byranium-Mengen keinen Abbau mehr lohnten. Doch die grünlich schimmernden Adern, die die Wände zu allen Seiten durchzogen, zeugten vom Gegenteil. Zwar waren die Vorkommen hier nicht so ergiebig wie in dem Teil, in dem Cedric gearbeitet hatte, aber einen Abbau lohnten sie allemal.

Cedric war erleichtert über diese Tatsache. Denn das bedeutete, daß sie aller Wahrscheinlichkeit nach ihren Vorteil den Kampfrobotern gegenüber behalten würden. Cedric hoffte nur, daß die hier vorhandenen Byranium-Mengen immer noch konzentriert genug waren, um per Strahlerbeschuß eine Kettenreaktion auszulösen. Anderenfalls wäre es ein grober Fehler gewesen, die vorherige Position zu verlassen.

Eine Minute später stieß er auf einen der beiden Cybertechs, die nach der Flucht des dritten noch zu ihrer *Revolutionsarmee* gehörten und der eine Kreuzung bewachte. Von ihm erfuhr er, daß die anderen rund achthundert Meter entfernt am Werke waren. Und in der Tat konnte Cedric den schwachen, flackernden Widerschein des grellen, gebündelten Lichts schon von hier aus erkennen, mit dem der ehemalige Strahlenarm des Robotaufsehers arbeitete.

Als er die anderen erreichte, sah er, daß Nabtaal einen Teil der Stollenwand mit dem Laser bearbeitete. Der scharf gebündelte Strahl hatte bereits einen mannshohen, hufeisenförmigen Schnitt in das Gestein gefräst, und bei näherem Hinsehen erkannte Cedric, daß es sich nicht um natürliches Gestein handelte, sondern um einen Quellstoff, der zum Flicken von Lecks benutzt wurde und der nach seinem Erhärten eine granitähnliche Struktur aufwies. Damit hatte man den Durchbruch verschlossen. Der handbreite, offene Schnitt im scheinbaren Gestein bewies, daß ein anderes Gerücht ebenfalls stimmte – daß die Gespensterstollen mit Sauerstoff geflutet waren. Ansonsten hätte es hier längst einen Methan- oder anderen Gaseinbruch gegeben.

Cedric fiel auf, daß es in diesen Metern des Stollens kaum Byranium-Stränge gab. Als ob die schimmernden Adern diese

Gegend mieden! Sheryl kam ihm entgegen, kaum daß sie ihn herankommen sah.

»Wir haben den Durchbruch gefunden«, informierte sie ihn. Sie zögerte. »Oder besser gesagt, Duncan hat ihn gefunden.« Sie deutete mit einer knappen Kopfbewegung in Richtung des Cybertechs, der sabbernd auf dem Boden hockte, als wäre er kein Teil dieser Welt. Er starrte mit offenen Augen ins Leere. Speichel lief über seine Lippen. Seine Hände zuckten wie in Krämpfen. An der rechten Seite seines Halses bewegte sich etwas. Es sah aus wie ein Käfer, der unter seiner Haut entlangkroch.

»Duncan?« wiederholte Cedric stirnrunzelnd. »Duncan hat den Durchbruch gefunden?«

»Ja«, bestätigte sie. »Wir hatten uns eigentlich einen anderen Abschnitt vornehmen wollen, aber er hat so lange herumgequengelt, bis wir doch zuerst diesen Stollen abgesucht haben. Ansonsten hätten wir wahrscheinlich noch stundenlang herumsuchen können.«

Duncan, dachte Cedric mit einem vagen Gefühl des Unbehagens. Duncan und immer wieder Duncan! Genaugenommen hatte mit dem ausgezerrten Cybertech der ganze Ärger erst so richtig begonnen. Denn *er* war es gewesen, der Schmidder zerquetscht hatte. *Er* hatte ihnen gesagt, daß sie fliehen mußten. Und niemand anders als *er* hatte den Durchbruch gefunden. Beinahe ein wenig zuviel für einen einfachen Verrückten, fand Cedric.

»Was willst du eigentlich mit dem Koffer?« fragte Sheryl plötzlich. Ein spöttischer Ausdruck legte sich in ihr Gesicht. »Verreisen?«

Cedric verzog das Gesicht und stellte den Koffer ab.

»Sagen wir so«, meinte er freudlos. »Wenn es uns wirklich gelingen sollte, von hier zu *verreisen*, dann möchte ich diesen kleinen Koffer unbedingt bei mir haben. Hier unten ist er vielleicht nichts anderes als ein simpler Koffer, aber da draußen ist er weit mehr. Nämlich ein komplettes Raumschiff.«

Sheryls Augen weiteten sich. Ihr Blick pendelte zwischen Cedric und dem Koffer hin und her. Sie schien zu verstehen.

Und auch Cedric begriff, daß sie den Byranium-Brocken, den er aus der Stollenwand geschlagen hatte, doch gesehen hatte. Und natürlich war sie klug genug, die richtigen Schlüsse zu ziehen.

»Du . . .?« kam es über ihre Lippen. »Du hast wirklich . . .?«

Er legte den Zeigefinger vor die Lippen. Es war sowohl Bestätigung als auch Warnung, es nicht in alle Welt hinauszuposaunen. Und es war Sheryl zugute zu halten, daß sie begriff – und schwieg.

»Wie lange brauchst du noch?« wandte Cedric sich an Nabtaal, der den Laser bediente und immer größere Pausen einlegte. Der Robotarm war nicht für ein Dauerfeuer konstruiert.

Nabtaal machte ein nachdenkliches Gesicht.

»Fünf Minuten«, gab er Auskunft. »Vielleicht zehn.«

»Dann beeil dich!« mahnte Cedric. Er hatte ein nervöses Gefühl in der Magengegend. Er spürte, daß irgend etwas passieren würde. Und zwar nicht irgendwann, sondern . . .

»Sie kommen!« schallte ein aufgeregter Ruf an ihre Ohren. Der Cybertech, der Wache gehalten hatte, kam herbeigelaufen. »Sie kommen . . . Kampfrobots. Es . . . es . . .«

»Wie viele?« rief Cedric.

Der Cybertech stoppte, überlegte und ließ die Schultern hängen.

»Ich . . . ich weiß nicht!« bekannte er kleinlaut, weil er sich vielleicht ein wenig zu früh zurückgezogen hatte.

Cedric wandte sich wieder an Nabtaal.

»Gib mir den Strahlerarm!«

Nabtaal sah ihn verwirrt an.

»Ja, aber . . . wie sollen wir denn den Durchbruch wieder öffnen?«

Cedric riß ihm die Robotgliedmaße aus den Armen und drückte ihm den Flamer in die Hand.

»Damit!« erwiderte er barsch. »Oder mit Schaufeln, Spitzhacken oder zur Not auch mit den Fingernägeln. Mit dem Laser auf jeden Fall nicht. Denn es ist das einzige, womit sich die Kampfroboter vielleicht ein wenig aufhalten lassen. Und wenn wir das nicht schaffen, sind wir in weniger als einer Minute tot.

Also hört auf, Fragen zu stellen, und seht zu, daß ihr mit der Arbeit vorankommt!«

Sie *vielleicht ein wenig* aufhalten können. Das war verdammt richtig! Es war glatter Wahnsinn, sich mit einem notdürftig instandgesetzten Robotarm einem Kampfrobot in den Weg stellen zu wollen.

Womöglich war genau das der Grund, weshalb Taifan plötzlich Cedrics Arm umfaßte und bat: »Laß mich mit dir kommen. Es ist eine Aufgabe, die Mut und Ehre verlangt.«

Cedric wußte, daß er keineswegs zustimmen durfte. Es würde nichts als Schwierigkeiten mit sich bringen, wenn der Yoyodyne ihn begleitete. Doch zu seiner eigenen Überraschung nickte er und sagte: »Gut. Komm mit!«

Zusammen mit dem *Himmelsstürmer* verließ er die anderen und nahm dort Stellung, wo sich der Cybertech befunden hatte. Mit dem Strahlenarm in den Händen ging er neben Taifan in die Hocke und spähte um die Ecke des Ganges. Zu sehen war nichts, aber das Hallen von harten Schritten auf dem Felsboden war deutlich zu hören.

»Roboter oder gepanzerte Einheiten«, stellte er flüsternd fest. Der Yoyodyne nahm es schweigend zur Kenntnis. »Wenn sie angreifen, haben wir keine Chance«, fügte Cedric hinzu. »Also sollten wir ihnen von Anfang an klarmachen, daß wir es ernst meinen und sie besser erst gar nicht versuchen, weiter vorzudringen.«

Die Antwort bestand abermals aus Schweigen. In dem runden Gesicht des Yoyodyne regte sich kein einziger Muskel. Cedric bemühte sich, seine Bedenken, was Taifan anging, beiseite zu schieben. Wie hatte Sheryl es vorhin formuliert: Sie saßen in einem Boot und würden es zusammen schaffen oder zusammen untergehen.

Quälend langsam verstrich die Zeit, ohne daß etwas geschah. Cedric lauschte in die Dunkelheit hinein. Das einzige Licht war der mattgrüne Glanz des Byraniums, das die Wände in einem verworrenen Muster aus Schlangenlinien durchwob. Er reichte lediglich aus, zwei oder drei Schritte weit zu sehen. Das Geräusch der metallischen Schritte kam beständig näher.

Vermutlich, dachte Cedric bedrückt, war er selbst jetzt sehr deutlich in der Zieloptik eines halben Dutzend Laser- und Nadlergewehre zu sehen.

Gebannt spähte er in die Dunkelheit. Trotz der fast vollkommenen Schwärze konnte er in dem Stollen voraus zumindest eines erkennen: Bewegung. Und dann und wann das Glitzern eines verirrten Lichtstrahles, der sich auf Metall brach. Es waren mindestens drei, vielleicht aber auch vier oder fünf schwere, gepanzerte Roboter. Nicht die leichten Wachautomaten, die normalerweise hier unten patrouillierten, sondern *Kampf*maschinen, stählerne Kolosse, die auf bedrückende Art an mittelalterliche Ritter erinnerten.

Cedric hob den Robotarm und visierte den ersten Roboter über den Lauf hinweg mehr schlecht als recht an. Er hätte sonst etwas für eine Zieloptik gegeben, aber auch ohne sie war die Entfernung zu den Robots bereits gering genug für einen halbwegs sicheren Schuß. Trotzdem zögerte er. Es war ihm rätselhaft, wieso die Maschinen das Feuer noch nicht eröffnet hatten. Für ihre elektronischen Augen mußte er so deutlich zu erkennen sein, als stünde er im Schnittpunkt eines Dutzend großer Scheinwerfer. Sich in der Dunkelheit zusammenzukauern und an die Stollenwand zu schmiegen war ein so wirkungsvoller Schutz, daß er sich ebensogut ein rotes Fadenkreuz auf die Stirn hätte malen können. Vermutlich, überlegte er, waren sie darauf programmiert, nicht von sich aus das Feuer zu eröffnen, um das kostbare Byranium nicht zu gefährden. Aber Cedric hatte genug Erfahrung im Umgang mit diesen Kampfmaschinen, um zu wissen, daß auch sie über einen einprogrammierten Selbsterhaltungstrieb verfügten; schließlich kostete jeder dieser Mikrochip-gesteuerten Killer ein kleines Vermögen.

Mit ziemlicher Sicherheit würde Cedrics erster Schuß zugleich auch sein letzter sein.

Er überlegte, ob er noch einen Schuß auf die Byranium-Adern abgeben sollte, und entschied sich dagegen. Diese Drohung hatte ihre Wirkung verloren, sonst wären die Kampfroboter erst gar nicht heruntergeschickt worden. Ihm war klar, daß ihre einzige wirkliche Waffe bisher die Abschreckung gewesen war – und diese Waffe hatte offensichtlich versagt. Croft hatte nicht einmal versucht, Verbindung mit ihnen aufzunehmen. Wahrscheinlich war es unter seiner Würde, mit revoltierenden Gefangenen zu sprechen.

Cedric verscheuchte all diese Gedanken, hob die Waffe um eine Winzigkeit und drückte ab. Ein greller Lichtblitz traf den massigen Kopf der Kampfmaschine und prallte wirkungslos von den Panzerplatten ab.

Cedric warf sich in Deckung, aber erstaunlicherweise feuerten die Maschinen noch immer nicht zurück. Nun gut, also hatte er eine zweite Chance. Diesmal würde er genauer zielen.

Noch bevor er erneut in Stellung gehen und abdrücken konnte, war Taifan plötzlich neben ihm und packte den Robotarm.

»Laß mich das machen!« rief er mit einer Stimme, die keinen Widerspruch duldete. »Wenn wir sterben müssen, dann soll es mich als ersten treffen!«

Cedric war so erstaunt über eine solche Art von Logik, daß er sich den Robotarm ohne weiteren Widerstand aus der Hand nehmen ließ. Und noch etwas anderes verwirrte ihn. Während seiner Ausbildung hatte man ihm beigebracht, daß Angehöriger der Kaste der *O-Ban* niemals Hand an ein Strahlengewehr oder ähnliche Waffen legten, sondern ausschließlich ihre Metall- oder Laserschwerter benutzten – aber das schien nicht der einzige Punkt zu sein, in dem man über diese Fraktion irrte. Im Ehrenkodex der Yoyodyne gab es offenbar eine Ausnahmeregelung, die für solche Situationen galt. Oder Taifan sah den zusammengeflickten Strahlerarm erst gar nicht als Waffe an.

Taifan versuchte überhaupt nicht, in der Nähe der Stollenwand Deckung zu suchen, sondern stellte sich fast in die Mitte des Stollenanfanges. Entweder war seine Todessehnsucht so ausgeprägt, oder aber er setzte kaltblütig darauf, daß die mittlerweile keine dreißig Meter mehr entfernten Kampfrobots es auch weiterhin nicht wagen würden, ihre überlegenen Waffen einzusetzen.

Er gab zwei Schüsse auf die heranstampfenden Kolosse ab, ohne etwas zu erreichen, aber in dem heftigen grellen Licht hatte Cedric erkennen können, daß der ersten Maschine noch mindestens vier weitere Kampfrobots folgten, im Abstand von jeweils zehn Metern. Eine unbesiegbare Armada.

Mit einemmal begriff er, daß diese fünf Kolosse es überhaupt nicht nötig hatten, ihre Waffen einzusetzen. Sie waren durchaus in der Lage, allein mit bloßen Händen mit dem Aufstand fertig zu werden – sofern man ihre bedrohlichen Greifwerkzeugen als Hände bezeichnen mochte. Sie würden jeden Widerstand einfach überrollen, zerfetzen oder zerquetschen. Vermutlich hatte Croft den Verlust einer oder mehrerer Maschinen einfach einkalkuliert und sich ausgerechnet, daß dieser Schaden weitaus geringer war als der, den ein Feuergefecht hier unten anrichten mußte.

Taifan schienen solche Gedanken fernzuliegen. Er feuerte zwei weitere Male auf den Roboter.

Diesmal zeigten die Schüsse Wirkung. Eines der rotleuchtenden elektronischen Augen erlosch, und das linke Hüftgelenk des stählernen Giganten verwandelte sich in glühenden Schrott. Dennoch bewegte sich die Maschine weiter, wenn auch langsamer und mit einem hörbaren Quietschen und Schleifen.

Cedric war fest davon überzeugt, daß die Maschine nun zurückschießen würde, denn die Distanz war einfach zu gering, als daß sie Taifan verfehlen und damit großen Schaden in den Byranium-Adern anrichten konnten. Aber die schweren Waffenarme des Robots hoben sich nicht. Dafür öffnete sich an der Schulter eine handflächengroße Klappe, aus der sich ein kleiner Lauf hervorschob. Jemand ohne entsprechende Ausbildung und Kampferfahrung hätte es vielleicht übersehen, nicht aber ein ehemaliger *Maximus-Terminator.* Und so wußte Cedric denn auch, womit er es hier zu tun hatte: ein Granatwerfer kleineren Kalibers.

Der Lauf richtete sich jedoch nicht auf Taifan – vielleicht aus Sorge, die Batterien des Robotarms könnten bei einem direkten Treffer in einer Spontan-Explosion vergehen –, sondern auf irgend etwas über ihm. Als Cedric sich umsah, erkannte er, daß die Stollendecke unmittelbar über dem Yoyodynen einige Quadratmeter aufwies, die frei von Byranium-Adern waren. Im selben Augenblick, da er diesen Gedanken zu Ende gedacht hatte, sprang er vor, riß Taifan um und hechtete mit ihm in Deckung, während der kleine Lauf in der Robotschulter auch schon eine Granate ausspuckte und sie gegen die Stollendecke schleuderte. Ein bis zwei Tonnen Deckengestein prasselten zu Boden, genau dort, wo Taifan und er sich vor einem Moment noch befunden hatten.

Die aufgewirbelten Staubkaskaden nahmen Cedric die Sicht, aber das Stampfen und Quietschen des weiterhin voranmarschierenden Stahlkolosses war deutlich zu hören. Er löste sich von dem Yoyodynen, kroch auf dem Boden umher und tastete nach dem Strahlerarm. Als er ihn gefunden hatte, schrie er gepeinigt auf und zog seine Hand sofort wieder zurück. Das vordere Ende des Laufes, das er erwischt hatte, war glühend heiß. Cedric ergriff den Arm am anderen Ende. Ein hastiger Blick auf die Ladekontrolle verriet ihm, daß ihnen, falls sie den Batterien keine ausreichende Zeit zur Selbstregeneration ließen, kaum mehr als drei oder vier Schüsse zur Verfügung standen.

Cedric gab einen Schuß in die Richtung ab, in der er den vordersten Kampfrobot vermutete, und als der grelle Lichtschein die Dunkelheit und die Staubschwaden durchschnitt, sah er, daß er sich nicht verschätzt hatte. Der Strahl hatte das ausdruckslose Metallgesicht getroffen und auch noch das andere Auge zerstört. Nicht, daß es ein großer Erfolg gewesen wäre. Die Maschine konnte ihn jetzt zwar nicht mehr sehen, aber sie hatte noch ungefähr ein Dutzend anderer Sinne, mit denen sie ihn ebenso zuverlässig aufspüren konnte.

Cedrics nächster Schuß traf den Lauf des Granatwerfers, ließ die darin befindliche, nachgeladene Granate explodieren und ein Loch von der Größe eines Fußballs in der Schulter des Robots zurück, durch das Kabel und Drähte nach draußen ragten wie Gedärme aus einem aufgeschlitzten Bauch.

Der Koloß stampfte trotzdem weiter voran, unbeirrbar, unaufhaltsam. Als er das von der Decke herabgestürzte Gestein erreichte, wurde er zwar langsamer, doch lange würde ihn das Hindernis nicht aufhalten. Seine stählernen Beine schoben die Steinbrocken und den Schutt beiseite.

Cedric sah sich gehetzt um und bemerkte, daß Taifan ebenfalls wieder auf die Beine gekommen war. Ihre Position war nicht mehr zu halten. Wenn sie hier blieben, würden die Roboter sie auf jeden Fall erledigen. Ob es Cedric gefiel oder nicht, ihnen blieben nur zwei Möglichkeiten: entweder sie zogen sich zurück und verschafften sich damit einige zusätzliche Minuten, oder sie taten das einzige, was ihnen noch blieb, und vernichteten so viel Byranium, wie sie konnten – in der Hoffnung, damit eine Kettenreaktion auszulösen und sich alle in die Luft zu sprengen. Croft mußte sich darüber im klaren sein, aber anscheinend war ihm die Beta-Sektion nicht so wichtig.

Plötzlich spürte er Taifans Hand hart auf seiner Schulter, und als er herumfuhr, sah er in das Gesicht des Yoyodynen, das nicht mehr so starr und maskenhaft wirkte.

»Du . . .!« stieß Taifan hervor, und die Falten auf seiner Stirn vertieften sich. »Du hast mir das Leben gerettet!«

Es war nicht herauszuhören, ob es Dank oder Anklage war. Wahrscheinlich eine Anklage, befürchtete Cedric und stöhnte innerlich auf. Das fehlte ihm noch, daß sich der Yoyo auch noch beleidigt zeigte und darauf erpicht war, sich mit ihm zu prügeln, weil irgendeine unsinnige Vorschrift seines kindischen Ehrenkodexes ihm das so vorschrieb.

Vergiß es – die paar Sekunden sind doch nun wirklich nicht der Rede wert! war er versucht zu sagen, aber er verkniff sich die Worte. Womöglich war das für einen Yoyo eine tödliche Beleidigung?

»Komm!« rief er Taifan statt dessen zu. »Wir müssen hier weg! Für alles andere ist später noch Zeit.«

Zu seiner Überraschung machte der Yoyodyne keine Anstalten, ihm zu widersprechen, sondern zog sich anstandslos in den Stollen zurück, aus dem sie gekommen waren. Auch Cedric wich einige Schritte zurück und gab dabei wieder zwei Schüsse auf den Roboter ab, der den Schutt fast durchbrochen hatte und ein nicht zu verfehlendes Ziel abgab.

Der erste Treffer hinterließ ein eindrucksvolles, aber relativ harmloses Loch in seiner Brustpanzerung, dafür traf der zweite Schuß das ohnehin beschädigte Hüftgelenk und zerschmolz es endgültig. Der Roboter machte noch einen letzten Schritt, dann kam er mit einem Ruck, der von einem metallischen Splittern und Kreischen begleitet wurde, zum Stehen. Irgendwo in seinen Innereien begann ein überlasteter Motor zu jaulen, dann explodierte etwas im Leib der massigen Maschine. Grauer Rauch quoll aus den Fugen der Metallpanzerung.

Cedric erlaubte sich eine Sekunde der Genugtuung, in der er der Maschine ein hämisches Grinsen zuwarf. Er hatte kaum zu hoffen gewagt, daß die Roboter so stehenbleiben würde, wie er stehengeblieben war. Der Gang, durch den er und seine vier Blechkameraden heranmarschiert kamen, war so schmal, daß die anderen Metallkolosse erhebliche Mühe haben würden, sich an ihm vorbeizuschieben.

»Jetzt aber los.« Er wandte sich um. »Hauen wir ab!«

Zusammen mit Taifan machte er sich auf den Weg zu den anderen.

»Warum hast du das getan, Sarday'kin?« fragte der Yoyodyne, während sie im Laufschritt den Stollen durchquerten.

»Was?«

»Mir das Leben gerettet. Warum hast du mich nicht sterben lassen, wie es die Ehre geboten hätte?«

Richtig, fragte Cedric sich, ohne im Laufen innezuhalten. Warum hatte er ihn nicht einfach seinem Schicksal überlassen? Sorge um den Yoyodyne hatte es ebensowenig sein können wie die Überlegung, den Laserarm des Robotaufsehers zu retten. Eigentlich hatte er nur instinktiv gehandelt.

»Ist es bei euch etwa eine Ehre zu sterben, wenn die Zeit noch nicht gekommen ist?«

»Woher willst du wissen, wann der richtige Zeitpunkt für deinen Tod gekommen ist?« fragte Taifan.

Cedric konnte nicht verstehen, wie jemand in dieser Situation seine Zeit und Gedanken mit Philosophieren verschwenden konnte. Zugleich fragte er sich, wie ein Volk, das so viel Energie darauf verschwendete, immer neue Gründe für einen zeremoniellen Selbstmord zu ersinnen, jemals eine solche Machtposition in der Galaxis hatte erringen können.

»Ich weiß nur, daß der richtige Augenblick erst dann gekommen ist, wenn es gar keinen anderen Ausweg oder keine Hoffnung mehr gibt, wenigstens noch ein paar Sekunden länger am Leben zu bleiben«, sagte Cedric.

Der Yoyodyne schien das nicht verstehen zu können. Er schüttelte den Kopf. »Aber haben wir nicht unseren Verstand, um zu wissen, wann es keinen Ausweg mehr gibt und es an der Zeit ist, ehrenvoll aus dem Leben zu scheiden?«

Wahrscheinlich so, wie ein Schachspieler seinen König umwirft, sobald er erkennt, daß seine Position unhaltbar geworden ist, ergänzte Cedric in Gedanken. In der Tat, eine durchaus ehrenvolle Ansicht, die sehr viel Zeit ersparte – zumindest soweit sie ein 3-D-Schachspiel betraf.

Cedric rannte weiter, ohne eine Antwort zu geben. Hinter ihm erscholl ein schrilles, metallisches Quietschen und Klirren, noch bevor sie die anderen erreicht hatten, aber als er im Laufen den Blick umwandte, waren die Roboter bereits von einer Stollenwindung verdeckt. Wieder hörte er das metallische Klirren und Krachen, dann einen einzelnen stampfenden Schritt, und plötzlich einen dumpfen Aufprall, gefolgt von etwas, das das Splittern von Metall sein konnte. Die nachrückenden Kampfrobots waren dabei, ihren defekten Kameraden zur Seite zu schieben.

»Mein Kodex gebietet es mir«, erklärte Taifan, »dir gegenüber zur Loyalität verpflichtet zu sein, bis du mich daraus entläßt.«

Cedric hatte das Gefühl, als hätte man ihm aus vollem Lauf mit einem Vorschlaghammer vor den Kopf geschlagen. Hätte man ihm nur vor drei oder vier Stunden erzählt, daß ein Yoyodyne ihm eines Tages so etwas erzählen würde, er hätte lauthals gelacht. Doch leider wußte er nur allzu genau, daß Taifans Worte alles andere als ein Scherz waren.

Zum Glück erreichten sie die anderen, ehe er in die Verlegenheit kam, etwas darauf zu antworten.

»Wie weit seid ihr?« fragte er, während er atemlos stehenblieb.

»Wir sind durch«, gab Sheryl Auskunft. In der Tat, in der Wand klaffte ein meterbreites Loch. Die Sarday'kin deutete auf die yoyodynische *Humsz*-Züchtung, die mit schweißglänzendem Oberkörper dastand und eine verbogene Spitzhacke sinken ließ. »Ohne ihn hätten wir das nie geschafft«, fuhr Sheryl fort. »Ich habe gerade zu euch kommen und euch informieren wollen. Was ist mit den Kampfrobots?«

»Was soll schon mit ihnen sein?« fragte Cedric sarkastisch, während er die Öffnung anstarrte wie das Tor zu einer besseren Welt. »Natürlich haben wir sie fertiggemacht. Einen nach dem anderen. Sie tanzen jetzt Ringelreihen und singen Kinderlieder.« Und als er Sheryls dunkle Miene sah, ergänzte er, bevor sie ihn anfahren konnte: »Was glaubt ihr denn? Wir haben sie mit viel Glück ein wenig aufgehalten. In spätestens einer halben Minute werden sie hier sein. Also los, sehen wir zu, daß wir von hier wegkommen.«

Als hätte es nur dieses Signals bedurft, kam Bewegung in die Gefangenen. Die ersten ihrer kleinen *Revolutionsarmee* schoben sich durch den Spalt in der Wand. Der einzige, der Schwierigkeiten hatte, war Omo, aber mit vereinten Kräften gelang es ihnen, das genmanipulierte Riesenbaby durch den Durchbruch zu ziehen.

Und dann standen sie drüben. Es war, als tauchten sie von einer Sekunde auf die nächste in eine fremde und unwirkliche Welt ein. Nüchtern betrachtet war es nicht mehr als ein weiterer Stollen, der sich wie ein leicht gebogener Schlauch in das dunkle Gestein von Hadrians Mond hineinzog. Zugleich jedoch bot allein sein Aussehen und seine Form einen äußerst bizarren Anblick.

Im Gegensatz zu den Stollen in den von den Sarday'kin angelegten Sektionen gab es hier keine scharfen Kanten oder vorstehenden Vorsprünge in den Wänden. Der Gang war von ovaler Form, die Wände von einer endlosen Reihe auf- und abschwellender, ringförmiger Strukturen durchzogen, die fast wie eine Art Rippen anmuteten, und an der Oberfläche sah das Gestein regelrecht glasiert aus. Cedric hatte den unangenehmen Eindruck, als hätte sich ein gigantische Wurm durch das Gestein gefräst – und wenn dem so war, so hoffte Cedric, dieses Vieh niemals zu Gesicht zu bekommen. Lauerte etwa ein riesiges Ungeheuer hier unten?

Die bleichen Lichtfinger ihrer drei Lampen stachen durch die dunstige, feuchte Luft, die innerhalb des Stollen lag – fast wie feiner Nebel. Sie war stickig und schwer. Mit Unbehagen sah Cedric, daß es in der Tat nirgends auch nur die geringste Spur irgendwelcher grünlich schimmernden Byranium-Adern gab. Wenn die Kampfroboter bis hierher vorrückten, würde sie nichts mehr daran hindern, ihre gewaltige Feuerkraft unbedenklich einzusetzen.

»Worauf wartet ihr noch?« rief Cedric den anderen zu, die vor Erstaunen und Furcht stehengeblieben waren. Er konnte sie nur zu gut verstehen. Sie alle hatten bisher schließlich nur Gerüchte gehört, was die Gespensterstollen anbetraf, aber zu sehen, daß es sie tatsächlich gab, war etwas völlig anderes.

In ihre kleine Gruppe kam Bewegung. Mit jedem Schritt, den sie sich erst zögernd, dann etwas schneller vorwagten, spürte Cedric die Gewißheit, daß sie geradewegs in ihr Verderben liefen. In einer Hand hielt er den Strahlerarm des Robotaufsehers, in der anderen spürte er das Gewicht des Koffers. Er wußte, es war Unsinn, ihn mit sich zu schleppen, aber dennoch trennte er sich nicht davon.

Es dauerte nicht lange, bis hinter ihnen ein Fauchen und das Bersten und Brechen von Gestein erklang. Der Durchbruch war längst außer Sicht, doch der Widerschein der Laserstrahlen flackerte wie ein fernes Gewitter durch den Dunst. Kein Zweifel, die Kampfroboter hatten den Durchbruch erreicht und waren dabei, ihn zu erweitern. Cedric trieb die anderen zur Eile an. Es galt, einen möglichst großen Vorsprung herauszuholen. Diese stählernen Armageddon-Maschinen bewegten sich zwar nicht sonderlich schnell, dafür waren sie verdammt ausdauernd. So etwas wie Erschöpfung oder Ruhepausen kannten sie nicht.

Sie hetzten weiter und kamen ein paar hundert Meter weiter an eine Stelle, an der sich der Stollen in zwei Gänge aufspaltete.

»Welchen Weg sollen wir nehmen?« rief Sheryl. Sie und selbst Taifan und die beiden anderen Yoyos sahen Cedric an, als wäre allein er in der Lage, die richtige Entscheidung zu treffen.

Re . . . rechts«, krächzte Duncan. »Rechts entlang.«

Wahrscheinlich wäre es klüger gewesen, sich an diesen Ratschlag zu halten, doch Cedric hatte es satt, sich von dem verrückten Cybertech vorschreiben zu lassen, was sie tun sollten.

»Nach links«, bestimmte er, und als Duncan protestierte, packte er ihn einfach am Arm und zog ihn so lange hinter sich her.

»Fa . . . falscher Weg«, zeterte Duncan, während er ihnen hinterhertrottete, doch niemand schenkte ihm Gehör.

Cedric machte sich keine allzu großen Hoffnungen, daß die Roboter an der Abzweigung ihre Fährte verlieren könnten. Allein die Infrarotspuren, die sie alle mit jedem ihrer Schritte auf dem Boden hinterließen, würden für die elektronischen Sinnesorgane der Kampfkolosse so deutlich zu erkennen sein wie große Leuchttafeln, die ihnen den Weg wiesen.

Cedrics Gedanken beschäftigten sich fieberhaft damit, wie sie die Roboter abschütteln konnten. Er dachte fast sehnsüchtig an die Fallgruben, die den Gerüchten zufolge hier lauern sollten. Bislang waren sie noch auf kein Hindernis gestoßen. Der Stollen hatte sich vollkommen gleichförmig durch den Fels gezogen.

Nach der nächsten Biegung standen sie unvermittelt vor einer Geröllhalde, die sich bis hinauf zur Decke erstreckte.

»Falscher Weg«, krächzte Duncan wieder, und Cedric spürte das Verlangen, ihm mit dem Strahlerarm eins über den Schädel zu geben. Der verrückte Cybertech hatte schon wieder recht gehabt.

»Los, zurück!« rief Cedric schnell. »Vielleicht schaffen wir es noch zurück bis zur Abzweigung, bevor die Kampfrobots dort auftauchen!«

Natürlich schafften sie es nicht.

Sie liefen den Maschinen fast direkt in die Arme, und der erste von ihnen, einer der Cybertechs, entging der Strahlensalve der vordersten Maschine nur durch einen geistesgegenwärtigen Sprung. Dafür erwischte ihn die nächste, nur einen Lidschlag später aufblitzende Salve und zerschmolz ihn zu einem unansehnlichen Klumpen, bevor er auch nur die Chance hatte, einen Schrei auszustoßen. Der Gestank verbrannten Fleisches breitete sich aus und stach in Cedrics Nase, der ebenso wie alle anderen sofort Deckung gesucht hatte.

Zorn ergriff Cedric, Zorn auf den Roboter, auf Duncan und sich selbst und vor allem auf das Schicksal, das ihn in diese Situation gebracht hatte. Es machte ihm nichts aus, zu sterben. Als ehemaliger Sarday'kin-Terminator gehörte der Tod zu seinem Leben; er hatte gewußt, daß seine Tage gezählt waren, als das Urteil feststand. Er hatte keine Angst davor, zu sterben. Aber der Gedanke, bei einer solch lächerlichen Aktion ums Leben zu kommen, machte ihn wütend. Es war so lächerlich. Und der Tod war nichts, was lächerlich sein sollte.

Cedric ließ seinen Blick über die Gesichter der anderen schweifen und spähte dann vorsichtig zu dem Roboter hinüber – was ein nicht geringes Risiko darstellte, denn für die hochgezüchtete Zieloptik der Maschine machte es keinen Unterschied, ob er sich schnell oder langsam bewegte. Für ihre elektronischen Augen mußte er so deutlich zu erkennen sein, als stünde er im Schnittpunkt eines Dutzend großer Scheinwerfer. Sich in der Dunkelheit zusammenzukauern war ein so wirkungsvoller Schutz, daß er sich ebensogut auch ein rotes Fadenkreuz auf die Stirn hätte malen können. Aber das Wunder geschah – die Maschine konnte oder wollte nicht auf ihn schießen. Vielleicht, dachte Cedric, hatte sie ja dementsprechende Befehle von Croft, ihn zu verschonen. Croft mochte mit ihm ganz spezielle Pläne haben.

Nun, Cedric hatte keine Skrupel, auf den Kampfroboter zu feuern. Außerdem besaß er einen winzigen Vorteil: Er kannte diesen Robotertyp genau, und er wußte um den Schwachpunkt dieser Konstruktion. Cedric hob den Laser und visierte die Maschine über den Lauf hinweg an. Er hätte seinen rechten Arm für eine Zieloptik gegeben, aber die Entfernung war auch so für einen sicheren Schuß schon gering genug. Cedric hob die Waffe um eine Winzigkeit und drückte ab. Ein greller Lichtblitz traf den massigen Kopf der Kampfmaschine und prallte wirkungslos von ihren Panzerplatten ab. Und hinter dem Roboter tauchte genau in diesem Moment eine zweite Kampfmaschine auf.

Cedric duckte sich, aber erstaunlicherweise schossen die Maschinen noch immer nicht zurück. Also hatte er eine zweite Chance. Diesmal würde er genauer zielen. Er hob erneut die Waffe.

Sofort gab er zwei weiter Schüsse auf den Roboter ab, der mittlerweile keine zehn Schritte mehr entfernt war.

Diesmal zeigten die Schüsse Wirkung. Eines der rotleuchtenden elektronischen Augen erlosch, und das linke Hüftgelenk des stählernen Giganten verwandelte sich in glühenden Schrott. Dennoch bewegte sich die Maschine weiter, wenn auch langsamer und mit einem hörbaren Quietschen und Schleifen. Cedric war fest davon überzeugt, daß der Roboter nun zurückschießen würde, denn die Distanz war einfach zu gering, als daß er ihn verfehlen konnte. Aber die Waffenarme der Maschine hoben sich nicht. Sie stampfte einfach weiter auf ihn zu, quietschend und scheppernd und das linke Bein nachziehend wie ein verkrüppelter Mensch. Plötzlich begriff Cedric, daß sie es gar nicht nötig hatten, ihre Waffen einzusetzen. Diese fünf Roboter allein waren durchaus in der Lage, mit bloßen Händen mit ihnen fertig zu werden. Sie würden jeden Widerstand einfach überrollen, und vermutlich hatte Croft den Verlust einer oder mehrerer Maschinen einfach einkalkuliert und sich ausgerechnet, daß der Schaden weitaus geringer war, als wenn sie hier unten ein Feuergefecht veranstalteten. Byranium vertrug nicht viel Hitze.

Cedric warf hastig einen Blick auf die Ladekontrolle seines Lasers und fluchte. Wenn die Maschinen weiterhin einfach nur vorrückten, statt zurückzuschießen, dann konnte er mit etwas Glück einen oder sogar zwei davon vernichten, aber auf gar keinen Fall mehr. Dafür besaß er einfach nicht genügend Energie, und der Flamer nutzte ihnen im Nahkampf gegen die stählernen Giganten nichts. Vor allem nicht in der Enge dieses Stollens. Wenn Sheryl die Waffe hier unten abfeuerte, dann würde die Hitze sie und die anderen weitaus schneller töten, als sie den Maschinen ernst zu nehmenden Schaden zufügen konnte.

Ganz plötzlich wurde Cedric klar, daß ihre einzige wirkliche Waffe bisher die Abschreckung gewesen war – und diese Waffe hatte offensichtlich versagt. Er gab einen weiteren Schuß auf den Roboter ab, aber im Grunde nicht mehr, um ihn wirklich aufzuhalten, sondern aus purer Verzweiflung.

Er wich einen Schritt zurück und feuerte zweimal auf den Roboter ab. Der erste Schuß hinterließ ein zwar eindrucksvolles, aber relativ harmloses Loch in seiner Brustpanzerung, der zweite traf das ohnehin beschädigte Hüftgelenk und zerschmolz es endgültig. Der Roboter machte noch einen letzten, knirschenden Schritt, dann kam er mit einem Ruck zum Stehen. Irgendwo in seinem Inneren begann ein überlasteter Motor zu jaulen, schnell und hoch und immer schriller, dann explodierte etwas im Leib der massigen Maschine. Grauer Rauch drang aus den Fugen ihrer Metallpanzerung.

Und eine Sekunde später stürzte der Gang ein.

Synfile 6

Erwachen

Nur langsam arbeitete sich Cedrics Bewußtsein in die Wirklichkeit zurück. Ihm war übel, und er hatte Kopfschmerzen. Er vermochte vor Schwäche kaum die Augen zu öffnen.

»Du lebst also, Sarday'kin«, stellte eine harte Stimme fest, die ihm vage bekannt vorkam.

Und dann kehrte schlagartig die Erinnerung zurück: ihr Rückzug bis zur Halde, der Angriff der Kampfrobots und diese urplötzliche, gigantische Erschütterung.

Es dauerte ein wenig, bis sich seine Augen an das Licht der Lampe gewöhnten. Vor sich erkannte er Taifan, den *Himmelsstürmer*, und hinter ihm standen Kara-Sek und Omo. Diese drei hatten die Explosion also wohlbehalten überstanden. Hinter ihnen bemerkte Cedric weitere Gestalten: Nabtaal, Duncan und zwei andere Cybertechs, einer davon mit schmerzverzerrtem Gesicht und blutdurchtränktem Stoff an der rechten Schulter. Einer der herabstürzenden Gesteinsbrocken mußte ihn dort getroffen haben. Im Hintergrund hielt sich noch ein anderer Freischärler auf, der eine blutende Wunde am Kopf hatte. Von den restlichen Mitgefangenen keine Spur, nein, das war nicht ganz richtig; Cedric entdeckte zwei blutige Beine, die unter einem der herabgestürzten tonnenschweren Felsbrocken herausragten.

»Einer der Freischärler«, erklärte Taifan, der seinen Blick richtig deutete.

Verflucht, dachte Cedric, hatte er sich schon so wenig unter

Kontrolle, daß jetzt selbst ein Yoyo in seinem Gesicht wie in einem aufgeschlagenen Buch lesen konnte? »Er ist nicht der einzige, den es erwischt hat. Leider sind auch die beiden anderen Lampen verschüttet, und der Strahlerarm ist ebenfalls durch einen Felsbrocken zerschmettert worden.« Es klang beinahe, als würde Taifan das mehr bedauern als den Tod der Mitgefangenen. Für die Fraktion der Yoyo galt ein Menschenleben nicht viel.

Cedric verkniff sich eine empörte Reaktion, als er daran dachte, daß bei den Sarday'kin kaum weniger menschenverachtend gedacht wurde.

»Sheryl!« rief er plötzlich voller Sorge, während er sich in alle Richtungen umsah. Warum hatte er nicht eher daran gedacht? Er konnte die Sarday'kin mit dem auffälligen chromfarbenen Haar nirgends entdecken. »Wo . . .?«

»*Hier* bin ich«, antwortete ihm ihre Stimme von irgendwo her. Als er den Kopf wandte, erkannte er in dem spärlichen Licht Sheryl, die auf der Schutthalde bis unter die Stollendecke geklettert war. »Was ist?« fügte sie spöttisch hinzu. »Hast du dir etwa Sorgen um mich gemacht?«

»Sorgen?« fragte Cedric spöttisch, während er unendliche Erleichterung verspürte, die er sich selbst nicht so recht erklären konnte. »Um dich? Wie . . . wie kommst du denn auf diese absurde Idee?«

»Ich . . . nur so ein Gedanke«, erwiderte sie genauso spöttisch. »Nichts weiter als eine blödsinnige Idee.«

»Natürlich.« Er nickte und wandte sich Taifan zu. »Gib mir die Lampe«, verlangte er, und der Yoyodyne tat es widerspruchslos.

»Eine einzige Lampe«, murmelte Cedric bitter, während er den Strahl durch den Gangabschnitt lenkte. »Welch grandiose Ausrüstung!«

Was er im umherwandernden Lichtschein sah, war nicht gerade dazu angetan, seine Stimmung zu steigern. Sie waren eingeschlossen. Auf der einen Seite befand sich die Halde, auf der anderen Seite, war die Decke des Stollens eingestürzt, genau dort, wo sich die heranstampfenden Kampfmaschinen befunden hatten. Von dem vordersten Robot ragten noch die verbeulten Waffenarme und der Oberkörper aus den Gesteinsmassen. Die Leuchtdioden und Sensoren an seinem stählernen Schädel waren matt und tot, aber dennoch verspürte Cedric allein bei seinem Anblick unwillkürlich ein Gefühl der Bedrohung.

Es war das reinste Wunder, daß sie nicht alle unter der einstürzenden Decke begraben worden waren. Trotzdem weigerte er sich, diesen Umstand als Glück zu bezeichnen. Vielleicht wäre es gnädiger gewesen, wenn sie unter den Gesteinsmassen einen raschen und schmerzlosen Tod gefunden hätten, anstatt jetzt hier in dieser Falle hilflos auf ihr Ersticken oder Verhungern warten zu müssen. Cedric wußte nicht, wie lange er bewußtlos gewesen war, aber er hatte den Eindruck, als wäre die Luft in diesem kleinen Abschnitt, der ihnen noch geblieben war, bereits deutlich stickiger, als er es in Erinnerung hatte.

Was ihn am meisten beschäftigte, war die Frage, was zum Teufel diesen fürchterlichen Schlag, diese gewaltige Erschütterung ausgelöst haben könnte. Doch alles, was ihm in den Sinn kam, erschien ihm gleichermaßen spekulativ: von einem simplen Erdbeben bis hin zu einer Kettenreaktion des Byraniums im Beta-Sektor, ausgelöst durch eine versehentliche Aktion eines nachrückenden Robots. Eine Erklärung war so gut oder schlecht wie die andere. Denn Erdbeben kamen auf diesem Himmelskörper so gut wie nie vor. Hadrians Mond war eine alte Welt, die bereits zur Ruhe gekommen war, als es auf den meisten Planeten der Galaxis noch nicht einmal primitives Leben gegeben hatte. Und andererseits begingen Roboter, insbesondere Kampfroboter, nur äußerst selten Fehler. Nein, Cedric spürte, daß es eine andere Erklärung geben mußte.

»Nein«, sagte Taifan, und Cedric benötigte einen Augenblick um zu begreifen, worauf sich seine Worte bezogen. »Wir haben noch den Flamer.« Er hob den Handstrahler und deutete auf etwas neben Cedric. »Und das, was sich in deinem Koffer befindet.«

Der Koffer war also nicht verschüttet worden.

»Du hast ihn geöffnet?« fragte Cedric, leicht erschrocken.

»Natürlich nicht«, entgegnete Taifan. »Ich würde niemals das Eigentum von jemandem anrühren, dem ich Loyalität schulde.«

Eigentum, dachte Cedric mißmutig. Bislang war es nichts als ein weiteres Gewicht, das er völlig sinnloserweise durch die Gegend schleppte.

»*Er* hat versucht, den Koffer zu öffnen«, fügte Taifan hinzu und deutete auf Nabtaal. »Aber ich habe es nicht zugelassen.«

Der schlaksige Freischärler wandte sich an Cedric und machte eine entschuldigende Geste.

»Ich konnte ja nicht wissen, ob du noch lebst oder ob du schon . . .«

Cedric unterbrach ihn mit einer ungehaltenen Handbewegung. Er richtete sich auf und näherte sich dem verschütteten Kampfrobot, bis er in dessen metallisches Gesicht sah. Die Waffenarme der Maschine waren direkt auf ihn gerichtet, aber natürlich löste sich kein alles vernichtender Strahl aus ihnen. Der Robot bemerkte ihn nicht einmal, denn alle seine Systeme waren tot.

Nein, nicht *alle*! erkannte Cedric plötzlich. Seine Nackenhärchen richtete sich auf, als er die kleine, kaum sichtbare Leuchtdiode seitlich des stählernen Kopfes entdeckte. Und sie *leuchtete!* Ruckartig richtete Cedric sich auf und wandte sich den anderen zu. Es gab keinen Zweifel – die Systeme dieser Maschine waren *nicht* tot, wie es auf den ersten Blick den Anschein gehabt hatte, sondern lediglich *deaktiviert*. Die kleine Leuchtdiode war nichts anderes als eine Art *Stand by*-Anzeige.

»Was ist?« erreichte ihn Sheryls Stimme. Vielleicht war sie die einzige, die ihn gut genug kannte, um seine Reaktion als Alarmzeichen deuten zu können.

»Der Robot ist nicht zerstört«, sagte er. »Er ist lediglich abgeschaltet worden.«

»Was?«

»Ja. Auch wenn ich euch dafür keine Erklärung anbieten kann. Er wollte sich lieber erst gar nicht vorstellen, was mit ihnen geschah, wenn sich die Systeme des Robots wieder aktivierten – also von der Kommandozentrale aus eingeschaltet wurden. Wahrscheinlich war das alles nur ein Spiel, das Croft mit ihnen spielte. »Wir müssen raus hier! Wer weiß, wie lange dieser Zustand andauert.«

Duncan lallte irgend etwas, das offenbar Zustimmung signalisieren sollte. »Hier oben spüre ich einen leichten Luftzug«, rief Sheryl. »Ich bin mir nicht sicher, aber es scheint, als wäre die Schutthalde nicht besonders breit. Vielleicht kommen wir hier durch.«

Cedric maß die Schutthalde mit Blicken. Selbst wenn man die gewaltigen Körperkräfte Omos bedachte, würde es Tage dauern, ehe sie die Halde abgetragen hatten. Manche der Brocken dürften selbst für die *Humsz*-Züchtung zu schwer sein, um sie zu bewegen.

»Aussichtslos«, antwortete er.

»Und wenn wir den Flamer einsetzen?« fragte Taifan.

»Ehe wir den ersten Stein geschmolzen hätten, hätten wir sämtlichen Sauerstoff hier drinnen verbraucht. Wir würden ersticken.«

»Wir könnten versuchen, dem Kampfrobot die Waffen abzunehmen und es damit versuchen«, meinte Sheryl voller Verzweiflung.

Cedric schüttelte abermals den Kopf. Im Gegensatz zu dem Robotaufseher, von dem der Strahlerarm gestammt hatte, waren diese schweren Modelle ausschließlich für den Kampf bestimmt. Sie trugen keine Waffen bei sich; ihre Bewaffnung war fest in die stählernen Körper integriert. Um sie zu erbeuten, hätten sie die Maschinen zerlegen müssen. Und dazu hätten sie einen leistungsfähigen Schneidbrenner gebraucht – und ein paar Stunden Zeit.

»Keine Chance«, beschied er. »Es würde zu lange dauern, und wenn die Dinger in der Zwischenzeit wieder aktiviert werden, sind wir geliefert. Wir würden lediglich irgendein Notfallsystem in Gang setzen und dann gute Nacht!«

Ein paar Augenblicke herrschte betretene Stille.

»Vielleicht können wir es hiermit schaffen«, war Nabtaals Stimme zu hören. Als Cedric den Lichtstrahl in seine Richtung lenkte, sah er, daß der Freischärler in der geöffneten Handfläche zwei schmale Röhrchen hielt. »Das sind die Batterien aus dem Srahlerarm des Robots. Sie sind zwar so gut wie leer, aber bei einem konzentrierten Flamerbeschuß wäre aus ihnen sicherlich noch einige Energie herauszukitzeln.«

Cedric runzelte die Stirn. Das war gar nicht so unklug. Vorausgesetzt, daß die Schutthalde tatsächlich nicht sehr breit war und in den Batterien nicht mehr sehr viel Energie. Ansonsten würden sie genauso schnell tot sein, als wenn der Robot wieder aktiviert würde!

»Bist du auch wirklich sicher, einen Luftzug zu spüren?« rief er Sheryl zu.

Sie zuckte mit den Schultern. »Ja. Ich glaube schon.«

In den nächsten Minuten trafen sie alle Vorbereitungen, und dann, als alle Gefangenen ihre abgesprochenen Positionen bezogen hatten, hob Cedric den Flamer, den Taifan ihm gegeben hatte. Er zögerte noch einen kurzen Moment und feuerte dann auf die Stelle, hinter der sie die Batterien verborgen hatten: einen faustgroßen Stein, der wie ein Keil den größten Felsbrocken an seinem Platz hielt. Cedric krümmte den Finger.

Seine an das dämmrige Licht der Handlampe gewöhnten Augen empfanden das grelle Laserlicht als ungeheuer schmerzhaft. Eine weißglühende Narbe schien sich in seine Netzhäute zu brennen. Cedric stöhnte vor Schmerz, versuchte die blitzschnell aufsteigenden Tränen wegzublinzeln und zwang sich, dorthin zu blicken, wo der fingerdicke Lichtstrahl funkensprühend auf den Stein traf.

Der Brocken wurde rotglühend und begann nach einigen Sekunden, unter der Hitze zu zerfließen, und dann endlich reichte die Hitze aus, die Fusionsbatterien detonieren zu lassen. Es gab einen ohrenbetäubenden Knall, der ihnen die Trommelfelle zu zerreißen drohte. Bis hierhin war ihre Rechnung aufgegangen. Es war tatsächlich nicht mehr sehr viel Energie in den Batterien gewesen.

Der große Felsbrocken löste sich aus seiner Position. Cedric registrierte beinahe entsetzt, daß der Felsen zwar ins Rutschen geriet, dabei aber die gesamte Geröllhalde mit sich riß.

Mit einer verzweifelten Bewegung warf er sich zurück, prallte gegen eine Gestalt, die viel zu dicht hinter ihm gestanden hatte, und riß sie mit sich von den Füßen. Ein spitzer Schrei erscholl, der fast augenblicklich im Krachen und Poltern der niederstürzenden Steine unterging.

Cedric spürte, daß es niemand anders als Sheryl war, auf der er lag, und breitete schützend die Arme über sie. Überall rings um sie herum prasselten plötzlich Steine zu Boden, und die Luft war mit einemmal so voller Staub, daß er kaum noch atmen konnte. Ein halbes Dutzend Steine traf Cedric schmerzhaft auf den Rücken und an den Beinen, aber er kam wie durch ein Wunder ohne schwere Verletzungen davon.

Das Krachen der Felsen hielt noch eine ganze Weile an. Cedric blieb mehrere Sekunden lang angstvoll zusammengekrümmt liegen und wartete noch immer auf den tödlichen Schmerz, aber als er nicht kam, öffnete er behutsam die Augen.

Er blickte direkt in Sheryls Gesicht, und was er in den Zügen der Freischärlerin las, verwirrte ihn so sehr, daß er für einen Moment sogar die Gefahr vergaß, in der sie sich befanden.

Sheryl grinste ihn an.

»Also – ich habe ja wirklich nichts dagegen, ab und zu ein Schäferstündchen mit dir zu halten«, sagte sie fast fröhlich. »Aber findest du nicht, daß jetzt ein ziemlich unpassender Moment ist?«

»Wie bitte?« entgegnete Cedric und fühlte sich einen Moment lang, als sei er das dümmste Geschöpf des gesamten Universums.

»Du kannst jetzt von mir heruntersteigen, Cedric«, sagte Sheryl. »Es sei denn, du hältst es gar nicht mehr aus. Aber dann mach schnell, bitte!«

Eigentlich hätte Cedric sich ärgern sollen. Er spürte, wie ihm das Blut ins Gesicht schoß und beeilte sich, sich in die Höhe zu stemmen.

»Wir sind durch!« erschallte Nabtaals triumphierende Stimme. »Wir haben es geschafft.«

Geschafft – das war für Cedrics Geschmack eine bodenlose Übertreibung; aber so weit es sich auf die Geröllhalde bezog, traf es tatsächlich zu. Die Halde war fast völlig zusammengebrochen. Schutt und zerborstene Trümmer übersäten den Gang auf dreißig, vierzig Schritt hin, doch dahinter rührte sich nichts. Der Gespensterstollen erstreckte sich vollkommen friedlich in den Fels von Hadrians Mond.

Cedric atmete tief durch.

»Nun denn, machen wir uns auf den Weg.«

Schritt reihte sich an Schritt, Meter um Meter, Windung an Windung, Abzweigung an Abzweigung. Cedric wußte nicht mehr, wie lange sie schon unterwegs waren. Jedes Zeitgefühl war ihm abhanden gekommen. Natürlich hatte man den Strafgefangenen nicht das Privileg zugestanden, ihre Uhren zu behalten; so waren sie auf Schätzungen angewiesen. Cedric glaubte, daß sie ungefähr seit zwei Tagen unterwegs waren. Das entsprach auch ungefähr der Länge seiner Bartstoppeln und dem stetig schwächer werdenden Licht ihrer Lampe.

Zweimal hatten sie längere Ruhepausen eingelegt und ein wenig geschlafen. Beim ersten Mal hatten sie noch abwechselnd Wache gehalten, beim zweiten Mal hatte es niemand mehr für nötig befunden. Wozu auch? Niemals waren sie auf etwas gestoßen, das darauf schließen ließ, daß es außer ihnen hier unten noch etwas gab. Sämtliche Gespensterstollen waren gleichermaßen tot und leer – und nirgends gab es auch nur die kleinste Spur von Byranium-Adern. Was die Frage anging, von wem oder durch was die Stollen einst geschaffen worden waren, war Cedric vollkommen ratlos. Konnte es sein, daß es sich genau wie bei den von den Sarday'kin angelegten Sektionen um eine Art Bergwerk handelte? Hatte hier vor Urzeiten vielleicht einmal eine andere, unbekannte Rasse von Aliens ebenfalls Byranium-Abbau betrieben? Und war das Skelett in dem Anzug, das Cedric in seinem Stollen gefunden hatte, eine dieser Aliens gewesen?

Mit der Zeit aber wurden andere Fragen wichtiger als solche Spekulationen. Cedrics Kehle fühlte sich so trocken an wie Sandpapier, und wenn er den Mund aufmachte, so kam kaum mehr als ein heiseres Krächzen über seine Lippen. Der feine

Nebel, der in der Luft lag, war nicht wirklich feucht. Die Wände waren absolut trocken. Kein einziger Wassertropfen hatte sich auf ihnen abgelagert.

Am Anfang hatte Cedric noch versucht, eine ungefähre Richtung einzuhalten. Er wußte, daß die Sektion, in der sie die letzten Jahre gearbeitet hatten, ungefähr elf Kilometer unter der Oberfläche von Hadrians Mond lag und vielleicht noch einmal anderthalb von der Kommandozentrale und dem Containerhafen entfernt. Ihr Weg hatte also nur hinaufführen können. Aber in den sich verwindenden Gespensterstollen war eine Richtung nur äußerst schwer einzuhalten. Die einzige Hoffnung, die ihnen noch geblieben war, bestand darin, daß sie irgendwann zufällig auf einen weiteren verschlossenen oder gesprengten Zugang zu den Sarday'kin-Sektionen stießen.

Weitaus wahrscheinlicher war es jedoch, daß sie alle hier sterben würden, und wenn sie viel Glück hatten, würde man ihre vertrockneten Knochen vielleicht in ein paar hundert Jahren finden, falls irgend jemand auf den verrückten Gedanken kam, eine Forschungsexpedition in diesen Stollen zu entsenden.

Cedric vermeinte, die Denkweise der Yoyodyne mit einemmal viel besser zu verstehen. Vielleicht wäre es wirklich weitaus ehrenvoller gewesen, im Kampf gegen die Kampfroboter zu sterben, als langsam dahinzusiechen.

Seit ihrem Aufbruch von der Schutthalde hatte ihre Gruppe ein weiteres Mitglied verloren. Es hatte den Cybertech erwischt, dessen Schulter zerschmettert worden war. Er hatte recht bald das Bewußtsein verloren und war mehrere Stunden von Omo getragen worden. Doch seine inneren Blutungen waren offenbar zu stark gewesen. Cedric hatte den Umstand, daß sie den Cybertech nicht hatten retten können, hinreichend verflucht. Er schwor sich, auch dafür bittere Rache an Croft zu nehmen.

Sie waren jetzt noch zu acht: außer ihm noch Sheryl, Nabtaal, Duncan, der erstaunlicherweise immer noch hinter ihnen hertorkelte, ein anderer Cybertech, dessen Namen Cedric nicht einmal kannte, und die drei Yoyodyne. Nach außen hin zeigten sie zwar keinerlei Anzeichen von Erschöpfung, aber Cedric glaubte zu sehen, daß ihre Bewegungen matter geworden waren, zumindest soweit es Taifan und Kara-Sek betraf. Omo hingegen stampfte mit der gleichen Unbeirrbarkeit und Dumpfheit weiter, als könne er das noch tagelang ohne das geringste Anzeichen von Erschöpfung tun. Mittlerweile trug er den Koffer, und Cedric war froh, das zusätzliche Gewicht einstweilen losgeworden zu sein.

»Cedric!« erreichte ihn ein heiseres Krächzen.

Er drehte den Kopf in ihre Richtung und sah, daß Sheryl auf den Boden zu ihren Füßen wies. Sein Blick folgte ihrem ausgestreckten Arm, und als er den Strahl der Lampe dorthin richtete, erkannte er einen mattglänzenden Gegenstand auf dem Boden. Es war ein handlicher Strahlungsmesser, wie er von jeder sarday'kinischen Boden- oder Außentruppe benutzt wurde.

Seine Erschöpfung wich mit einemmal angespannter Konzentration. Er ging neben dem Gerät in die Hocke und nahm es vorsichtig in die Hand, als befürchtete er, es könne unter seiner Berührung zu Staub zerfallen. Kein Zweifel, es war tatsächlich ein Strahlungsmesser, wenngleich er nicht funktionierte, wie die tote Anzeige bewies, als Cedric ihn einzuschalten versuchte.

»Was kann das zu bedeuten haben?« fragte Sheryl heiser.

»Keine Ahnung«, antwortete er schulterzuckend. »Vielleicht ist das Meßgerät von irgendwelchen Einheiten zurückgelassen worden, die früher einmal in diesem Abschnitt der Gespensterstollen vorgedrungen sind. Das könnte heißen, daß wir uns ganz nahe einem Durchbruch zu den Minensektionen befinden.«

Seine Worte setzten noch einmal neue Kräfte frei. Sie schleppten sich weiter, um kurz darauf an eine weitere Abzweigung zu gelangen.

»Wo entlang?«

»Re . . . rechts«, brabbelte Duncan. Es klang nicht gerade, als wüßte er, wovon er redete. »Rech.. ah . . . rechts.«

Cedric machte eine matte Handbewegung. Warum nicht? Warum nicht rechts? War es letztendlich nicht gleichgültig, wer sie ins Verderben führte? Und auf welchem Weg?

Der Stollen wand sich noch einmal spiralförmig empor und

endete dann urplötzlich. Sie alle blieben wie vom Schlag getroffen stehen, und derjenige, der am längsten benötigte, um es zu begreifen, war Duncan. Er verharrte in der Bewegung und sah aus stumpfen Augen nach vorne.

Ihre Flucht war zu Ende!

Es war keine Terminator-Legion, die dort auf sie gewartet hatte. Nein, denn das hätte bedeutet, daß zumindest die Yoyos ihren ersehnten ehrenvollen Tod hätten sterben können. Der Tunnel war ganz einfach verschlossen. Und zwar nicht durch ein aufschäumendes Kunstgestein, das sie vielleicht noch hätten durchbrechen können, sondern durch eine massive Wand aus gehärtetem, elektronisch gesichertem Plastmetall.

Es war ein massives Panzerschott, das ihnen den Weg versperrte.

Sheryl schluckte trocken.

»Endstation«, flüsterte sie tonlos. »Da kommen wir nie durch.«

Cedric wußte nichts zu erwidern. Es war aus! Sie hatten sich anderthalb oder zwei Tage lang umsonst gequält. Dieses unüberwindbare Panzerschott bereitete alle ihren Hoffnungen ein Ende.

Cedric versetzte dem Schott einen Fußtritt. »Das war's dann wohl, Freunde«, sagte er mit hängenden Schultern. »War nett, euch kennengelernt zu haben. Vielleicht sehen wir uns alle ja mal zufällig in der Hölle wieder.« Er ignorierte Sheryls vorwurfsvollen Seitenblick. Glaubte sie etwa wirklich, daß es für sie noch eine Zukunft geben könnte? »Hiermit erkläre ich das Unternehmen Revolution für beendet. Oder hat jemand von euch zufällig eine Idee, wie wir das Schott aufbekommen?«

Niemand hatte eine Idee. Und es war auch nicht nötig, denn in derselben Sekunde erklang ein leises Klicken, und das Panzerschott glitt mit einem elektrischen Summen in die Decke des Stollens zurück.

Synfile 7

Countdown

Cedrics Anspannung wich Erleichterung, als er erkannte, daß der Korridor hinter dem Schott leer war. Niemand hielt sich dort auf. Und, was noch viel unglaublicher anmutete, der Gang gehörte tatsächlich zur Kommandosektion auf der Oberfläche von Hadrians Mond. Zwar war Cedric noch nie hier gewesen, aber erstens unterschied sich dieser beleuchtete, blitzsaubere Korridor sehr von heruntergekommenen, ausbruchsgesicherten Gängen der Gefangenensektionen, und zweitens kannte er die Konstruktionsweise sarday'kinscher Anlagen gut genug: Sie waren genau dort herausgekommen, wohin er gewollt hatte. Er wußte nicht, ob sie das seinem genialen Orientierungssinn zu verdanken hatten oder ob sie nicht doch bei einer Glücksfee einen Wunsch frei gehabt hatten. Oder war es vielleicht sogar schon der dritte Wunsch gewesen? Der erste hatte sie Schmidder und den Aufsichtsrobot überwältigen lassen; der zweite hatte bewirkt, daß es die Gespensterstollen tatsächlich gab; und der dritte schließlich hatte sie einen Weg hierher finden und das Panzerschott aufschwingen lassen.

Cedric bezweifelte, daß dieses unverschämte Glück weiter anhalten würde. Ihr Auftauchen war bestimmt längst registriert worden. Unbehaglich blickte er zu den Überwachungskameras empor, die es natürlich auch hier gab, und stellte sich vor, wie ihnen jetzt irgendwo ›am anderen Ende‹ ein Überwachungsoffizier bei dem zuschaute, was sie gerade taten. Natürlich würde der längst einen Alarmknopf gedrückt haben.

»Los!« trieb er die anderen zur Eile an, während er in den Korridor eindrang. »Wir müssen uns Waffen besorgen, ehe sie uns wieder Kampfroboter oder *Terminatoren* auf den Hals schicken. Und wir brauchen einen guten Platz, von wo aus wir sie unter Druck setzen können. Am besten in der Nähe der Energiemeiler oder anderer wichtiger Abschnitte. Und ein paar Geiseln könnten ebenfalls nicht schaden. Je höherrangig, desto besser!«

»Gute Idee!« rief Nabtaal, und Cedric ertappte sich dabei, wie er sich unwillkürlich zu fragen begann, ob es wirklich ein solch guter Einfall war, wenn ihm sogar der Freischärler dabei zustimmte. Aber er sollte nicht ungerecht sein. Wenn sie die nächsten Stunden überleben wollten, mußten sie alle zusammenstehen. Außerdem hatte Nabtaal erstaunlich viel Durchhaltevermögen gezeigt.

Sie gelangten an ein einfaches Zwischenschott. Cedric verharrte erschrocken, als es sich anstandslos vor ihnen öffnete und den Blick in einen kleinen Kontrollraum freigab, dessen Wände von Computerpulten gesäumt waren. Noch erschreckender aber war der Anblick der fünf oder sechs Mann Bedienungspersonal, die in den Sesseln vor den Konsolen saßen, einige von ihnen mit über die Kontrollen gesunkenen Oberkörpern.

Aus den Augenwinkeln bemerkte Cedric, daß Kara-Sek, der schon seit geraumer Zeit den Flamer trug, neben ihm auftauchte und die Waffe hob.

Doch es gab nichts, worauf sie hätte schießen müssen. Die Leute waren bereits tot!

Kein einziger Kopf wandte sich ihnen zu, kein Muskel regte sich, als sie in den Raum eindrangen. Als Cedric einen der Leute am Kragen der Uniformjacke von den Kontrollen auf seinen Sessel zurückzog, hatte er Mühe, sich sein Entsetzen nicht anmerken zu lassen. Das Gesicht des Mannes war eine bewegungslose Maske des Entsetzens, mit hervorquellenden, stumpfen Augen und qualvoll aufgerissenem Mund, als würde er verzweifelt zu atmen versuchen.

Giftgas, schoß es Cedric durch den Kopf. Es war Giftgas eingesetzt worden – von wem und warum auch immer. Und es mußte sich bereits wieder verflüchtigt haben oder abgesogen worden sein, sonst würden sie alle längst mit ähnlichen Gesichtern am Boden liegen.

»Mein Gott!« entfuhr es Sheryl, die neben Cedric auftauchte. »Was ist hier passiert?«

»Giftgas«, antwortete er knapp. »Aber frag mich bitte nicht, warum und weshalb.«

Die offensichtliche Todesursache allein gab natürlich noch keinen Aufschluß darüber, was hier wirklich geschehen war. Weshalb hätte jemand hier oben Giftgas einsetzen sollen? Vielleicht nur eine verhängnisvolle Fehlfunktion? Kaum anzunehmen.

Oder ein anderer, erfolgreicher Gefangenenaufstand, der bis zur Kommandosektion durchgebrochen war? Ziemlich unwahrscheinlich. Ein Putsch der Offiziere auf Hadrians Mond? Vollkommen abwegig! Eine Kurzschlußreaktion von Croft, der eine private Rechnung zu begleichen hatte? Das schon eher – aber Cedric wußte, daß das alles gleichermaßen unwahrscheinlich war.

Nein, hier war etwas vollkommen anderes geschehen, und er spürte, daß sie herausfinden mußten, um was es sich handelte, ehe es sie fand und sie ebenso ins Verderben riß wie die toten Sarday'kin hinter den Kontrollen.

Cedric fuhr herum, als aus einer Ecke des Raumes ein leises Zischen zu hören war. Nabtaal und der namenlose Cybertech hatten in einer Ecke einen Verpflegungsautomaten entdeckt und ihn in Gang gesetzt. Im Ausgabeschacht tauchten ein paar gefüllte Gläser auf, und die blinkenden Lämpchen zeigten an, daß der nächste Wunsch bereits in die Tastatur eingegeben worden war.

»Spinnt ihr?« fauchte er. »Man wird die Inbetriebnahme dieses Dings doch sofort anmessen!«

Nabtaal machte ein betroffenes Gesicht, aber Sheryl nahm ihn in Schutz.

»Ach ja? Dann wird man das Öffnen des Panzerschotts aber ebenfalls angemessen haben«, ergänzte sie und wandte sich ebenfalls in Richtung des Automaten. »Ich weiß nicht, wie es dir geht, *ich* jedenfalls verdurste schier.«

Natürlich, sie hatte recht. Auf den Verpflegungsautomaten kam es wirklich nicht mehr an. Nabtaal hatte wahrscheinlich nach dem Motto gehandelt: Lieber mit vollem Magen sterben als mit knurrendem! Ob das einer der Grundsätze aus dem Ehrenkodex der Freischärler war?

Seinem Ehrenkodex jedenfalls entsprach es, den Automaten einstweilen den anderen zu überlassen und sich den Computerkonsolen zuzuwenden. Sie sahen wie tot aus, aber wenn der Verpflegungsautomat funktionierte, dürften sie vielleicht ebenfalls wieder zum Leben zu erwecken sein. Cedric schob einen der Sessel, in dem ein erstarrter toter Sarday'kin saß, zur Seite und zog sich einen leeren heran. Der Bildschirm erhellte sich, sobald er die entsprechende Taste gedrückt hatte. Wie er es vermutet hatte, waren die Kontrollen nicht tot, sondern lediglich von zentraler Stelle aus abgeschaltet worden.

Genau wie der halbverschüttete Kampfroboter, ging es Cedric durch den Kopf. Einen Lidschlag lang hatte er das Gefühl, der Lösung des Problems ganz nahe zu sein, doch dieser Eindruck verging sofort wieder, und daran war die rote Schrift schuld, die mit einemmal auf dem Bildschirm erschien und aufgeregt blinkte: *Sicherheitsfall! Notsystem läuft. Datenzugang nur über Systeme mit A/B-Priorität!*

Cedric starrte die blinkende Schrift wie hypnotisiert an. A/B-Priorität – im Klartext bedeutete das, daß er von hier aus gar nichts machen konnte. An das zentrale Computersystem kam man während eines Notfalles nur über spezielle Eingabepulte in ebenso spezielle Kontrollräume heran, die notfalls sämtliche Funktionen der Kommandozentrale ersetzen konnten.

Genau solch ein Notfall schien eingetreten zu sein. Auf das Notsystem wurde normalerweise nur umgeschaltet, falls die Kommandozentrale, große Teile der Energiemeiler oder der Datenbanken ausgefallen waren – also bei einem Angriff oder einer größeren technischen Katastrophe.

Was zum Teufel ging hier vor?

Cedric schreckte hoch, als Sheryl neben ihn trat und ihm ein Glas mit einer Flüssigkeit in die Hand drückte. Es war Wasser. Er schenkte ihr ein kurzes dankbares Lächeln, wurde aber sofort wieder ernst. Obwohl er sich eindringlich ermahnte, ganz vorsichtig und nur in kleinen Schlucken zu trinken, stürzte er dennoch den gesamten Inhalt des Glases in einem Zug herunter, kaum daß er das erste köstliche Naß auf seinen ausgetrockneten Lippen gespürt hatte. In seinem Innern breitete sich ein wohliges Gefühl aus.

»Was ist?« fragte Sheryl mit einem Nicken in Richtung des Bildschirms. »Was hat das zu bedeuten – ein Sicherheitsfall?«

Er erklärte es ihr.

»Entweder spielt Croft ein hundsgemeines Spiel mit uns und täuscht uns das alles nur vor«, fügte er hinzu, »oder hier oben ist etwas passiert, von dem wir uns bis jetzt noch nicht die geringste Vorstellung machen.«

»Und was?«

»Frag doch Duncan! Der weiß doch sonst immer alles!«

Der verrückte Cypertech, der dabei war, sich mit beiden Händen Essen in den Mund zu stopfen, hielt bei der Nennung seines Namens inne und blickte in ihre Richtung.

»Ragallalala«, machte er vielsagend.

Cedric kniff die Mundwinkel zusammen. Duncan – wie er lebte und lallte!

»Los jetzt!« wandte er sich den anderen zu. »Wir müssen weiter! Sobald wir wissen, was hier gespielt wird, ist immer noch Zeit, sich den Magen vollzuschlagen. Das ist ja schließlich nicht der einzige Versorgungsautomat, den es gibt.«

Das Schott auf der anderen Seite des Raumes öffnete sich anstandslos, und der dahinter liegende Korridor erwies sich als menschenleer – zumindest auf den ersten hundert Metern, dann stießen sie auf zwei Tote, die ebenfalls erstickt waren.

Bei den beiden Toten handelte es sich nicht um Techniker, sondern um Angehörige der Wachmannschaft, wie ihre Ausrüstung und Bewaffnung bewies. Cedric zog ihnen die Laser aus den Halftern, reichte einen davon an Sheryl weiter und den anderen nach einem kurzen Moment des Zögerns – an Nabtaal. Er selbst nahm das schwere Lasergewehr, das einer der beiden Wachen über der Schulter getragen hatte. Diese Waffe besaß eine weitaus größere Durchschlagkraft als die Handlaser, aber sie war eher für einen Kampf auf mittlere und große Entfernungen konstruiert. Im Inneren einer solchen Station war sie nur bedingt von Nutzen, aber gerade deshalb wollte Cedric sie selbst tragen, ehe ein anderer damit irgendwelche Dummheiten anstellte.

Die Waffen verliehen ihnen ein Gefühl der Sicherheit. Sie erreichten eine große Halle. Mehrere Lifte führten in höhere Etagen, die wahrscheinlich unmittelbar an der Oberfläche lagen, und aus allen Richtungen liefen sternförmig Korridore und Gänge zusammen. So menschenleer und von den zahlreichen Neonleuchten an der Decke in kaltes, helles Licht getaucht, wirkte die Halle noch größer und kälter. Fast ein Dutzend Kampfroboter waren hier stationiert, jedoch alle deaktiviert. Sie stießen wiederum auf Tote, ebenfalls Wachtruppen, bei denen sie sich mit weiteren leichten Handlasern versorgten, so daß sie jetzt alle bewaffnet waren, bis auf Duncan und Taifan, der ablehnte, eine unehrenhafte Waffe zu tragen.

»Cedric, hier!« rief Nabtaal. »Sieh dir das an!«

Er deutete hinter einen Aufbau, und als Cedric näher kam, erkannte er auf dem Boden mehrere verstreut herumliegende Gegenstände. Es handelte sich um mehrere angesengte oder zerfetzte Uniformteile, ein par Bruchstücke von technischen Gerätschaften und ein scheinbar unversehrter Handlaser, der aber seltsam geformt war.

Cedric schluckte. Sämtliche Gegenstände stammten von der Fraktion der Phagon!

Er konnte sich eines beklemmenden Gefühls nicht erwehren, als er an diese seltsame Gruppierung von Biotechnikern erinnert wurde, die sich selbst ›Die Bruderschaft‹ nannten und sich mit ihren skrupellosen und widerwärtigen Experimenten und Gen-Schöpfungen eine einflußreiche Machtposition erarbeitet hatten. Sie waren bei allen anderen Machtblöcken verrufen, und es gab kaum jemanden, der es wagte, sie überhaupt noch als Menschen zu bezeichnen.

»Die *Phagon*!« rief der zweite Cybertech voller Panik. »*Sie* sind es. Sie haben die Station angegriffen und alle umgebracht! Und das gleiche werden sie auch mit uns tun, wenn sie uns entdecken. Oder sie werden uns verschleppen und uns in ihren verfluchten Laboratorien für irgendwelche abartigen Experimente mißbrauchen. Sie... Sie werden mit uns...« Er verstummte abrupt, als eine schallende Ohrfeige sein Gesicht traf.

»Hör auf zu winseln wie ein ängstlicher Hund!« zischte Taifan ihn an. »Es macht keinen Unterschied, ob wir gegen Croft oder die Phagon zu kämpfen haben.«

Der Cybertech musterte Taifan mit unverhohlener Abneigung und wich einen Schritt zurück.

»Natürlich, du hast gut reden, *Yoyodyne!* Ihr Kerle arbeitet ja auch mit diesen Teufeln zusammen. Ihr laßt euch gerne von ihnen helfen.« Er deutete mit verächtlicher Geste auf die *Humsz*-Züchtung, die noch immer Cedrics Koffer in der Hand hielt. »Geht doch hinauf zu euren Freunden, und sagte ihnen hallo! *Euch* werden sie schon nichts tun!« Plötzlich hatte der Cybertech seinen Handlaser gezogen. »Aber ich verspreche euch, das wird euch nichts nützen...«

Cedric sah, daß Omo und Kara-Sek sofort bedrohlich näher rückten, und ehe etwas passieren konnte, trat er zwischen Taifan und den Cybertech, so daß der Lauf des Lasers direkt auf seine Brust zielte.

Ihm war bewußt, wie brenzlig die Situation war. Solange sie nur gleichermaßen rechtlose Gefangene gewesen waren, hatte ihre Herkunft keinerlei Rolle gespielt, aber nachdem sie eine zumindest theoretische Chance zu einer Kontaktaufnahme mit der Außenwelt hatten, brachen die alten Spannungen plötzlich wieder auf und würden weiter zunehmen. Schließlich entstammten sie verschiedenen Machtblöcken, und selbst wenn sie unter dem Druck der Gefangenschaft in den letzten Jahren nicht nur zusammengearbeitet, sondern sich sogar ein wenig angefreundet hatten, hatte das die alten Feindschaften nicht auslöschen können.

»Hört auf mit diesem Unsinn!« brüllte Cedric. »Wir haben

nur eine Chance, wenn wir uns nicht gegenseitig den Schädel einschlagen.«

Taifan und der Cybertech sagten nichts und sahen sich weiterhin feindselig an.

»Außerdem ist noch längst nicht gesagt, daß Hadrians Mond tatsächlich von Phagon angegriffen worden ist«, ergänzte Cedric.

»Nicht?« fragte Nabtaal. »Die Gegenstände stammen doch eindeutig von den Phagon!«

»Das schon«, gestand Cedric. »Aber es steckt kein Phagon drin!«

Sämtliche Augenpaare wanderten erneut zu den Gegenständen.

»Himmel!« entfuhr es Sheryl. »Du hast recht!«

»Recht«, stimmte Duncan zu. »Cedric . . . recht.«

»Ich kann kein Blut oder Spuren eines Strahlergefechtes entdecken«, redete Cedric weiter. »Überlegt doch mal! Bei so vielen Kampfrobotern, wie hier herumstehen, wäre ein Phagon niemals so weit gekommen, ohne angegriffen worden zu sein.«

»Vielleicht haben sie zuerst einen Kommandoraum erobert«, erhob Nabtaal Einspruch, »und dann von dort aus sämtliche Roboter deaktiviert und die Stationen mit Giftgas geflutet. Auf diese Weise hätten sie gefahrlos hierher kommen können.«

»Und weshalb hätten sie dann diese Gegenstände hier verstreuen und zurücklassen sollen?« widersprach Cedric.

Je länger er darüber nachdachte, desto unwahrscheinlicher erschien ihm ein Angriff der Phagon. Selbst wenn man sie in die Rechnung einbezog, blieben einfach zu viele Ungereimtheiten übrig. Die Rechnung ging einfach nicht auf.

Nabtaal wußte darauf nichts zu erwidern.

»Wir müssen einen der Kommandoräume mit A/B-Priorität finden«, erklärte Cedric entschlossen. »Nur von dort können wir mehr erfahren.«

Der Konflikt zwischen dem Cybertech, dessen Namen Cedric immer noch nicht kannte, und Taifan schien einstweilen geschlichtet zu sein; jedenfalls folgten ihm beide anstandslos, als er den Aufzügen zustrebte. Sie versuchten, in die oberen

Etagen zu kommen, aber eine Anzeige verkündete, daß diese Etagen nicht zugänglich waren, weil es dort Atmosphäreeinbrüche gegeben hatte. Ihnen blieb also nichts anderes übrig, als sich durch die Korridore weiterzubewegen. Irgendwann stießen sie endlich auf einen der Räume, nach denen sie gesucht hatten. Auch hier erwartete sie dasselbe Bild wie im ersten Kontrollraum. Die Offiziere, die vor den Bildschirmen saßen, waren tot.

Cedric hatte keine Skrupel, einem von ihnen die Identy-Card abzunehmen, dann setzte er sich vor eines der Pulte, und als sich der Bildschirm erhellte und nach seiner Identifizierung verlangte, schob er die erbeutete Karte in den entsprechenden Schlitz. Der Computer erhob keinerlei Einsprüche und zeigte an, daß sämtliche Notfunktionen zur Verfügung stünden.

Das allein war eigentlich schon ein Grund des Triumphes. Von hier aus ließen sich die Funktionen der Minenanlage überwachen und steuern. Cedric hätte wahrscheinlich sogar ein paar der Kampfroboter aktivieren können, doch er spürte, daß ihnen das nicht wirklich helfen würde.

Als erstes forderte er eine aktuelle schematische Darstellung der Kommandosektion an. Auf dem Bildschirm entstand ein mehrfarbiges Liniengewirr, das sich immer mehr ausbreitete und aus dem sich schließlich ein dreidimensionales Abbild der Station herausschälte. Cedric erschauderte. Man mußte die Zahlenkolonnen links und rechts am Bildschirmrand erst gar nicht zu Rate ziehen, um zu erkennen, daß weite Teile der Station überhaupt nicht mehr existierten. Dort, wo sich große Teile der Kommandozentrale, der Mannschaftsquartiere oder der Sektionen mit den Energiemeilern befunden hatten, gähnten nur noch riesige Krater. Cedric war mit solchen Darstellungen vertraut genug, um zu wissen, daß es sich dabei um die Hinterlassenschaften eines Raumbombardements handelte, wie es beispielsweise zur Unterstützung von Bodenaktionen stattfand. Kein Wunder, daß das Notsystem aktiviert worden war.

»Das ist doch nicht möglich«, flüsterte Sheryl ungläubig, die zusammen mit den anderen im Halbkreis hinter Cedrics Sessel stand und gebannt über seine Schultern auf den Bildschirm starrte. »Die halbe Kommandostation ist pulverisiert worden! Das... das war ein Angriff von außen!«

Anscheinend wußte auch sie die schematische Gitterliniendarstellung richtig zu deuten. Cedric registrierte es mit leichter Überraschung und wurde daran erinnert, wie wenig er über sie und über ihr Leben vor ihrer Aburteilung in die Byranium-Minen wußte.

»Vielleicht war *das* die Erschütterung, die den Stollen zum Einsturz gebracht hat«, vermutete Nabtaal. »Ist das möglich, Cedric?«

»Möglich«, meinte er. Der Gedanke war gar nicht so dumm. »Dann müßte der Angriff jetzt knapp zwei Tage her sein.«

»Und wir sind die ganze Zeit durch die Gespensterstollen marschiert und haben davon nichts mitbekommen!« rief Sheryl.

»Vielleicht hat uns gerade das das Leben gerettet«, erwiderte Cedric, der an die seltsam zögerlichen und unentschlossenen Gegenmaßnahmen auf ihren spontanen Gefangenenaufstand denken mußte. Ob es daran gelegen hatte, daß Croft damals längst mit viel bedrohlicheren Ereignissen beschäftigt gewesen war? »Bis jetzt jedenfalls.«

Doch selbst, wenn diese Vermutung richtig war, es gab noch zu viele Dinge, die Cedric sich nicht erklären konnte. Wie hatten die Angreifer die Station trotz des Killer-Satelliten im Orbit um Hadrians Mond bombardieren können? Um diese waffenstarrende Festung zu überwinden, die jedes unautorisierte Raumschiff sofort atomisiert hätte, hätte man schon eine ganze Flotte aufbieten müssen. Was konnte es hier geben, das so wertvoll war, um einen solchen Einsatz zu rechtfertigen? Und wie paßten die gefundenen Phagon-Stücke in das Bild?

Cedry Cyper zwang seine Gedanken zu banaleren, aber weitaus dringlicheren Problemen zurück. Seine Finger flogen über die Tastatur – eine verbale Eingabe hätte einer Stimmüberprüfung nie standgehalten. Er verlangte eine Anzeige der Standorte sämtlicher lebender Einheiten innerhalb der Kommandosektion. Sie mußten wissen, wo sich ihre Gegner befanden. Das würde ihnen einen wichtigen strategischen Vorteil verschaffen, denn es hatte den Anschein, als wären sie bislang unentdeckt geblieben. Ansonsten hätten sie von den geheimnisvollen Angreifern längst etwas zu sehen und zu hören bekommen.

In dem dreidimensionalen Liniengewirr leuchteten mehrere eng beieinander liegende rote Lichtpunkte auf. In das Liniengewirr kam Bewegung. Die Darstellung zoomte näher an die roten Punkte heran, acht an der Zahl, und als der Raum dargestellt wurde, in dem sich diese befanden, erkannten sie, daß es kein anderer war als der, in dem sie sich jetzt gerade aufhielten.

Und jeder dieser kleinen Leuchtpunkte stellte einen von ihnen dar!

»Nein!« rief Sheryl entsetzt. Ihre Hand umklammerte die Lehne von Cedrics Sessel, als müsse sie sich festhalten, um nicht das Gleichgewicht zu verlieren. Sie wirkte mit einemmal seltsam kurzatmig, als hätte sie einen Lauf hinter sich. »Wir können doch nicht die einzigen hier oben sein. Sie . . . sie können doch nicht alle ermordet haben. *Nicht alle!*«

Die Antwort bestand aus bleiernem Schweigen. Niemand meldete sich zu Wort, um ihr das Gegenteil zu versichern.

Cedric erweiterte die Darstellung auf sämtliche Minensektionen. Auch dort kein einziger Lichtpunkt. Konnte man der Darstellung trauen, gab es außer ihnen auf sämtlichen Stationen und Sektionen auf Hadrians Mond kein einziges lebendes Wesen mehr. Keine Gefangenen, keine Aufseher, keine Offiziere, Wachmannschaften und keinen Commander Croft. Sie waren vollkommen alleine.

»Das . . . das müssen Bestien gewesen sein«, flüsterte Sheryl tonlos. Ihr war ihr Entsetzen anzumerken, obwohl natürlich auch sie sich darüber im klaren sein mußte, wie sehr sich ihre Situation verbessert hatte. »Sie haben alle umgebracht, auch die Gefangenen, die sich überhaupt nicht haben wehren können! Weshalb nur sollte jemand ein solches Massaker anrichten?«

»Das paßt ganz zu den Phagon«, meinte der Cybertech. »Wahrscheinlich haben sie sämtliche Sektionen mit Giftgas geflutet. Diese Schweine!«

Cedric ersparte sich eine Antwort. Wie hatte Daily Lama,

sein Ausbilder, doch gesagt: Wenn eine Idee in einen hohlen Kopf tritt, so füllt sie ihn vollständig aus, weil dort ja keine andere ist, die ihr den Rang streitig machen könnte!

Ein leichtes, kaum wahrnehmbares Zittern durchlief den Kontrollraum, trotzdem bemerkte es Cedric sofort. Außer ihm hoben auch Sheryl, Taifan und Kara-Sek die Köpfe. Ein deutliches Zeichen, daß auch sie bereits auf Raumhäfen oder -stationen gedient hatten, denn diese Erschütterungen waren nichts anderes als von einem startenden Landungsboot erzeugte Vibrationen.

»Was ist?« rief Nabtaal irritiert, als er ihre fast synchrone Reaktion bemerkte. »Was habt ihr?«

»Ein Raumschiff!« sagte Sheryl, deren Abscheu sich mit einemmal in wachsame Angespanntheit verwandelt hatte. »Da oben geht irgend etwas vor.«

Cedric nickte grimmig und beugte sich wieder über die Konsole. Wieso hatte er sich bislang nur die Bereiche *innerhalb* der Minenstationen anzeigen lassen? Wie hatte er das nur übersehen können? Er gab dem Computer neue Anweisungen, und auf dem Bildschirm erschien ein schematisches Abbild der Außenbereiche vor der halbzerstörten Kommandosektion. Deutlich war das Muster eines Landungsbootes zu sehen, das gerade aufstieg und kurz darauf aus dem Darstellungsbereich verschwand. Dafür befand sich auf der weitgehend unbeschädigten Landeplattform – ein Beweis, welche Maßarbeit die Angreifer geleistet hatten noch ein zweites Schiff desselben Typs, wie er von sämtlichen Fraktionen benutzt wurde. Und da Cedric seine Eingabe, sämtliche Standorte lebender Wesen anzuzeigen, noch nicht zurückgenommen hatte, erschienen plötzlich in und unmittelbar vor dem Schiff rund zweieinhalb Dutzend leuchtender Punkte.

»Landungstruppen«, preßte er hervor. »Scheint, als würden sie sich gerade zurückziehen. Wollen doch mal sehen, mit wem wir es da zu tun haben.«

Es kostete ihn einige Mühe, auf die Realbildkameras am Rande der Landeplattform umzuschalten, ohne damit gleichzeitig die sich automatisch zuschaltende elektronische Abtastung zur Bildverbesserung zu aktivieren. Die dadurch entstehenden Emissionen würden auf dem Landungsboot mit Sicherheit anzumessen sein, und Cedric wollte sich lieber nicht darauf verlassen, daß die Burschen dort drüben vor den entsprechenden Geräten ihren Job nicht ordnungsgemäß verrichteten. Was derartige Programmierungen anging, war er in den letzten zwei Jahren etwas aus der Übung gekommen, aber schließlich erlosch die schematische Darstellung und machte einer Wiedergabe der Außenkameras Platz.

Zu sehen waren vor allem umherwirbelnde grünliche Methanschwaden, die zerstoben und sich immer wieder neu formierten. Die Aggregate, die den ionisierenden Schutzschirm über der Basis erzeugt hatten, waren bei dem Angriff offenbar zerstört worden. Dennoch war das Landungsboot des Standardtyps auf der Landeplattform recht gut zu erkennen – und ebenso deutlich die sarday'kinsche Flottenkennung an seiner Flanke.

Die Wirkung einer mitten im Raum detonierten Granate hätte kaum größer sein können. Gleichgültig, welche Verdächtigungen jeder von ihnen im stillen gehabt hatte, *das* hätte wohl keiner für möglich gehalten – und Cedric am allerwenigsten.

»Sarday'kin?« hauchte Sheryl ungläubig. »*Unsere* Leute? Das ... das ist unmöglich!«

Cedric Cyper veranlaßte die Außenkameras, näher an das Landungsboot heranzuzoomen, besonders auf den Bereich der Luftschleuse und die schemenhaften Gestalten, die dort momentan mehr zu erahnen denn zu erkennen waren. Das änderte sich schlagartig, als eine dieser Gestalten geradewegs ins Bild kam, verschwommen zwar, aber ihre schwarze Plastmetall-Vollrüstung war einwandfrei zu erkennen. Kein Zweifel, es waren *Terminatoren.* Angehörige sarday'kinscher Elite-Kampfverbände, zu denen Cedric ebenfalls gehört hatte. Er bedauerte zutiefst, daß die rein optische Auflösung nicht ausreichte, um die Nummern und Ziffern der Truppen-Kennung auf den Schulterpanzern zu erkennen.

»Ist es bei euch etwa üblich, euch auch untereinander zu

bekriegen und zu bekämpfen?« grollte Taifans Stimme durch den Raum. »Welchen Sinn sollte es machen, die eigene Station anzugreifen?«

»Keine Ahnung.« Cedric sprach aus, was er dachte, und in diesem Moment begriff er vielleicht mehr als vorher, weshalb sich die Yoyodyne einem solch restriktiven Ehrenkodex unterwarfen. Wahrscheinlich war ihrer Meinung nach absolute Disziplin im Innern eine unbedingte Voraussetzung, um nach außen hin Stärke zu beweisen. Ob das womöglich das ganze Geheimnis ihres rasanten Aufstiegs zu einer der bedeutendsten Fraktionen war? »Sicher ist nur eines: Hier läuft eine riesengroße Schweinerei ab! Und ich wäre froh, wenn ich wüßte, was für eine!«

Offenbar hatten sie sich für ihr Eindringen in die Kommandosektion ausgerechnet den Zeitpunkt ausgesucht, zu dem die Aktion der Angreifer bereits beendet war und man sich anschickte, den Ort des Geschehens wieder zu verlassen. Über die Außenkameras war zu beobachten, wie die *Terminatoren* in Vierergruppen in die Luftschleuse stiegen und nacheinander im Inneren des Landungsbootes verschwanden. Ein wohlgeordneter Rückzug.

»Verdammt – wir können doch nicht so einfach dabei zusehen, wie sie verschwinden!« rief Sheryl plötzlich. »Wir müssen sie aufhalten!«

»Ach ja?« Cedric wandte den Kopf und bedachte die Sarday'kin mit einem mitleidigen Blick. »Dein Gerechtigkeitssinn in allen Ehren, aber wie stellst du dir das vor? Glaubst du etwa, mit den paar Handlasern könnten wir sie so einschüchtern, daß sie sich bedingungslos ergeben?«

Sie schüttelte vehement den Kopf.

»Du verstehst nicht! Ich will sie nicht angreifen, und ich will mich auch nicht an ihnen rächen. Ich will nur *Kontakt* aufnehmen. Das ist alles! Wo es Landungsboote gibt, muß es auch überlichtschnelle Kreuzer geben. Und das ist die einzige Möglichkeit, von diesem verfluchten Mond wegzukommen. Sie sind gerade dabei, vor unseren Augen zu verschwinden! Verstehst du endlich?«

Ehe Cedric antworten konnte, hatte der Cybertech erneut seinen Handlaser gezogen und drohend erhoben.

»Das kann ich mir vorstellen!« rief er. »Jedenfalls für euch. *Ihr* beide seid schließlich Sarday'kin. Euch wird man schon nichts antun, ganz im Gegensatz zu uns.« Er lachte humorlos. »Glaubt ihr wirklich, wir wären so naiv, euch so einfach gehen zu lassen?«

»Hör auf, mit der Waffe herumzufuchteln!« fuhr Cedric ihn an. Er fragte sich, ob es klug gewesen war, dem Cybertech überhaupt eine Waffe in die Hand zu drücken. »Wir werden uns tunlichst hüten, uns bemerkbar zu machen. Die Zentralbesatzung bestand ebenfalls aus Sarday'kin, und was hat es ihnen genützt ...?« Er wandte sich wieder Sheryl zu. »Was glaubst du wohl, warum sie alle hier getötet haben? Ich will es dir sagen. Sie wollten absolut sichergehen, keine Zeugen zurückzulassen. Daß sie selbst die Gefangenen umgebracht haben, zeigt, wie ernst es ihnen damit ist. Und da willst du einfach hinausgehen, ihnen freundlich zuwinken und fragen, ob sie uns zufällig bis zum nächsten System mitnehmen könnten? Was glaubst du wohl, was die machen werden, wenn sie feststellen, daß hier noch jemand am Leben geblieben ist?«

Er sah, wie Sheryl den Kopf senkte. Sie schien einzusehen, wie voreilig ihr Vorschlag gewesen war.

»Und genau deswegen werden wir uns ganz still verhalten«, fügte er in einem Tonfall hinzu, der keinen Widerspruch duldete, »und abwarten, bis sie ganz von hier verschwunden sind. Und *du* ...« Das galt dem Cybertech. »... darfst endlich den Handlaser einstecken und aufhören, wahllos einen nach dem anderen zu verdächtigen und zu bedrohen!«

»Tu, was er sagt!« rief Taifan.

Der Cybertech zögerte. In seinen Augen erschien ein nervöses Zucken, aber die Gewißheit, daß er gegen vier oder fünf Personen zugleich stand – Cedric, die drei Yoyodyne und wahrscheinlich auch Sheryl –, brachte ihn zu der Einsicht, daß es besser war, die Waffe wieder in den Gürtel zu schieben.

Cedric schaltete wieder auf Großaufnahme. So sahen sie zu, wie die letzten *Terminatoren* das zweite Landungsboot betraten und es kurz danach abhob und aus dem Erfassungsbereich der Kameras verschwand. Leider ließ sich sein Kurs nicht weiter verfolgen. Cedric hätte dafür wieder auf die elektronische Ortung zurückgreifen müssen, und das verbot sich von selbst.

Sie waren allein. Diesmal endgültig.

Er spürte, wie sich unter den anderen Erleichterung breitmachte, schließlich konnten sie sich zum ersten Mal seit ihrer Rebellion einen Augenblick des Aufatmens gönnen, ohne befürchten zu müssen, im nächsten Moment von irgend jemandem angegriffen zu werden. Doch Cedric vermochte keine rechte Ruhe zu empfinden. Er hatte damit gerechnet, daß sie gezwungen sein würden, sich in nahezu aussichtslosen Gefechten gegen die Besatzung eine brauchbare Ausgangsposition zu erkämpfen, doch nun waren sie urplötzlich die einzigen Überlebenden, die es auf dem gesamten Minenplaneten überhaupt gab. Eigentlich half ihnen das nur wenig; sie hatten ihr kleines Gefängnis lediglich gegen einen etwas komfortableren und größeren Käfig eingetauscht. Das nächste besiedelte Sonnensystem war immer noch unerreichbar weit entfernt.

»Wie geht's nun weiter?« fragte Nabtaal.

Cedric dachte an die Spannungen, die immer offener zutage getreten waren. Vielleicht war ein wenig Beschäftigungstherapie das richtige Rezept. Je weniger Zeit verschiedene Leute zum Nachdenken hatten, desto weniger Möglichkeiten hatten sie, auf dumme Gedanken zu kommen.

»Wir sollten uns ein wenig umsehen.« Er tat, als würde er überlegen, und sah dann Nabtaal und den Cybertech an. »Am besten, ihr beide übernehmt das.« Ein fragender Blick in Taifans Richtung. »Und vielleicht auch . . .«

Der *Himmelsstürmer* verstand, ohne das Cedric den Satz hätte aussprechen müssen, und gab Kara-Sek und Omo die Anweisung, sich daran zu beteiligen.

»Haltet Ausschau nach weiteren Phagon-Dingen«, gab Cedric ihnen mit auf den Weg, als sie erstaunlich widerspruchslos den Kontrollraum verließen. »Und hütet euch davor, irgend etwas einzuschalten, dessen Energie anzumessen wäre.«

Nabtaal nickte ihm noch einmal zu, bevor sich das Schott hinter ihnen schloß; dann waren sie allein.

»Also, Sarday'kin«, grollte Taifan. »Du wolltest, daß wir unter uns sind – nun sind wir es. Was gibt es, daß du mit uns bereden willst?«

Cedric blickte in die Runde. Mit Taifan, Sheryl und ihm waren diejenigen zusammen, die einigermaßen in der Lage waren, die Dinge selbst in die Hand zu nehmen. Er hatte die anderen hinausgeschickt, damit sie unter sich waren, aber er hatte dennoch keine rechte Ahnung, *warum* er das getan hatte.

Er bemerkte, wie Duncan neben seinem Sessel auftauchte, und bereitete sich innerlich darauf vor, sofort einzugreifen, falls der durchgedrehte Cybertech versuchen sollte, an den Kontrollen herumzuspielen und dabei versehentlich irgendeine Schaltung auslöste, die die Landungsboote geradewegs wieder zurückbrachte. Doch Duncan starrte nur auf den Bildschirm und murmelte etwas, das sich anhörte wie: »Ichsehwaswasdunichtsiehst!«

Cedric kniff ärgerlich die Lippen zusammen. Als ob jetzt die Zeit für Kinderspielchen wäre! Doch schon einen Herzschlag später stutzte er. Tatsächlich – da war etwas auf dem Bildschirm, das er bislang vollkommen übersehen hatte: eine halbmondförmige Sichel, die, vom Sonnenlicht angestrahlt, am Rand des Aufnahmebereichs majestätisch über dem Horizont schwebte.

Der Killer-Satellit! Irgendwie hatte er ihn längst aus seinen Überlegungen gestrichen.

Cedric bediente die Kontrollen und zoomte auf den gigantischen Himmelskörper zu. Es waren keinerlei Zerstörungen zu sehen, nicht einmal die kleinste Delle.

Cedric begriff, daß er bislang von vollkommen falschen Überlegungen ausgegangen war. Es hatte keine Raumschlacht gegeben und keine angreifende Flotte. Entweder war es den Angreifern gelungen, den Satelliten mit einem Trick auszuschalten, oder aber sie hatten über den entsprechenden Identifizierungscode verfügt. Und dieser Code wurde wie ein Staatsgeheimnis gehütet.

»Was hast du?« erkundigte Sheryl sich.

»Der Killer-Satellit.« Er deutete auf den Bildschirm. »Ich hatte damit gerechnet, daß er zerstört worden war. Daß er es nicht ist, bedeutet, daß wir es hier mit einer Sache zu tun haben, die bis in die höchsten Kreise reicht.«

»Wieso?«

»Daß der Killer-Satellit unbeschädigt ist, beweist, daß der unbekannte Angreifer die Identifizierungscodes gehabt haben muß«, erklärte er. »Sonst hätte er nie die Möglichkeit gehabt, die Kommandosektion zu bombardieren.«

»Ja, mein Gott! Du hast recht.«

»Immerhin eröffnet uns das ein paar Möglichkeiten, uns die Umgebung von Hadrians Mond etwas genauer anzusehen«, sagte er in Sheryls Richtung. »Denn in einem dürftest du recht haben. Wo es Landungsboote gibt, muß es auch Raumkreuzer geben.«

»Spar dir dein Mitleid!« fuhr sie ihn überraschend heftig an. »Ich bin kein kleines Mädchen, das man trösten muß.«

Verdammt, fluchte er in Gedanken, warum mußten Frauen einen immer nur so gut kennen, selbst wenn man selber so gut wie nichts über sie wußte!

Er flüchtete sich darin, wieder die Kontrollen zu betätigen. Aufgrund der Emissionsgefahr wagte er es weiterhin nicht, die noch vorhandenen Ortungsgeräte der Kommandostation zu aktivieren, aber dafür gelang es ihm, sich die viel detaillierteren Ortungsergebnisse des Killer-Satelliten überspielen zu lassen. Dieser künstliche Himmelskörper gab ohnehin ununterbrochen ein wahres Leuchtfeuer von Ortungsstrahlen von sich, die das gesamte Sonnensystem bis in den kleinsten Winkel hinein überwachten. Dann kam das Ergebnis herein – in Form eines neuen Linienmusters. Es waren nur zwei Schiffe, die angezeigt wurden, und beide befanden sich über der Oberfläche von Hadrians Mond. Das erste war zweifellos ein Schwerer Kreuzer, ein Kampfschiff, das gerade die beiden Landungsboote in sich aufnahm, und das zweite Schiff wurde als Containertranporter ausgewiesen, wie es von freien Händlerfamilien benutzt wurde. Es schwebte im Orbit genau über der Containerstation, die ein paar Kilometer von der Kommandosektion entfernt auf Hadrians Mond lag. Dort wurde das geförderte Byranium verladen. Deutlich war auf dem Bildschirm der regelmäßige Strom von Containereinheiten zu sehen, die von der Verladestation integriert wurden, bevor die Antriebseinheiten wieder zu Hadrians Mond zurückkehrten, um die nächsten Container nach oben zu bringen. Cedric mußte erst gar nicht die Sensoren bemühen, um zu wissen, daß es dort kein einziges lebendes Wesen gab. Die ganze Angelegenheit ging vollautomatisch vonstatten. Ein Anzeichen mehr, daß die unbekannten Angreifer sich in der Fördertechnik bestens auskannten.

»Jetzt wissen wir zumindest, was sie hier wollen«, meinte Sheryl. »Das Byranium. Darum geht es ihnen also. Und sie betreiben es gleich in großem Stil.« Sie wandte sich an Cedric. »Was meinst du wohl – wie viele Sonnensysteme kann man sich mit einem einzigen Containertransporter voll Byranium kaufen? Drei? Fünf? Zehn?«

Eines war sicher: Mit dem Inhalt *aller* Container an Bord des Frachtschiffes konnte man genügend Sonnensysteme erwerben oder auf andere Weise unter seinen Einfluß bringen, um sich eine eigene, kleine Fraktion zu schaffen. Was hier ablief, war weit mehr als ein simples Banditenstück irgendwelcher Raumpiraten. Allein die Identifizierungscodes für den Killer-Satelliten mußten ein wahres Vermögen an Bestechungsgeldern gekostet haben. Nein, das hier war ein großangelegter Plan, für dessen Durchführung beträchtliche Mittel aufgewendet worden waren.

Der Computer vermeldete, daß die Verladeaktion zu einundneunzig Prozent abgeschlossen war.

»Noch könnten wir versuchen, zusammen mit den Schiffen von hier zu verschwinden«, kam Sheryl auf ihren Vorschlag zurück. »Wenn wir uns in einen der Container schmuggeln und . . .«

»Vergiß es!« sagte Cedric. »Du weißt doch genau, daß die Dinger keine Schockabsorber haben. Wir würden wahrscheinlich schon in der Beschleunigungsphase zerquetscht werden.«

»Natürlich weiß ich das«, reagierte sie gereizt. »Ich dachte auch mehr daran, daß wir uns Raumanzüge besorgen und nach dem Ankoppeln des Containers versuchen, uns zur Steuerzentrale zu hangeln.«

»Ein ehrenvoller Vorschlag«, kommentierte Taifan mit einem anerkennenden Nicken.

»Ich glaube nicht, daß uns das gelingen würde«, formulierte Cedric vorsichtig, um Sheryl nicht erneut zu reizen. »Denkt daran, daß bei solchen Transportern die äußeren Sektionen immer zuletzt beladen werden, und wir würden in einem der allerletzten Container nach oben gelangen. Bis zum Start kommen wir nie bis zur Steuerzentrale. Das ist fast ein ganzer Kilometer, und denen liegt bestimmt daran, nach der Verladeaktion so schnell wie möglich von hier wegzukommen. Ich schätze, es wäre nicht besonders angenehm, sich gerade zu diesem Zeitpunkt außen an der Transportkonstruktion entlangzuhangeln.«

»Und wenn wir die Einrichtung der Verladestation stören«, machte Sheryl einen anderen Vorschlag. »Damit würden wir sie zwingen, einen Trupp Mechaniker nach unten zu schicken, um den Schaden zu beheben.«

Cedric hatte auch schon daran gedacht. Sie mußten die Techniker -- und die paar *Terminatoren*, die als Begleitschutz sicherlich ebenfalls mit nach unten kamen – dann nur noch unbemerkt ausschalten, ihren Platz einnehmen, zum Mutterschiff zurückfliegen, sich in die Zentrale des Schweren Kreuzers vorkämpfen, dort das Kommando übernehmen und endlich aus diesem Sonnensystem verschwinden – sofern sie die Navigatorin, die als einzige in der Lage war, einen Hyperraumsprung zu steuern, dazu bewegen konnten, mit ihnen zusammenzuarbeiten. Ein Plan, der in der Theorie so einfach klang, wie er in der praktischen Durchführung unmöglich war.

»Keine Chance.« Cedric schüttelte den Kopf. »Und wenn wir Pech haben, verzichten sie einfach auf die letzten Container und werfen uns zum Abschied noch eine Giga-Bombe auf den Kopf.«

Von Taifan kam ein empörtes Schnaufen.

»Du willst dem Kampf ausweichen, Sarday'kin« ertönte seine Stimme. »Es ist unehrenhaft, so einfach aufzugeben!«

»Aufgeben?« wiederholte Cedric, als hätte er das Wort gerade zum ersten Mal gehört. »Ich denke überhaupt nicht ans Aufgeben. Ich will nur verhindern, daß wir uns in eine aussichtslose Schlacht stürzen oder uns gleich umbringen. Seht euch doch an, in welcher Verfassung wir uns alle befinden! Glaubt ihr denn, nur einer von uns wäre imstande, die nächsten vierundzwanzig Stunden durchzustehen, wenn es wirklich hart auf hart kommt? Außerdem können wir alles, was wir jetzt höchstens überstürzt unternehmen, auch dann noch tun, wenn der nächste routinemäßige Transportflug hier eintrifft! Nur mit dem kleinen Unterschied, daß wir bis dahin die Zeit haben, die ganze Sache gründlich zu durchdenken und uns optimal vorzubereiten.« Er hatte sich in Fahrt geredet und atmete tief durch, bevor er sich an Taifan wandte. »Und ich kann mir nicht vorstellen, daß es unehrenhaft sein soll, den richtigen Zeitpunkt abzuwarten, anstatt sich Hals über Kopf ins Verderben zu stürzen! Aber bitte, korrigiere mich, falls ihr das bei euch anders handhaben solltet . . .«

Taifan zog die Mundwinkel herab und grunzte etwas, das wohl als Zustimmung zu verstehen war.

Cedric nickte befriedigt, dabei wußte er nur zu gut, daß er sich selbst belog. Das nächste routinemäßig eintreffende Containerschiff würde ebenso routinemäßig von einem Schweren Kreuzer begleitet werden, und sobald man die Zerstörungen und Einschlagkrater hier unten entdeckte, würden dort sämtliche Alarmglocken läuten. Die militärischen Verhaltensregeln für solche Fälle sahen vor, kein unnötiges Risiko einzugehen.

»Dann willst du hier also herumsitzen, bis der nächste Transporter kommt?« fragte Sheryl.

»Es wäre das vernünftigste«, antwortete er, obwohl ihm dieser Gedanke ebenfalls nicht sonderlich behagte. Aber er wollte dem Schicksal gegenüber nicht undankbar sein. Das alles war weit mehr, als sie sich vor Tagen noch erträumt hatten. Ein paar letzte Wochen oder Monate in relativer Sorglosigkeit – war das nicht das Paradies schlechthin? »Ein bißchen Erholung wird uns kaum schaden.«

Leider zerstob selbst diese Hoffnung, als Nabtaal und der Cybertech zurück in den Kontrollraum kamen.

»Was ist?« fragte Cedric. »Was habt ihr gefunden?«

»Weitere Stellen, an denen Phagon-Sachen herumlagen«, antwortete der Cybertech kurzatmig. »Und... und...«

»Und?«

»Und etwas«, antwortete Nabtaal in seiner Stelle, »das ihr euch unbedingt ansehen solltet. Los, kommt mit, und beeilt euch!«

Er führte sie zu einer Korridorwandung, vor der ein schwarzer meterhoher Zylinder stand. Man hätte ihn fast für einen transportablen Mülldesintegrator halten können, wäre da nicht das kleine Tastenfeld und die darüberliegende Leuchtanzeige gewesen.

2.45, 19... 2.45, 18... 2,45, 17...

Es war ein Countdown, der unaufhaltsam der Null entgegenstrebte; und besonders unangenehm war, daß es sich bei dem vermeintlichen Müllschlucker um nichts anderes als eine Giga-Bombe mit Zeitzünder handelte. Ihre Sprengwirkung würde sämtliche Räumlichkeiten im Umkreis von fünfzig bis hundert Metern pulverisieren.

»Kann man dieses Ding irgendwie entschärfen?« fragte Sheryl, die ebenfalls begriffen hatte, um was es sich handelte.

»Ja«, antwortete Cedric. »Sofern man den Code dafür kennt oder eine hochempfindliche Spezialausrüstung hat. Ansonsten allerdings...« Er sah sie ausdrucklos an. »... ist es unmöglich.«

»Dann... dann müssen wir es hier herausschaffen. Auf die Landeplattform oder irgendwo anders hin, wo es keinen großen Schaden anrichten kann. Auf jeden Fall raus hier!«

»Nun«, meldete sich Nabtaal zu Wort, »ich fürchte, ihr habt noch nicht so ganz richtig verstanden.«

Cedric maß den Freischärler mit finsterer Miene.

»*Was* haben wir noch nicht so ganz richtig verstanden?« wiederholte er lauernd.

»Das hier ist...« Nabtaal machte eine hilflose Geste. »Das ist nicht die einzige Bombe, die wir gefunden haben. Vielleicht hundert Meter weiter in einem Gang gibt es noch eine und eine andere ein Stockwerk tiefer am Rand eines Maschinenraumes und . . .«

»Schon gut.« Cedric hob den Arm, wie um ihm das Wort abzuschneiden. »Das reicht.«

»Und alle sind auf ungefähr dieselbe Zeit programmiert«, fuhr Nabtaal ungerührt fort. »Plus oder minus ein paar Sekunden.«

»Verflucht – warum haben die das getan?« rief Sheryl. »Hat es ihnen etwa nicht gereicht, alle Leute umzubringen? Warum wollen sie jetzt auch noch den Rest der Kommandosektion in die Luft zu jagen?«

»Um auch sämtliche Spuren zu verwischen«, meinte Cedric nachdenklich. Er wußte, daß die Explosionskrater dieser Zeitbomben sich kaum von denen eines oberirdisch ausgeführten Bombardements unterschieden. Damit bekamen auch die verstreuten Phagon-Gegenstände einen Sinn. Die sarday'kinsche Untersuchungskommission, die diesen Vorfall später einmal untersuchen mußte, würde unweigerlich auf einige dieser Überreste stoßen, die dann ausreichten, diesen hinterhältigen Angriff den Phagon in die Schuhe zu schieben. Das Verhältnis der Sarday'kin zu dieser Fraktion war ohnehin ziemlich abgekühlt, so daß selbst solch ein Zwischenfall es nicht weiter verschlechtern konnte. Und die eigentlichen Angreifer selbst waren aus dem Schneider. »Und um falsche Spuren zu legen«, fügte er hinzu.

»Wenn du so schlau bist, warum hast du dann nicht schon eher daran gedacht?« keifte Sheryl. »Dann wäre vielleicht noch Zeit gewesen, einen meiner Pläne in die Tat umzusetzen. Aber dafür dürfte es jetzt bereits zu spät sein.«

Ein entferntes Rufen enthob Cedric einer Antwort. Kara-Sek und Omo, waren zum Kontrollraum zurückgekehrt und wahrscheinlich überrascht gewesen, außer Duncan niemanden vorzufinden. Cedric und seine Begleiter mußten sich nun anhören, daß auch die beiden Yoyodyne mehrere mit Zeitzündern versehene Bomben gefunden hatten. Die gesamte Kommandosektion glich einem wahren Pulverfaß – mit brennender Lunte.

»Wie ich unsere Situation sehe, bleiben uns nur zwei Möglichkeiten«, faßte Cedric ihre Lage zusammen. Er hatte sich vor den Bildschirm gesetzt und machte sich abermals an den Konsolen zu schaffen. »Entweder wir ziehen uns in die Minensektion zurück und nehmen soviel wie möglich mit, was uns das Leben dort unten erleichtert ... Ich glaube nicht, daß sie dort ebenfalls unten Bomben gelegt haben.«

»Niemals!« rief der Cybertech. »In die Stollen bekommt mich niemand mehr zurück.«

»Und die zweite Möglichkeit?« fragte Sheryl.

»Die besteht darin«, sagte Cedric und deutete auf den Bildschirm. Dort war eine Darstellung eines unzerstörten Teils der Kommandosektion zu sehen, und an der Stelle, auf die er zeigte, befand sich ein Hangar. Das Bombardement hatte ihn nicht erfaßt, und das darin befindliche Linienmuster war eindeutig.

»Ein Raumboot«, identifizierte Sheryl das Rastergebilde.

»Richtig. Und offenbar unbeschädigt.«

»Schön und gut«, gestand sie ein. »Damit könnten wir von hier wegkommen, bevor die Bomben hochgehen. Aber was dann? Wohin sollten wir fliegen?«

Eine berechtigte Frage. Diese kleinen Raumboote waren dafür konstruiert, in näherer Umgebung einer festen Basis zu operieren. Zu einem Hypersprung waren sie nicht imstande. Es hätte Hunderte oder Tausende von Jahren gedauert, damit im Relationsflug zum nächsten Sonnensystem zu gelangen.

Er schaltete auf die Außenkameras zurück und tippte auf den Bildschirm, dorthin, wo sich die Sichel des Killersatelliten befand.

»Wie wär's damit?« schlug er vor. »Ist doch ein schönes Ziel für einen kleinen Ausflug.«

»Das ist Wahnsinn!« protestierte der namenlose Cybertech. »Da kommen wir nie hinauf! Der wird uns abschießen, kaum daß wir gestartet sind.«

»Warum?« fragte Cedric ungerührt. »Du gehst von völlig falschen Voraussetzungen aus. Da das Raumboot von dieser Station kommt, dürfte es automatisch als autorisiert identifiziert werden.« Hoffentlich, dachte er, denn sicher war er sich keineswegs.

»Und dann?« fragte Nabtaal.

»Dort oben sind wir erst einmal unangreifbar. Und falls es uns gelingt, die Steuercodes zu knacken und den Killersatelliten manuell zu steuern, hätten wir ein gewaltiges Faustpfand in der Hand, das sich vielleicht gegen einen freien Abzug eintauschen läßt, wenn der nächste Patrouillenflug hier vorbeikommt. Ich denke, dem Flottenkommando wird die stählerne Raumfestung wichtiger sein als eine Handvoll entflohener Gefangene.«

»Das hört sich nicht schlecht an«, meinte Nabtaal. Er kratzte sich über das stoppelige Kinn und nickte langsam. Diese Idee schien ihm zu gefallen. Cedric verzichtete darauf, dem Freischärler auf die Nase zu binden, daß die Aussicht, die Steuercodes umzuprogrammieren, praktisch gleich Null war. Es waren zu viele Sicherheitsvorkehrungen eingebaut, um solche Manipulationen zu verhindern.

»Ich fürchte, du vergißt dabei nur eine Kleinigkeit«, war Sheryls Stimme zu hören.

»Ja? Und welche?«

»Dort oben . . .« Sie deutete mit dem Daumen zur Decke des Kontrollraums. ». . . lauert noch immer ein bis an die Zähne bewaffneter Schwerer Kreuzer. Die werden uns spätestens eine Zehntelsekunde nach dem Start auf ihren Ortungsschirmen haben.« Sie sah Cedric in die Augen. »Und wenn ich mich nicht irre, hat uns irgend jemand vor nicht allzu langer Zeit recht deutlich klargemacht, was uns blüht, wenn die da oben bemerken, daß hier unten noch jemand lebt. Und das Raumboot hat nicht einmal Schutzschirme.«

»Das stimmt«, meinte Nabtaal. Er wirkte ernüchtert. »Verdammt – Sheryl hat recht.«

»Dann bleiben uns doch nur die Stollen«, jammerte der Cybertech.

»Moment!« rief Cedric und hob die Arme, wie um sich Gehör zu verschaffen »Wir haben trotzdem eine Chance. Es kommt nur darauf an, daß sie uns so spät wie möglich orten. Am besten, wenn wir schon ganz dicht am Killersatelliten sind.

Dann können sie keinen Angriff mehr riskieren, weil das als Attacke gegen den Satelliten selbst gewertet werden könnte – auch wenn sie dabei tausendmal den Identifizierungscode abstrahlen.«

»Ach ja!« Sheryl stemmte die Arme in die Hüften. »Nichts einfacher als das! Und wie willst du verhindern, daß sie uns orten?«

Cedric hielt einen Moment nachdenklich inne.

»Ich glaube, das muß ich gar nicht«, sagte er leise. »Die Vorkehrungen dazu haben sie bereits selbst getroffen.«

»Wie bitte?« rief Sheryl ratlos. »Kannst du dich vielleicht auch so ausdrücken, daß auch Normalsterbliche eine Chance haben, deinen Gedankengängen zu folgen?«

»Ich habe da so eine Idee.« Cedric stand auf. »Kommt, ich werde es euch unterwegs erklären. Wir müssen los, wenn wir rechtzeitig beim Hangar sein wollen. Der Weg dorthin führt durch einige Sektionen, die arg in Mitleidenschaft gezogen sind.« Er sah reihum. »Also – wer hierbleiben und sich in die Minen zurückziehen will, der soll das meinetwegen tun . . .«

Er wartete vergeblich auf Antwort. Niemand wollte. Selbst Duncan torkelte ihnen hinterher, als sie den Kontrollraum verließen.

Synfile 8

Der Killer-Satellit

Cedric Cyper, der im Pilotensitz des Raumbootes saß, sah wieder auf den Chronometer, den er einem der toten Offiziere abgenommen hatte und der sich jetzt an seinem Handgelenk befand.

0.04,01 ... 0.04,00 ... 0,03.59 ...

Auf dem Weg hierher waren sie an weiteren Zeitbomben vorbeigekommen, und Cedric hatte den Chronometer auf den rücklaufenden Countdown des Zünders eingestellt, der am ehesten die Null erreicht haben würde. Natürlich bot das keine absolute Sicherheit, daß einige nicht schon früher hochgingen, aber es war zumindest ein einigermaßen zuverlässiger Anhaltspunkt, wann es losging. Wie Nabtaal schon festgestellt hatte, waren sämtliche Zünder, die sie gefunden hatten, auf ungefähr dieselbe Zeit eingestellt gewesen. Der Hangar selbst war sauber, wie eine kurze Durchsuchung ergeben hatte, ebenso das Raumboot selbst. Es handelte sich um einen schlanken Dreiflügler von rund zwanzig Metern Länge, dessen hintere Flügel gleichzeitig als Landstützen dienten und der sich in dem kreisrunden Hangar wie ein silberfarbener, aufrechtstehender Keil erhob.

Über eine Außenleiter waren sie zur Cockpitschleuse hinaufgeklettert. In der Kabine hatte sie eine der angenehmsten Überraschungen der letzten Tage erwartet: Den Kontrollen nach war das Raumboot voll funktionstüchtig. Cedric hoffte inständig, daß das auch für das Hangarschott galt und es sich anstandslos von hier aus öffnen ließ. Leider blieb ihm nicht die Möglichkeit, es versuchsweise auf- und wieder zuzufahren; ebensowenig konnte er das Triebwerk einem Probelauf unterziehen. Beides wäre mit Sicherheit von dem Schweren Kreuzer draußen im Orbit angemessen worden. Ihnen blieb daher nichts anders übrig, als sich blind darauf zu verlassen, daß sie sich der entsprechenden Lämpchen im Cockpit ihrer Bedeutung vollauf bewußt waren und nicht nur so zum Spaß vor sich hinleuchteten. Nur dann hatte sein wahnwitziger Plan eine zumindest minimale Aussicht auf Erfolg.

Sein Plan. Cedric lächelte freudlos. Der Plan hieß schlicht und einfach: genau in dem Augenblick zu starten, in dem die ersten Zeitbomben detonierten. Die gesamte Kunst bestand darin, das Hangartor nicht zu früh zu öffnen, um nicht bemerkt zu werden, und nicht zu spät, um noch rechtzeitig zu starten und der Energiehölle zu entkommen. Die dabei auftretenden Emissionen dürften stark genug sein, um die Ortungsgeräte des Schweren Kreuzers vorübergehend zu blenden – das war die Karte, auf die Cedric setzte.

Noch mehr Kopfzerbrechen bereitete Cedric das, was dann kam, denn solange die Impulse des Raumbootes von den Energie-Eruptionen hier unten überlagert wurden, mußten sie einen Großteil der Strecke zum Killer-Satelliten zurückgelegt haben – ansonsten waren sie so chancenlos wie eine Küchenschabe unter einem Stiefelabsatz. Cedric hoffte insgeheim auf weitere Sekunden Aufschub, die sich daraus ergaben, daß der Ortungsoffizier nicht sonderlich aufmerksam war, der Commander des Schiffes erst zur Zentrale gerufen werden mußte oder sonst irgend etwas vorfiel. Als Cedric den Vorschlag gemacht hatte, zum Killer-Satelliten zu fliehen, hatte er damit gerechnet, daß solch ein Raumboot ungefähr zehn Minuten dafür brauchen würde, doch eine genauere Berechnung des Bordcomputers hatte ihm unerbittlich vorgerechnet, daß es günstigenfalls sechzehn Minuten waren. Selbst wenn die komplette Besatzung des Schweren Kreuzers aus Schlafmützen bestand, so würden sie dennoch keine Mühe haben, sie einzuholen und abzuschießen.

Cedric erhaschte einen kurzen Seitenblick Sheryls, die neben ihm auf dem Sessel des Ortungstechnikers saß. Um ihren Mund spielte einen Lidschlag lang ein dünnes Lächeln, das alles mögliche bedeuten konnte: *War nett, dich kennengelernt zu haben, und falls wir später keine Zeit haben sollten, uns voneinander zu verabschieden, dann wünsch ich dir jetzt schon mal alles Gute! Oder: Mein Gott, wie habe ich mich von diesem Irren nur überreden lassen, mich auf dieses Himmelfahrtskommando einzulassen?*

Cedric sah sie mit erhobenen Augenbrauen an, doch falls sie seine stumme Frage überhaupt bemerkte, so zog sie es vor, nicht darauf zu antworten. Er ließ seinen Blick weiterwandern und sah hinter sich, wo seine Mitgefangenen auf den übrigen Plätzen saßen. Das Cockpit war groß genug, um ihnen allen genügend Platz zu bieten, nur für Omo hatte sich keine passende Sitzgelegenheit gefunden. So hatte sich der zweieinhalb Meter große Koloß auf den Fußboden gesetzt, und sie hatten ihn notdürftig mit einem Sicherheitsriemen an die rückwärtige Kabinenwand gebunden, damit er bei den zu erwartenden Turbulenzen nicht wie ein Geschoß in der Kabine umherflog. Cedric bemerkte, daß die *Humsz*-Züchtung weiterhin den kleinen Metallkoffer bei sich trug.

»Okay«, sagte Cedric überflüssigerweise. Er hatte das Gefühl, irgend etwas sagen zu müssen. »Macht euch bereit. Es dauert nicht mehr lange, bis der ganze Zauber losgeht.« Er sah auf den Chronometer. »Noch knapp eine Minute.«

»Glau ... glaubt ihr, daß wir ... daß wir es schaffen werden?« stotterte der Cybertech ängstlich.

Cedric zuckte mit den Schultern und wandte sich wieder nach vorne.

»Frag mich in zwanzig Minuten noch einmal«, knurrte er.

Wieder ließ er seine Blicke über die Armaturen und kleinen Bildschirme vor sich schweifen. Den Anzeigen nach war alles in Ordnung – aber ein Rest von Zweifeln blieb.

Die Zeit verstrich quälend langsam. Cedric sah der Chronometeranzeige dabei zu, wie sie der Null entgegenwanderte.

»Noch dreißig Sekun ...« setzte er an, doch dann erschütterte ein gewaltiger Schlag den Hangar so stark, daß sich einige Verkleidungen von der Hangarwand lösten und zu Boden stürzten. Cedric spürte, wie das Raumboot sich zur Seite neigte. Eines der Landbeine hob vom Boden ab, verharrte dort kurz, bevor es wieder auf den Boden krachte. Der Ruck warf Cedric in die Gurte.

Cedric verschwendete eine lange Sekunde, um sein Erschrecken zu überwinden. Eine Detonation, ganz in der Nähe! Was war viel früher losgegangen als erwartet!

Seine Hand zuckte zu dem Knopf, mit der entsprechende Impuls an das Hangartor gegeben werden konnte, doch dann hielt er inne. Er zögerte. Wenn die Detonation nur ein vereinzelter Frühzünder gewesen war, dann würde er alles zunichte machen, wenn er jetzt überstürzt reagierte. Nein, er mußte so lange wie möglich warten. Noch waren es etwas mehr als zwanzig Sekunden.

Eine neue Erschütterung durchlief den Hangar. Erneut begann das Raumboot hin und her zu schwanken. Das nächste Krachen, das sich sofort anschloß, gab endgültig den Ausschlag.

Cedric drückte den Knopf nieder und schaltete sofort danach die bordinternen Maschinen hoch. Ein kaum hörbares Summen erklang, und Cedric registrierte mit Befriedigung die feinen Vibrationen, die den Cockpitraum erfüllten. Der Antrieb lief. Sauber und rund. Und die Kontrollen verkündeten, daß das Boot startbereit war.

Er blickte zum Hangartor auf und fühlte, wie sich seine Nackenhärchen aufrichteten. Das Gefühl, hilflos in der Falle zu sitzen, wurde fast übermächtig.

Das Tor hatte sich um keinen Deut gerührt.

Erneut drückte er den Knopf herunter. Einen Augenblick lang geschah nichts, dann – als hätte er es sich lediglich eingebildet, ihn schon einmal niedergedrückt zu haben – begann sich das tonnenschwere Hangartor mit einem lauten Geräusch zu öffnen. Cedric mußte an sich halten, um keinen Triumphschrei von sich zu geben, so groß war seine Erleichterung.

Während der Sauerstoff explosionsartig durch den ständig größer werdenden Spalt hinaus in die Atmosphäre gerissen wurde, schossen grünliche, wirbelnde Methanschwaden in den

Hangarschacht hinein und entfesselten einen Orkan, der kaum weniger an dem Boot zerrte als die nicht mehr abreißenden Detonationen. Cedrics Blick zuckte zwischen dem Startknopf und dem Tor über ihnen hin und her. Draußen wetterlichtete der zuckende Widerschein von Explosionen durch die grünen Schwaden.

»Mein Gott – wie lange dauert das noch?« rief Sheryl durch das Tosen.

Selbst wenn ihr jemand eine Antwort gegeben hätte, hätte sie es nicht mehr gehört, denn in diesem Moment brach neues ohrenbetäubendes Krachen über sie herein, das das Raumboot beinahe umzuwerfen drohte.

Eine der Bomben war ganz in der Nähe des Hangars explodiert – nahe genug jedenfalls, um den strebenförmigen Aufbau an einer der Seitenwände aus seiner Halterung zu lösen. In Zeitlupe begann der tonnenschwere Aufbau in ihre Richtung zu kippen, wie ein gigantischer Hammer, der sich sie als Amboß auserkoren hatte.

Sheryl schrie auf, als sie das Verhängnis auf sie zukommen sah, doch da hatte Cedric bereits reagiert. Mit einemmal war es ihm vollkommen gleichgültig, wie weit sich das Hangartor über ihnen geöffnet hatte. Er hieb auf den Startknopf und gab Vollschub. Die Triebwerke im Heck des Raumbootes brüllten auf wie ein urweltlicher, tödlich verwundeter Dinosaurier und hüllten den Hangarraum in gleißendes Licht.

Langsam, als wäre es ein Kaugummi, das dort festklebte, löste sich das Raumboot vom Boden, um schneller und schneller aufzusteigen – während der turmartige Aufbau gleichzeitig schneller und schneller auf sie zustürzte.

Beinahe sah es so aus, als ob sie es schaffen sollten, doch die Spitze des herabstürzenden Aufbaus erwischte das aufsteigende Boot an einem der drei Heckflügel und warf es mit der mörderischen Wucht zur Seite. Keine Sekunde später krachte es gegen die Hangarwand und schrammte mit einem ohrenbetäubendem und häßlichen Kreischen daran entlang.

Cedric wurde nach vorne geworfen und spürte, wie ihm die Gurte schmerzhaft in Hüfte und Brust schnitten. Blind rüttelte er am Steuerhebel herum, und wie durch ein Wunder schaffte er es, das immer mehr beschleunigende Raumboot von der Hangarwand wegzubringen – doch nur um wie eine Billardkugel auf die gegenüberliegende Wandung zuzurasen.

Die Steuerreaktion war viel zu hefig und unkontrolliert gewesen, und sie wären mit Sicherheit erneut gegen die Hangarwand gekracht, da schoß das Boot bereits aus dem Hangarschacht heraus, haarscharf am zur Hälfte aufgefahrenen Hangartor vorbei.

Noch bevor Cedric die geringste Chance hatte, das Boot unter seine Kontrolle hatte, wurden sie von einer nahen Explosionswolke erfaßt und aus der Bahn geschleudert. Trümmerstücke krachten gegen die Außenverkleidung; eines traf die Cockpitverglasung, hinterließ aber nur einen meterlangen Kratzer.

Schlingernd jagten sie über die in Feuer und Glut aufgehende Kommandostation hinweg. Der austretende Sauerstoff vermengte sich mit dem eintretenden Methan zu einer hochexplosiven Mischung, und an zündenden Funken fehlte es in der Feuerhölle ganz gewiß nicht.

Allmählich schaffte es Cedric, dem torkelnden Boot seinen Willen aufzuzwingen, aber schon im nächsten Moment weiteten sich seine Augen voller Entsetzen, als er den Ortungsturm sah, der urplötzlich vor ihnen aus den wirbelnden Schwaden und Feuerbällen aufgetaucht war. Wieder riß er an dem Steuerhebel herum und schaffte es irgendwie, der unvermeidlich scheinenden Kollision auszuweichen und in den kontrollierten Steigflug zu gehen. Unter ihnen blieb die brennende Kommandosektion zurück. Es schien, als wären dort mehrere Vulkane gleichzeitig ausgebrochen. Gigantische Stichflammen schossen in die Höhe.

Erst jetzt gönnte Cedric sich ein kurzes Durchatmen. Dieser erste Teil seines Planes war zwar nicht ganz so gelaufen, wie er sich das vorgestellt hatte, aber sie hatten es immerhin geschafft!

Als sie die Methan-Atmosphäre durchstießen, tauchte der Killersatellit, der wie eine riesige leuchtende Sichel über dem gebogenen Horizont von Hadrians Mond lag, direkt vor ihrem

Bug auf. Es war, als hätte Cedric unterbewußt sofort den richtigen Kurs eingeschlagen gehabt.

Cedric holte aus den Triebwerken des Raumbootes alles heraus und brachte es auf einen Kurs, dessen Zielpunkt ein wenig über dem Killer-Satelliten lag. Bis sie dort waren, würde sie die Gravitation von Hadrians Mond wieder ein gutes Stückchen tiefer gezogen haben. Eine Zeitlang gab er Vollschub, dann schaltetet er die Triebwerke aus und deaktivierte ebenfalls sämtliche anderen Systeme, die sich irgendwie entbehren ließen, bis auf die Passivortung und die Funkanlage, die sich in Cedrics Rücken befand und vor der Nabtaal saß.

»Warum hast du das gemacht?« fragte Sheryl verwundert. »Ohne den Schub werden wir doch sehr viel länger brauchen. Willst du es den anderen etwa etwas leichter machen?«

»Im Gegenteil. Vielleicht verschafft uns das den entscheidenden Vorsprung.«

Er hatte sich erst in den letzten Sekunden überlegt, auf diese Weise einen zusätzlichen Vorsprung herauszuholen. Selbst wenn die Ortungsgeräte des Schweren Kreuzers jetzt wieder normal arbeiteten und sie erfaßten, würde der diensthabende Offizier sie vielleicht erst für ein Trümmerstück halten, das durch die Explosionen bis aus der Atmosphäre geschleudert worden war.

»Du willst, daß sie uns für ein Trümmerstück halten, nicht wahr, Cedric?« ließ sich Nabtaals Stimme vernehmen.

»Ganz richtig.« Cedric seufzte. »Glückwunsch. Das macht jetzt insgesamt vier Planetenpunkte.«

»Planetenpunkt?« erkundigte sich Nabtaal verwirrt.

»Vergiß es«, zischte Cedric. »Kümmere dich lieber um den Funkverkehr. Ich will wissen, wenn sich auf irgendeinem Kanal etwas tut.«

»Wenn es das hätte, hätte ich es längst gemeldet«, erwiderte Nabtaal beleidigt.

Cedric sehnte sich nach einer Zigarette, doch diese teuren Luxusartikel bekam man nur noch auf einer der Freihandelswelten. Dennoch hatte er sich einmal eine ganze Schachtel gegönnt, als er aus einem schweren Einsatz zurückgekommen war und während einer Zwischenlandung auf *St. Petersburg II* Ausgang erhalten hatte. Er blickte hinaus ins All und versuchte anhand der Konstellationen auszumachen, ob er die Sonne dieser Welt von hier aus mit bloßen Augen ausmachen konnte. Er fand sie nicht, aber das war auch nicht besonders wichtig.

»Sieht doch ganz gut aus«, flüsterte Sheryl nach einer Weile. Sie hatte die ganze Zeit stumm durch die Cockpitverglasung geschaut, als hätte sie versucht, nach dem Schweren Kreuzer Ausschau zu halten. Nun warf sie Cedric einen Seitenblick zu, wie um sich zu vergewissern, ob er ihre Einschätzung teilte. »Das tut es doch, oder?«

Cedric sah sie kurz an und blickte dann auf den Chronometer.

+ 0,04,37 verkündete die Anzeige. Er wußte nicht, wann genau sie gestartet waren, wahrscheinlich ungefähr zehn Sekunden vor dem Nullpunkt, aber darauf kam es so genau nicht an. Auf jeden Fall hatten sie bislang kaum ein Viertel der Zeit überstanden. Erst jetzt dürften die Ortungsschirme an Bord des Schweren Kreuzers allmählich wieder ein mehr oder minder deutliches Bild zeigen – alles weitere hing nun von der Auffassungsgabe und dem Diensteifer des Offiziers ab, der davor saß.

Cedric blickte Sheryl an. »Wenn wir in den nächsten acht bis zehn Minuten noch immer nichts von dem Schweren Kreuzer gehört oder gesehen haben, könnten wir tatsächlich eine Chance haben.«

»Wie beruhigend, das zu wissen«, meinte sie in höhnischem Tonfall. Sie strich sich mit einer unnachahmlich hochmütigen Bewegung eine Strähne ihres chromfarbenen Haars aus der Stirn und wandte sich wieder ab. Er reagierte nicht darauf. Wahrscheinlich war das lediglich ihre Art, mit ihrer inneren Anspannung fertig zu werden. Ihm erging es nicht anders. Abermals sah er zu dem Chronometer, nur um festzustellen, daß seit seinem letzten Blick nur fünf Sekunden vergangen waren.

Nicht verrückt machen lassen, hämmerte er sich ein. Wieder fiel ihm ein Ratschlag seines Ausbilders Daily Lama ein, der da lautete: Die meisten Probleme lösen sich von selbst; man sollte sie nur nicht dabei stören.

In dem Moment jedoch, als von den Kontrollen vor Sheryls Platz ein feines Fiepen ertönte, wußte er, daß ihr Problem sich leider nicht von selbst lösen würde.

»Passivortung spricht an«, erklärte Sheryl, die sich über die Anzeigen beugte. »Wir werden von Ortungsstrahlen getroffen. Das ist der Schwere Kreuzer.«

»Ganz ruhig!« versuchte Cedric sie zu beruhigen; dabei mußte er sich eingestehen, daß es schneller passiert war, als er gedacht hatte. »Daß sie uns erfaßt haben, heißt noch lange nicht, daß sie uns auch als das erkennen, was wir sind!«

Einige Momente vergingen in atemlosen Schweigen, dann wechselte die Frequenz des Fiepens.

»Sie haben das Zielerfassungsradar zugeschaltet«, gab Sheryl bekannt. »Die Impulse sind eindeutig.«

Alle Achtung, zollte Cedric den Männern an Bord des anderes Schiffes Anerkennung, sie hatten verdammt schnell reagiert, das mußte man ihnen lassen.

»Auch das hat nichts zu bedeuten«, sagte er wider besseres Wissen. »Wahrscheinlich wollen sie sich nur genauer ansehen, mit was sie es hier zu tun haben. Noch können wir Glück haben.«

Er warf einen kurzen Blick über seine Schulter zu den anderen und hatte nicht den Eindruck, als würden seine Worte sonderlich viel Hoffnung erzeugen. Selbst auf Taifans unbeweglichem Gesicht lag ein düsterer Zug.

Abermals veränderte sich das Fiepen.

»Radarquelle ändert ihren Standort«, meldete Sheryl. »Distanz abnehmend.«

»Ich empfange automatische Aufforderung, uns zu identifizieren«, klang Nabtaals Stimme in seinem Rücken. Der Freischärler saß auf dem Platz des Funkers und hatte sich einen Kopfhörer aufgesetzt. »Und zwar auf allen Frequenzen.«

Cedric fluchte. Er wußte, was das bedeutete. Der Schwere Kreuzer hatte erkannt, um was es sich bei ihnen handelte. Jetzt halfen keine beschönigenden Worte mehr. Sie hatten alles auf eine Karte gesetzt – und verspielt. Cedric dachte daran, welche Weisheit Daily Lama in dieser Situation wohl aus einem in dieser Hinsicht schier unerschöpflichem Schatz geschöpft hätte. Vielleicht etwas wie: Kleine Sorgen wird man am besten dadurch los, daß man große bekommt.

Er reaktivierte sämtliche Funktionen und schaltete das Triebwerk erneut auf Vollschub. Die Zeit, sich verstecken zu wollen, war vorbei.

»Ortungsimpuls ausgemacht«, meldete Sheryl, da ihre Eigenortung wieder vollständig arbeitete. »Schnell näher kommend. Zeit bis zum Unterschreiten der Standard-Feuerdistanz knapp vierzig Sekunden.«

Vierzig Sekunden, dachte Cedric voller Bitterkeit. War das die letzte Frist, die ihnen noch blieb? Er wünschte, das Raumboot würde über eine kleine Laserkanone verfügen, dann hätte er vielleicht mit der Genugtuung aus dem Leben scheiden können, dem Schweren Kreuzer vorher wenigstens noch eine kleine, häßliche Schramme am Außenrumpf beigebracht zu haben. So blieb ihm nicht einmal dieser ›kleine Triumph‹. Er fragte sich, ob der Kommandant des anderen Schiffs sie sofort zerstörte oder sich vorher noch eine kleine Zerstreuung gönnte, indem er mit ihnen ein wenig Katze und Maus spielte.

»Ich empfange Funkspruch im Klartext«, rief Nabtaal. »Offenbar eng gebündelter Richtfunk.«

»Kannst du es auf irgendwelche Lautsprecher legen?« fragte Cedric.

»Nun.« Nabtaal überlegte kurz. »Ich glaube schon. Vielleicht, wenn ich diesen Knopf hier, nein . . . dann vielleicht dieser hier . . .«

Im nächsten Moment schallte eine harte, befehlsgewohnte Stimme durch die Kabine: ». . . wir Sie zerstören. Ich wiederhole . . . *SK Marvin* an unbekanntes Raumboot. Identifizieren Sie sich, ansonsten werden wir Sie zerstören. Ich wiederhole . . . *SK Marvin* an unbekanntes . . .«

Die *Marvin* also, dachte Cedric, während die Lautsprecherstimme weitersprach. Bislang hatten sie den Namen des Schweren Kreuzers noch nicht in Erfahrung bringen können. Cedric konnte sich nicht entsinnen, ihn früher schon einmal gehört zu haben. Allerdings war fraglich, ob ihnen diese Erkenntnis jemals etwas nützen würde.

»Was soll ich antworten?« fragte Nabtaal.

Cedric wollte zuerst erwidern, daß er dem fremden Kommandanten ausrichten sollte, er könne ihn mal... – dann überlegte er es sich anders und blickte auf den Chronometer.

+ 0.07.28

Das hieß – sie hatten mindestens noch zehn Minuten zu überstehen, bevor sie sich halbwegs in Sicherheit fühlen konnten. Zehn Minuten! Unter diesen Umständen war das weit mehr als eine ganze Ewigkeit. Die *Marvin* hätte Zeit gehabt, drei Schleifen um Hadrians Mond zu fliegen und sie dann immer noch zu zerstören. Trotzdem gab er Nabtaal die Anweisung, ihn mit dem anderen Kommandanten zu verbinden, in der Hoffnung, vielleicht die eine oder andere Minute herauszuschinden. Natürlich war ihm klar, daß der Mann nicht so dumm sein würde, sich komplette zehn Minuten zum Narren halten zu lassen.

»Feuerdistanz unterschritten«, sagte Sheryl. »Der Kreuzer hat verlangsamt und stoppt seine Fahrt. Keine Schutzschirme.«

Wozu auch, fragte Cedric sich. Dort drüben hatte man ihr Raumboot längst gescannt und erkannt, daß es vollkommen wehrlos war. Wie wahr! Wenn es für sie überhaupt eine Möglichkeit gab, dem Schweren Kreuzer irgendwie gefährlich zu werden, dann die, daß Cedric einen Witz hätte erzählen können, über den sich die halbe Besatzung dort drüben totlachte. Aber ihm wollte beim besten Willen kein Witz einfallen.

»Kontakt steht«, verkündete Nabtaal. »Du kannst sprechen.«

Cedric räusperte sich.

»Raumboot an unbekannten Kreuzer. Hier spricht Ced... Commander Cyper.« Aus den Augenwinkeln fing er einen spöttischen Blick Sheryls auf. Schön und gut, *Commander* Cyper – das war vielleicht ein wenig übertrieben, aber kam es darauf wirklich noch an? »Bitte wiederholen Sie. Wir verstehen Sie kaum. Der Empfang ist sehr schlecht.«

Das war schwach. Äußerst schwach. Und Cedric wußte das

nur zu gut, aber wie immer wenn man eine gute Idee brauchte, war gerade keine in der Gegend, auf die man hätte zurückgreifen können.

»*SK Marvin* an Raumboot«, ertönte die Stimme wieder. »Stoppen Sie sofort die Fahrt!«

Cedric zählte in Gedanken langsam bis fünf, dann erwiderte er: »Bitte wiederholen Sie. Wir haben Sie nicht ganz verstanden. Wer spricht dort?«

Es half nichts. Vor dem Cockpit stand mit einemmal eine grelle Strahlenbahn im Weltall, so hell, daß Cedric seine Augen unwillkürlich mit der Hand abschirmte. Ein Warnschuß, der einen Moment später wieder erloschen war.

»Verdammt, versuchen Sie nicht, uns zum Narren zu halten«, schallte es aus den Lautsprechern. »Wir wissen, daß Sie uns empfangen. Ich gebe Ihnen noch genau fünfzehn Sekunden, die Fahrt zu stoppen, andernfalls eröffnen wir das Feuer. Eine weitere Warnung erfolgt nicht. Die Zeit läuft – ab ... *jetzt*!«

»Bitte wiederholen Sie«, erwiderte Cedric ungerührt. »Die Funkverbindung ist sehr schlecht. Hören sie? Die Verbindung ist ...«

»Noch zehn Sekunden.«

Cedric tauschte einen kurzen Blick mit Sheryl. Ein Aufgeben kam überhaupt nicht in Frage. Diese Leute dort waren nicht darauf aus, Gefangene zu machen. Cedric schaltete den Antrieb aus, was ihre Geschwindigkeit dennoch um keinen Deut verringerte, solange er nicht auf Gegenschub schaltete.

Das wußte man an Bord des Schweren Kreuzers offenbar ebensogut wie er.

»Noch fünf Sekunden«, kam es ungerührt aus den Lautsprechern.

Cedric umklammerte den Steuerknüppel mit einer Hand und legte die andere auf den Schalter, mit dem er wieder Vollschub geben konnte. Doch noch zögerte er. Er wollte erst im letzten Augenblick durchstarten und danach sofort nach unten wegtauchen. Vielleicht gelang es ihm auf diese Weise, den Feuerleitoffizier dort drüben noch eine kleine Weile zu beschäftigen.

Vier zählte er in Gedanken mit, während sich seine Hand langsam auf den Schalter senkte. Drei, zwei ...

»WACHSATELLIT AN SCHWEREN KREUZER«, klang plötzlich eine computermodulierte Stimme aus den Lautsprechern. »IDENTIFIZIERUNG ERBETEN!«

Eine Sekunde lang herrschte Stille.

»Was zum Teu ...« war dann die Stimme des anderes Kommandanten zu vernehmen, von einem Knacken jäh beendet. Die Verbindung war unterbrochen.

»Was hat das zu bedeuten?« rief Sheryl verblüfft.

»Keine Ahnung«, knurrte Cedric. Er sah auf seine Hand, die immer noch über dem Startknopf lag und fragte sich, ob er ihn noch drücken sollte. Das Ultimatum war längst abgelaufen, und dennoch hatte der Schwere Kreuzer nicht gefeuert. Wahrscheinlich war man drüben ebenso über das plötzliche Eingreifen des Killer-Satelliten erstaunt.

»Der Schwere Kreuzer sendet seinen Identifizierungscode«, sagte Nabtaal, der über seinen Kopfhörer nach wie vor sämtliche Frequenzen abhörte.

»CODE UNGÜLTIG«, kam die Antwort des Satelliten ohne Verzögerung aus den Lautsprechern. »CODE IST GEÄNDERT WORDEN. SOFORTIGE IDENTIFIZIERUNG ERBETEN!«

Obwohl die künstliche Stimme über keinerlei Gefühl verfügte, klang sie unerbittlich und drohend zugleich. Kein Wunder, wenn man das Zerstörungspotential bedachte, das dieser Forderung Nachdruck verlieh. Cedric stellte sich vor, wie die Besatzung des anderen Schiffes in hektische Aktivität verfiel.

»Der Schwere Kreuzer hüllt sich in Schutzschirme«, meldete Sheryl. »Und er nimmt Beschleunigung auf. Entfernt sich, schneller werdend.« Die letzten Worte klangen, als könne sie es selbst nicht glauben.

»LETZTE AUFFORDERUNG. IDENTIFIZIEREN SIE SICH. ANSONSTEN ERFOLGT VERNICHTUNG.«

»Versteht ihr denn nicht, was das bedeutet?« rief Sheryl. »Wir sind gerettet! Sie hauen ab. Sie ...« Sie brach ab und starrte ungläubig auf die Kontrollen vor ihr. »O mein Gott ... Nein!«

»Was ist?« fuhr Cedric sie an, und als sie erst nicht antwortete, setzte er noch drängender hinzu: »Verflucht, sag schon!«

»Raumtorpedos, vom Kreuzer her«, vermeldete sie atemlos. »Insgesamt vier Stück.«

Cedric Cyper senkte seine Hand auf den Startknopf und ließ die Triebwerke wieder zum Leben erwachen. Raumtorpedos – das war so ziemlich das Schlimmste, was ihnen der Schwere Kreuzer als Abschiedsgruß hinterlassen konnte. Sofort drückte er die Nase des Raumbootes in Richtung auf Hadrians Mond zurück und versuchte sich zu erinnern, welche Ausweichmanöver ihm während seiner Ausbildung für einen solchen Fall eingetrichtert worden waren: zuerst ein vertikaler Zickzackkurs, kurzer Gegenschub, dann eine horizontale Spirale, zwei Umkreisungen lang, und dann ...

Aber leider galt das alles lediglich für die wieselflinken und wendigen Kampfjäger der sarday'kinschen Flotte, mit denen tatsächlich eine kleine Chance bestanden hätte, einem Raumtorpedo auszuweichen. Mit diesem Schiff war es, als wollte eine Schildkröte vor vier angriffslustigen Stechmücken weglaufen – mit dem Unterschied, daß die Stechmücken, die da aus der Schwärze des Alls auf sie zurasten, über eine Sprengkraft verfügten, die nur in Gigatonnen gemessen werden konnte. Trotzdem leitete Cedric das Ausweichmanöver ein.

»Ich empfange Funkverkehr zwischen dem Schweren Kreuzer und dem Containerschiff«, rief Nabtaal. »Verschlüsselt.«

Cedric nahm es mehr unterbewußt wahr, so sehr war er auf die Steuermanöver konzentriert, dennoch fragte er sich, ob Nabtaal wirklich so kaltblütig war, jetzt eine solch unwichtige Meldung zu machen.

Gegen alle Wahrscheinlichkeiten gelang es Cedric, diesem direkten Treffer auszuweichen, und als die Raumtorpedos an ihnen vorbeirasten, hatte er einen Lidschlag lang sogar das Gefühl, den Antriebsschweif eines davon ganz dicht an ihrem Cockpit vorbeirasen zu sehen. Dieser Erfolg bescherte ihnen allerdings nur ein paar Sekunden Aufschub, denn die Flugkörper wendeten sofort in einer engen Kurve und rasten erneut auf sie zu. Jetzt kamen sie von schräg hinten, und Cedric wußte, daß diesmal selbst der steile Steigflug, den er einschlug, sie nicht mehr retten konnte.

»Aus!« brachte er noch über die Lippen, als plötzlich vier grelle Lichtbahnen im All standen. Sie stachen über das Raumboot hinweg, hinter dem im selben Moment vier feurige Bahnen aufglühten. Die Druckwellen rüttelten nur leicht an dem Raumboot.

Der Killer-Satellit, wurde Cedric wie betäubt bewußt. *Er* hatte eingegriffen und sie gerettet!

»WACHSATELLIT AN SCHWEREN KREUZER«, kam es aus den Lautsprechern. »VERNICHTUNG EINGELEITET!«

Doch keine neuen Laserbahnen stachen durch das All. Beim Killer-Satelliten blieb alles ruhig.

»Was ist los?« fragte Cedric sie. »Wo ist der Schwere Kreuzer?«

»Ich ... ich weiß nicht ... Sein Radarbild ist verschwunden.« Sheryl sah ihn an. »Tut mir leid, ich habe nur noch auf die Torpedos geachtet. Ich ... glaube, er ist in Hyperraumflug übergegangen.« Sie studierte erneut die Anzeigen. »Auch das Containerschiff hat Fahrt aufgenommen.«

Als hätte es nur dieses Stichwort bedurft, ließ sich wieder die computermodulierte Stimme des Killer-Satelliten vernehmen: »WACHSATELLIT AN CONTAINERSCHIFF. IDENTIFIZIERUNGSCODE ERBETEN!«

Dasselbe Spiel, das zuvor schon dem Schweren Kreuzer gegolten hatte, wiederholte sich noch einmal, und auch das Frachtschiff schaffte es, in den Hyperraum zu verschwinden, bevor es zerstört werden konnte. Zwar verfügte es über wesentlich schlechtere Beschleunigungswerte, aber es hatte einen Kurs genommen, auf dem sich Hadrians Mond zwischen das Schiff und den Killer-Satelliten geschoben und es so vor einem direkten Feuer geschützt hatte.

Cedric fragte sich, ob das Containerschiff dazu gekommen war, die Verladeaktion abzuschließen, als er plötzlich erstaunt bemerkte, daß die Triebwerke des Raumbootes zündeten, ohne daß er eine entsprechende Schaltung vorgenommen hatte. Ein Griff zum Steuerknüppel, der keinerlei Einfluß auf die Steuerung mehr hatte, bewies ihm, daß die internen Kontrollen blockiert waren.

»Was ist?« fragte Sheryl, die seine vergeblichen Steuerversuche bemerkte.

»Ach, nichts weiter«, meinte er harmlos, während er sich in seinem Sitz zurücklehnte und die Arme vor der Brust verschränkte, als wäre sein Teil der Arbeit erledigt. »Der Killer-Satellit hat nur die Kontrolle über unser Boot übernommen, das ist alles.«

»Und das bedeutet . . .?«

Meine Güte, woher sollte er das denn wissen? Er war in den letzten Minuten kaum dazu gekommen, sich irgendwelche weitergehenden Gedanken zu machen.

»Daß wir genau dorthin fliegen, wohin wir ohnehin wollen«, erwiderte er in einem Tonfall, der ihr klarmachte, daß er jetzt nicht sonderlich viel Verlangen nach ausgedehnter Konversation verspürte. Sheryl verstand und stellte keine weiteren Fragen mehr.

Mit zusammengepreßten Lippen sah Cedric zu, wie ihr Kurs wieder auf den sichelförmig angestrahlten Himmelskörper zuschwenkte, den sie während der vorigen Manöver etwas aus dem Kurs verloren hatten. Cedrics Gedanken beschäftigten sich dabei unermüdlich mit der Frage, weshalb der Identifizierungscode des Schweren Kreuzers mit einemmal nicht mehr anerkannt worden war. Laut der Computerstimme war eine Codeänderung erfolgt. Nur – weshalb gerade jetzt? Das hätte zum einen manuell geschehen können, aber das setzte voraus, daß es dort oben irgend jemanden gab, der das hätte machen können. Oder aber der Computer des Satelliten war so programmiert, daß der Code periodisch wechselte. Davon hatte Cedric allerdings noch nichts gehört.

Näher und näher kamen sie dem Killer-Satelliten. Wenn man sich ihn als Fußball vorstellte, so war ihr Raumboot allerhöchstens ein Staubkorn, das darauf zuflog. Selbst das Hangarschott, das sich Minuten später vor ihnen öffnete, wäre kaum höher gewesen als ein Streichholz breit. Im Verhältnis zu ihrem Raumboot war die Öffnung dennoch riesig, ebenso wie der

Hangar selbst, in dem sie schließlich niedergingen und in dem zwei oder drei Schwere Kreuzer nebeneinander Platz gehabt hätten. Cedric wußte, daß es in jedem Killer-Satelliten entsprechend große Hangars gab.

Das Raumboot kam schließlich auf seinen drei Heckflügeln zum Stehen. Sämtliche Kontrollen erloschen, und auch als Cedric sie versuchshalber wieder aktivieren wollte, tat sich nichts. Alle Funktionen waren weiterhin blockiert. Durch die Cockpitscheibe war zu sehen, wie sich das riesige Hangartor wieder schloß.

»Laut Außensensoren wird der Hangar mit atembarer Atmosphäre geflutet«, verkündete Nabtaal.

»Tja«, überlegte Cedric laut. »Scheint, als wäre das eine Einladung, das Raumboot zu verlassen.«

»Eine Einladung?« fragte Sheryl. »Von wem?«

Er hob die Achseln, löste die Gurte und stand auf, um sich nach hinten zu begeben, wo sich die Schleuse befand.

»Weißt du, Cedric«, rief Sheryl hinter ihm her, »genau das sind die präzisen und ergiebigen Antworten, die ich an dir so sehr liebe!«

Cedric antwortete nicht, sondern griff nach dem schweren Lasergewehr, daß er hinten in der Kabine verstaut hatte. Dann, nachdem die Außensensoren anzeigten, daß sie gefahrlos nach draußen klettern konnten, verließen sie nacheinander die kleine Cockpitschleuse und stiegen die restlichen Meter bis zum Boden über die Außenleiter herab. Kurz darauf standen sie alle am Fuß des Raumboots. Cedric deutete mit dem Gewehrlauf durch den riesigen Hangar auf ein geschlossenes Schott auf der rückwärtigen Seite, etwa hundert Meter entfernt.

»Ich würde vorschlagen, daß wir erst einmal zum Hauptschott gehen«, sagte er. »Wenn es sich öffnen läßt, dürften unsere Karten ganz gut stehen, wenn nicht, müssen wir uns etwas anderes überlegen.«

Doch das Hauptschott ließ sich nicht öffnen, wie sie feststellen mußten. Die Kontrollen reagierten nicht.

»Vielleicht sollten wir versuchen, uns mit den Laserwaffen einen Weg durch das Schott zu brennen«, schlug der namenlose

Cybertech vor. Wie alle anderen hatte auch er noch seinen Handlaser, aber diese Aufforderung galt dennoch vor allem Cedric und dessen schweren Lasergewehr.

»Ich weiß nicht, ob das eine solch gute Idee wäre«, sagte da plötzlich eine Stimme hinter ihnen. Eine Stimme, die Cedric wohlbekannt war, obwohl er sie nur wenige Male gehört hatte, doch sie gehörte zu der Art von Stimmen, die man sein Leben lang nicht mehr vergaß – erst recht nicht als Strafgefangener auf Hadrians Mond.

Wie alle anderen fuhr auch Cedric auf dem Absatz herum und verharrte regungslos, als ihm seine Augen bewiesen, daß ihn seine Ohren nicht getrogen hatten. Die massive, untersetzte Gestalt, die keine zwanzig Meter hinter ihnen auf der offenen Hangarfläche stand, war – Croft!

Während sich ein Teil seines Bewußtseins mit der Frage beschäftigte, wieso um alles im Universum sich der Kommandant der Mine im Killer-Satelliten befand, fühlte er in einem anderen wieder die Gefühle aufsteigen, die ihn in den letzten zwei Jahren hatten durchhalten lassen. Das war Haß. Grenzenloser Haß und der felsenfeste Vorsatz, dem Kommandanten alles in gleicher Münze zurückzuzahlen, sobald er das Glück hatte, ihm noch einmal zu begegnen.

Croft hob abwehrend die Arme.

»Ich kann mir vorstellen, was ihr denkt«, sagte er. »Aber handelt nicht vorschnell. Jetzt ist nicht die Zeit, alte Rechnungen zu begleichen. Wenn wir überleben wollen, dann müssen wir zusammenarbeiten.«

Cedric wußte, daß sie ihm kein Wort glauben konnten, und wenn er nicht sofort sein Gewehr hob und den Kommandanten in ein Häuflein Asche verwandelte, dann nur deshalb, weil er sich nicht erklären konnte, weshalb Croft so lebensmüde war, ihnen allein und unbewaffnet gegenüberzutreten.

Der Cybertech war der erste, der seine Überraschung überwandt und seinen Handlaser zog.

»Wir sollten ihn abknallen«, rief er mit vor Haß verzerrtem Gesicht. »Er hat die ganzen Quälereien zu verantworten, die wir über uns ergehen lassen mußten. Er verdient den Tod! Tausendmal!« Er sah sich um. »Worauf warten wir noch? Wenn ihr es nicht macht, dann tue ich es eben.«

»Warte!« rief Cedric fast gegen seinen Willen. »Wir könnten ihn zumindest anhören.«

»Ganz recht«, stimmte Croft ihm zu. »Denkt daran, daß ich euch immerhin das Leben gerettet habe. Oder wer, denkt ihr, hat die anderen Schiffe verjagt? Und die Raumtorpedos zerstört?« Er machte eine kurze Pause. Täuschte Cedric sich, oder spielte um die Lippen des Kommandanten ein überhebliches Lächeln? »Ihr seht, ohne mich wärt ihr längst nicht mehr am Leben. Ist das kein Grund für ein wenig Kooperationsbereitschaft?«

»Wie bist du hierher auf den Satelliten gekommen?« fragte Cedric hart, ohne darauf einzugehen.

Croft machte eine vage Handbewegung.

»Mein Kommando-Fluchtboot«, gab er Auskunft. »Nicht besonders komfortabel, aber mit Ortungsschutz. Diese Idioten haben nicht einmal gemerkt, daß ich gestartet und hierher geflogen bin. Viel schwieriger war es, die Sicherungscodes zu ändern.«

Es hörte sich logisch an, aber Cedric ließ sich davon nicht täuschen. Nicht bei Croft.

Abgesehen von der Frage, wie Croft an Bord des Killer-Satelliten gelangt war – wie war er eigentlich hierher in den Hangar gekommen? Das nächste Schott war gut fünfzig Meter entfernt, und sie hätten es bestimmt bemerkt, wenn es sich geöffnet hätte. Blieb nur die Möglichkeit, daß er sich bereits im Hangar aufgehalten hatte, doch dazu hätte er einen Raumanzug tragen müssen und nicht die normale Uniform, die er anhatte.

Irgend etwas stimmte nicht, aber was immer es auch war, er kam nicht mehr dazu, weiter darüber nachzugrübeln, denn in diesem Moment gab Taifan einen grollenden Laut von sich und stürmte auf den Commander zu. Er hatte offenbar entschieden, daß kein Grund, den Croft vorbringen konnte, stark genug sein könnte, um ihn am Leben zu lassen – und ganz nach yoyodynischer Sitte wollte er keine Zeit verschwenden, seinen Entschluß in die Tat umzusetzen.

»Nein, nicht!« schrie Cedric ihm hinterher, ohne recht zu wissen, warum eigentlich. Vielleicht weil er, wenn Croft jetzt starb, sich seiner Chance betrogen sehen würde, dem Kommandanten der ehemaligen Minenstation selbst ins Jenseits zu schicken – langsam und genüßlich, wie er sich das seit Jahren vorgestellt und erträumt hatte. Vielleicht störte ihn nach wie vor auch nur irgendeine Kleinigkeit, die er noch immer nicht zu benennen wußte.

Da hatte Taifan Croft bereits erreicht, kam kurz vor ihm zum Stehen und schleuderte ihm ein verächtliches »Stirb, Sarday'kin!« entgegen. Cedric wußte, daß Yoyodynen im waffenlosen Nahkampf nahezu unbezwingbare Gegner waren, die ihre Gliedmaßen als tödliche Waffe einzusetzen vermochten – und auch der Schlag, der blitzschnell auf Crofts ungeschützte Kehle zielte, wäre mit Sicherheit tödlich gewesen.

Doch im selben Moment, da Taifans Hand Croft traf, war der Yoyodyne plötzlich in ein grelles Blitzgewitter eingehüllt, während der Kommandant selbst von einer Sekunde auf die andere einfach verschwunden war, als hätte er sich in Luft aufgelöst.

Und noch eine weitere Sekunde später rieselten die verkohlten Überreste des *Himmelsstürmers* zu Boden. Mehr war von dem Yoyodyne nicht übriggeblieben.

»Eine Holografie!« schrie Sheryl. »Das war eine gottverdammte Holografie!«

Richtig, mußte Cedric ihr zustimmen, und mit einemmal wußte er auch, warum Crofts Abbild nicht einmal Anstalten gemacht hatte, dem anstürmenden Yoyodynen auszuweichen.

»Ganz recht!« schallte Crofts Stimme aus verborgenen Lautsprechern in den Hangarwänden, so laut, daß es ihnen in den Ohren dröhnte. »Ich habe mir gleich gedacht, daß ich euch nicht trauen kann. Nun ... schade – jedenfalls für euch. Ihr könnt nicht sagen, daß ich euch nicht das Angebot gemacht hätte, mit mir zusammenzuarbeiten, wenn auch zu meinen Bedingungen, aber ihr habt es ja vorgezogen, euch anders zu entscheiden. Was für ein Pech ...«

Die letzten Worte hallten eigenartig in Cedrics Ohren, aber

erst als Nabtaal zu torkeln begann und zu Boden stürzte, begriff er, was Crofts Worte *wirklich* gemeint hatten.

»Gas!« schrie er, doch auch der Cybertech konnte ihn bereits nicht mehr hören. Er war zu Boden gesunken, und auch Sheryl knickten bereits die Knie ein.

Synfile 9

Unverhofft kommt oft

Die Entwicklung von Kampfgasen schien ein Betätigungsfeld zu sein, das sarday'kinschen Wissenschaftlern Gelegenheit bot, ihre gesamte Hinterhältigkeit unter Beweis zu stellen. Es gab Betäubungsgase, die nach dem Erwachen quälende Kopfschmerzen hinterließen oder bei denen man sich noch tagelang so fühlte, als wolle sich einem der Magen umstülpen; andere wiederum verursachten ein langsames und schmerzreiches Dahinsiechen, das nicht einmal mit Mitteln aus der genetisch-medizinischen Hexenküche der Phagon aufzuhalten war; und dann gab es noch welche, die nichts von alledem verursachten und einen frisch und munter wieder erwachen ließen, wie nach einem langen erholsamen Schlaf.

Das Gas, das Croft eingesetzt hatte, gehörte offenbar zur letzterer Sorte – wie Cedric verwundert feststellte, als er zusammen mit den anderen ehemaligen Mitgefangenen in einer kleinen Halle wieder zu sich kam. Er fühlte sich so ausgeruht und hellwach wie schon lange nicht mehr. Demnach schien Croft Wert darauf zu legen, daß sie einigermaßen unbeschadet blieben. Oder aber er hatte kein anderes Betäubungsgas zur Hand gehabt.

Der längliche Tisch, der in der Mitte des Raumes stand und über und über mit Essenspaketen bedeckt war, brachte diese

Einschätzung wieder ins Wanken. Cedric wollte die anderen, die wie ausgehungerte Wölfe in die Richtung des Tisches stürmten, im ersten Moment zurückhalten, unterließ es aber. Das Essen würde schon nicht vergiftet sein. Wenn Croft sie hätte umbringen wollen, hätte er dazu mehr als ausreichend Gelegenheit gehabt, während sie bewußtlos gewesen waren. Eines allerdings war sicher: Aus reiner Menschenfreundlichkeit tat er das nicht; er mußte damit eine Absicht verfolgen. Entweder er brauchte sie, oder er hatte irgendeine Teufelei mit ihnen vor.

Cedric unterdrückte das Verlangen, den anderen zu folgen und sich ebenfalls über das Essen herzumachen. Statt dessen nahm er den Raum genauer in Augenschein. Viel gab es nicht zu sehen. Der Raum wirkte wie ein ungenutztes Lager, von denen es im Innern des Killer-Satelliten vermutlich Hunderte gab. Die Wände bestanden aus gehärtetem Plastmetall. Wie nicht anders zu erwarten, war auch das Panzerschott, das den Eingang verriegelte, bombenfest geschlossen. Mit ihren Strahlwaffen hätten sie sich einen Weg freischmelzen können, aber natürlich war Croft nicht so nachlässig gewesen, sie ihnen zu lassen.

Auch die kleine Codeleiste neben dem Panzerschott half ihnen in keinster Weise weiter; es sei denn, sie hätten die richtige Zahlenkombination gewußt. So aber gab es zig Milliarden Möglichkeiten, und spätestens bei der dritten Fehleingabe dürfte automatisch Alarm ausgelöst werden. Cedric überlegte, ob er nicht dennoch einfach auf gut Glück ein paar Tasten drücken sollte.

Eine andere Entdeckung brachte ihn von diesem Gedanken ab – der kleine Metallkoffer mit dem Byranium!

Scheinbar unversehrt stand er unweit der Stelle, wo sie erwacht waren, an der Wand. Zögernd näherte Cedric sich ihm, ging davor in die Hocke, und erst als er das kühle Metall unter seinen Fingern spürte, war er sicher, daß Croft ihn nicht mit einem holografischen Abbild des Koffers zu narren versucht hatte. Er warf den anderen einen kurzen Blick zu, wie um sich zu vergewissern, daß ihm keiner Beachtung schenkte, dann ließ er die Verriegelung aufschnappen und zog den Deckel auf.

Der längliche, grünlich schimmernde Gesteinsbrocken befand sich tatsächlich immer noch darin! Das Byranium war unruhig, das spürte er mit der ganzen Erfahrung seiner zwei Jahre währenden Arbeit in den Minen. Schon jetzt hatte sich der Brocken etwas verformt, wie erhitztes Eisen kurz vor dem Schmelzpunkt.

Stirnrunzelnd schloß er den Koffer. Er beging keineswegs den Fehler zu glauben, daß diese Entdeckung ein Anlaß zur Freude war. Im Gegenteil. Irgend etwas war hier faul. Warum um alles in der Welt sollte Croft ihnen diesen Koffer überlassen, dessen Inhalt mehr als nur ein Vermögen wert war? Nur ein kleines sadistisches Spielchen, um ihre Hoffnungen zu schürzen und sie dann zu enttäuschen? Sie befanden sich schließlich in seiner Hand, und er konnte ihnen den Koffer jederzeit abnehmen. Oder gehörte das etwa zu derselben Teufelei, weswegen Croft sie am Leben gelassen und verpflegt hatte? Doch so sehr Cedric sich das Hirn zermarterte, er konnte sich nicht vorstellen, was das für eine Teufelei sein konnte, aber er war sicher: *Wenn* er sich es hätte vorstellen können, es hätte ihm bestimmt nicht gefallen.

Oder aber, überlegte er, Croft hatte überhaupt keine Hintergedanken, sondern den Koffer schlicht und einfach übersehen. Das war zwar unwahrscheinlich, aber nicht ausgeschlossen. Mit Sicherheit waren sie von Robotern in diesen Raum gebracht worden. Angenommen, Croft hatte sich gar nicht persönlich zu ihnen bemüht und dieselben Roboter damit beauftragt, sie zu entwaffnen, dann hätte der Koffer auf diese Weise, da er mit Sicherheit nicht als Waffe eingestuft worden wäre, hierher gelangen können. Cedric wußte zwar nicht, wie sie daraus in ihrer Lage hätten Kapital schlagen können, aber wie hatte der Daily Lama bei passender Gelegenheit doch gesagt: Keinen Ausweg zu sehen bedeutet noch lange nicht, daß es keinen gibt!

Andererseits war es natürlich genausogut möglich, daß Croft all diese Überlegungen voraussah, und es sich doch nur um ein sadistisches Spielchen handelte.

Cedric beließ es dabei, den Koffer in eine Ecke des Raumes zu stellen, der für die Beobachtungskameras an den Wänden schlecht zu erfassen war, dann gesellte er sich zu den anderen, die sich um den Tisch gescharrt hatten. Es war zwar nur Flottennahrung, wahrscheinlich aus Notbeständen des Killer-Satelliten, synthetisches Gemüse, Echt-Fleisch oder Algen-Brot, aber im Gegensatz zu dem Fraß, den sie in den Byranium-Minen vorgesetzt bekommen hatten, war es ein Festtagsmenü.

Bald breitete sich in Cedrics Magen ein wohliges Gefühl aus. Jetzt fehlte ihm nur noch eine Dusche und neue Kleidung.

Er spürte eine Berührung am Arm und entdeckte, daß Duncan neben ihn getreten war. Der Cybertech sah ihn mit geweiteten, glasigen Augen an und murmelte etwas wie:

». . . Null, Zwei, Eins, Zwei . . .«

»Ja, Duncan, schon gut«, meinte Cedric und wies irgendwohin. »Geh am besten dorthin und spiel schön, okay?«

Wie erwartet, dauerte es nicht lange, bis Croft von sich hören ließ. Mit einem hörbaren Knistern baute sich in der Halle ein Hologramm des Kommandanten der zerstörten Station auf Hadrians Mond auf. Diesmal war keiner von ihnen so dumm, sich dem dreidimensionalen Abbild zu nähern. Statt dessen wich jeder unwillkürlich ein oder zwei Schritte zurück.

Croft breitete die Arme aus und sah sie jovial lächelnd an, als wüßte er um ihre Gedanken. Natürlich sah er sie nicht wirklich an, sondern verfolgte die Szene über die Beobachtungskameras in den Wänden, aber die Illusion war nahezu perfekt. So perfekt, daß Taifan jetzt tot war.

»Na, meine Schäfchen«, sagte die Holografie. »Wie ich sehe, seid ihr alle wieder zu euch gekommen. Und gegessen habt ihr auch schon. Hat es euch geschmeckt?«

»Was haben Sie mit uns vor?« rief der namenlose Cybertech. Die ganze Zeit über hatte er kein Wort von sich gegeben, jetzt überschlug sich seine Stimme förmlich. »Wollen Sie uns hier ewig eingesperrt halten? Warum lassen Sie uns nicht miteinander über alles reden. Ich bin sicher, daß . . .«

»Still!« fuhr Cedric ihn an, so heftig, daß der Cybertech im selben Moment innehielt. Das Beste, was er tun konnte, fand Cedric. Er hatte ohnehin nur Unsinn geredet.

»Sieh an«, sagte Croft spöttisch. »Ein Mann mit Tatkraft. Wie es scheint, habt ihr euch ihn zum Anführer auserkoren. Strafgefangener Cedric Cyper, wenn ich nicht irre.«

»*Ex*-Strafgefangener.«

»Das kommt ganz auf die Perspektive an, nicht wahr?«

»Verzichten wir auf dieses überflüssige Wortgeplänkel«, meinte Cedric. »Kommen wir lieber zu wichtigeren Dingen. Sie haben uns doch nicht allein deshalb gerettet und hier eingesperrt, nur um von Zeit zu Zeit mit jemandem plaudern zu können?«

»Ein interessanter Aspekt«, tat Croft erstaunt, als hätte er darüber bislang noch gar nicht nachgedacht, was seine wahren Beweggründe eigentlich waren. »Allein das ist ein guter Grund, um euch am Leben zu lassen. Auf die Dauer werden diese Unterhaltungen mit Computergehirnen und Robotern doch etwas eintönig.«

Croft grinste, als freue es ihn, eine solch nichtssagende Antwort zu geben. Cedric gab mit keiner Regung zu erkennen, daß er Croft damit bereits entlockt hatte, daß es außer ihnen niemanden sonst auf dem Killer-Satelliten gab.

»Wollen Sie uns etwa eingesperrt halten, bis der nächste Patrouillenflug vorbeikommt?« fragte er, in der Hoffnung, weitere Informationen aus ihm herauszukitzeln. »Was glauben Sie, wie viele Monate das dauern wird?«

»Das ist weniger mein als euer Problem«, erwiderte Croft leichthin. »Ich fürchte, ihr . . .« Er unterbrach sich, als irgendwo ein hektisches Fiepen erklang, und der Kopf der Holografie ruckte nach rechts, als gäbe es dort etwas Erstaunliches zu sehen. »Was . . .?« entfuhr es ihm, dann schien er sich zu besinnen, daß sie ihn noch immer sehen konnten.

Er streckte seinen Arm ins Leere, machte eine Handbewegung, als wolle er einen Schalter umlegen – und im nächsten Augenblick erlosch das holografische Abbild, und mit ihm verklang das Fiepen.

»Was war das?« fragte Sheryl in die Stille hinein.

»Ein Ortungssignal, würde ich vermuten«, sagte Nabtaal.

Cedric nickte nachdenklich. Daran hatte er auch gedacht.

»Das würde bedeuten, daß irgendein Flugobjekt in der Nähe des Killer-Satelliten aufgetaucht ist«, überlegte er laut.

»Von Hadrians Mond?« fragte Nabtaal.

»Ausgeschlossen«, sagte Cedric. »Da unten hat niemand mehr gelebt.«

»Vielleicht ein außerplanmäßiger Patrouillenflug«, meinte Nabtaal.

»Oder der Schwere Kreuzer ist zurückgekommen«, schlug Sheryl vor. »Zusammen mit Verstärkung.«

»Wer sollte schon so viele Schiffe aufbieten können, um den Killer-Satelliten zu gefährden?« meint er. »Da müßte schon die halbe Sarday'kin-Flotte aufkreuzen, und das halte ich für ziemlich ausgeschlossen.«

»Und was hältst du *nicht* für ausgeschlossen?« fragte Sheryl leicht ärgerlich.

»Keine Ahnung.« Cedric hob die Schultern. »Wir wissen nicht einmal, ob das wirklich ein Ortungssignal gewesen war.«

»Was jetzt?« fragte Nabtaal.

Er warf ihm einen Blick zu, der soviel besagte wie: Du kannst vielleicht dämliche Fragen stellen!

»Was schon? Wir können nicht mehr tun, als abzuwarten und uns überraschen zu lassen. Ich bin sicher, daß Croft, wenn er sich das nächste Mal meldet, darauf zu sprechen kommen wird. Schließlich hat ihm das einen ziemlich schlechten Auftritt beschert, und er wird bestimmt versuchen, das irgendwie zu kaschieren.«

In diesem Punkt sollte Cedric sich irren. Croft meldete sich nicht.

Stunden voll bleierner Langeweile vergingen. Cedric hockte sich in eine stille Ecke; den Rücken an die Wand gelehnt, schloß er die Augen und war froh, daß er Zeit hatte, sich alles noch einmal gründlich durch den Kopf gehen zu lassen.

Er dachte, daß er bislang womöglich etwas übersehen hatte und das ihnen bei einer Flucht aus diesem Raum behilflich sein konnte. Eine vergebliche Mühe. Auch die Identity-Card des toten Technikers, die er in seiner Tasche fand, war nicht mehr als ein nutzloses Plastikstück. In der Halle gab es kein

Anschlußpult, und selbst wenn es eines gegeben hätte, war es fraglich, ob die Karte hier oben auf dem Killer-Satelliten überhaupt als zugriffsberechtigt eingestuft werden würde.

Er wurde abgelenkt, als er von irgend jemandem angesprochen wurde. Er hob den Kopf und erkannte Kara-Sek. Der gedrungen wirkende Yoyodyne mit seinem pechschwarzen, geflochtenen Haupthaar stand in einer fast unterwürfigen Haltung vor ihm.

»Ja, was gibt's?«

Der Yoyodyne verneigte sich leicht.

»Ich weiß, daß Taifan dir gegenüber ein Treueversprechen abgegeben hat«, sagte er.

»Ja und?« knurrte Cedric argwöhnisch. Kam jetzt wieder irgendein yoyodynischer Ehrenkodex-Unsinn?

»Taifan ist tot. Aber sein Treueversprechen galt nicht nur für ihn, sondern auf für Omo und mich. Unser Kodex gebietet es uns, dir gegenüber zur Treue verpflichtet zu sein, bis du uns daraus entläßt.«

Cedric sah ihn erstaunt an. Es *war* yoyodynischer Ehrenkodex-Unsinn, aber man konnte nicht sagen, daß es ihm ungelegen kam.

»Heißt das, daß ihr alles macht, was ich will?« vergewisserte er sich.

»Sofern es nicht unseren Grundsätzen widerspricht – ja.« Wiederum verneigte Kara-Sek sich leicht. »Ich bin nur ein *Shigaru* und hoffe, daß du mich nicht für zu unwürdig befindest, um in deinen Diensten zu stehen.«

»Nein«, erwiderte Cedric schnell, der befürchtete, daß Kara-Sek sich anderenfalls womöglich augenblicklich das Leben nahm. In diesen Dingen war dem Yoyodyne alles zuzutrauen. In den Raumhafenbars hörte man die wildesten Geschichten. »Das ist mir schon recht so.«

Er sah, wie Kara-Sek sich wieder entfernte, und fragte sich, ob es vorher schon jemals einen Yoyodyne gegeben hatte, der einem Angehörigen einer anderen Fraktion zur Treue verpflichtet gewesen war.

Womöglich, dachte er in einem Anflug von Humor, mußte

man, um das Imperium der Yoyodyne zu erobern, gar nicht gegen sie kämpfen, sondern sie einfach nur in eine Situation bringen, in der man ihnen das Leben rettete – und schon machten sie alles, was man wollte.

Momentan sah es allerdings nicht so aus, als ob er jemals Gelegenheit erhalten sollte, dem Flottenkommando einen solchen Vorschlag zu unterbreiten. Erstens, weil er das Hauptquartier niemals lebend wiedersehen würde, jedenfalls nicht in *diesem* Leben. Zweitens, weil er, sollte ihm das dennoch irgendwie gelingen, sofort inhaftiert und standrechtlich atomisiert werden würde, bevor er die Gelegenheit gehabt hätte, auch nur ein einziges Wort zu sagen. Und drittens war er sich nicht einmal sicher, ob er dem sarday'kinschen Flottenkommando überhaupt jemals wieder irgendeinen Vorschlag unterbreiten *wollte.*

Weitere Stunden verstrichen. Um so überraschender war es, als plötzlich das Panzerschott mit einem leisen Zischen aufschwang und ein Kampfroboter mit aktivierten Waffenarmen in die kleine Halle stampfte.

Cedric war augenblicklich auf den Beinen und sah dem Roboter unbehaglich entgegen. Instinktiv suchten seine Augen nach einer Möglichkeit zur Deckung, doch es gab keine. Sie waren dem stählernen Koloß wehrlos ausgeliefert.

Ihm und dem zweiten Roboter, der soeben durch das offene Schott stampfte.

Überrascht bemerkte Cedric, daß dieser eine Gestalt, die in lange, wallende Gewänder gekleidet war, bewußtlos in seinen stählernen Armen trug und auf dem Boden neben dem Panzerschott ablegte. Cedric wollte etwas näher gehen, doch der erste Roboter warnte ihn unmißverständlich.

»Bleiben Sie zurück!« rief seine künstlich modulierte Stimme. *»Sonst erfolgt Vernichtung!«*

Cedric hielt es für klüger, sich an den Rat zu halten. Der zweite Robot stampfte wieder aus dem Raum, dafür trug ein anderer eine zweite bewußtlose Gestalt herein und legte sie ebenfalls auf dem Boden ab. Wie Cedric erkennen konnte, trug diese Gestalt eine sarday'kinsche Flottenuniform.

Erleichterung machte sich breit, als die beiden Kampfkolosse den Raum verließen und sich das Panzerschott wieder geschlossen hatte. Insgeheim hatte wohl jeder befürchtet, daß Croft Schlimmes mit ihnen vorgehabt hatte.

Sofort eilten sie auf die beiden reglosen Gestalten zu. Es war eine Frau in langen wallenden Gewändern. Ihr kahler Schädel wies sie als Navigatorin aus. Sie war eine der Mutantinnen, die mit ihren Psi-Fähigkeiten in der Lage waren, Raumschiffe durch den Hyperraum zu steuern.

Cedric hatte sie noch nie zuvor gesehen. Den Mann in der ramponierten Flottenuniform mit den Rangabzeichen eines Kreuzerkommandanten kannte er um so besser. Wie hätte er ihn je vergessen können. Er ließ sich neben dem Kommandanten nieder, packte seine Schultern und rüttelte ihn heftig.

»Maylor! Wach auf!«

Der Mann bewegte träge den Kopf, ohne die Augen zu öffnen. Offensichtlich stand er unter der Wirkung eines Betäubungsmittels – vermutlich desselben Gases, das Croft auch gegen sie eingesetzt hatte.

»Maylor! Hörst du mich?«

»Du kennst ihn?« fragte Sheryl erstaunt, die plötzlich neben ihm kniete.

»Und ob«, knurrte Cedric, ohne sie anzusehen. »Wir haben uns auf der Flotten-Akademie jahrelang ein Zimmer geteilt und zusammen die Prüfung gemacht. Wenn du willst, sind wir einmal fast Freunde gewesen.« Er zog den Oberkörper des Mannes hoch und versetzte ihm ein paar Ohrfeigen. Sheryl bemerkte irritiert, daß er ungebührlich hart zuschlug. »He, Maylor, komm endlich zu dir!«

Maylors Kopf schwankte hin und her, während sich seine Augen langsam öffneten und die Pupillen blicklos umherwanderten. Er schien Mühe zu haben, die Umgebung zu erkennen.

»Alles in Ordnung?« erkundigte Cedric sich besorgt.

»Ja«, kam es schwach über Maylors Lippen. Er schüttelte den Kopf, wie um seine Benommenheit zu vertreiben. »Alles klar. Ich bin nur ein wenig . . .«

»Fein!« rief Cedric, holte aus und verpaßte ihm einen krachenden Kinnhaken.

Maylors Oberkörper flog zurück, sein Hinterkopf schlug rücklings auf den harten Boden; stöhnend blieb er liegen.

»Cedric!« rief Sheryl entsetzt. »Was machst du da?«

»Das siehst du doch«, antwortete er, während er Maylor am Kragen packte und wieder in die Höhe zog. »Ich verpasse ihm eine Abreibung.«

Er holte zu einem neuen Schlag aus und schien damit nur so lange warten zu wollen, bis Maylor wieder ein wenig zu sich gekommen war. Dann, als Maylor mühsam die Augenlider hob, traf seine Faust erneut ins Ziel.

»Hör auf!« rief Sheryl entsetzt. Sie sah zu den anderen Gefangenen hoch, aber keiner von ihnen schien bereit zu sein, Cedric zurückzuhalten. »Du bringst ihn ja um!«

»Um so besser«, knurrte Cedric. »Schließlich habe ich mir zwei Jahre sehnlichst gewünscht, ihn in die Finger zu bekommen.«

»Aber warum? Du sagtest doch gerade, er sei dein Freund . . .« Sie hielt inne, als sie mit einemmal verstand. Tonlos und mehr an sich selbst gerichtet, fügte sie hinzu: ». . . *gewesen!*«

»Ganz richtig«, bestätigte Cedric. »Er ist derjenige, dessen Aussage mich nach Hadrians Mond gebracht hat.« Er lächelte kalt. »Und jetzt werde ich ihm in einem Zwei-Minuten-Kursus beibringen, wie man sich nach zwei Jahren in den verfluchten Byranium-Minen fühlt.«

Er zog Maylors Oberkörper erneut in die Höhe und holte aus, aber Sheryl fiel ihm in den Schlag. Beinahe hätte er sie getroffen, wenn er nicht im letzten Moment innegehalten hätte.

»He – was soll das?«

»Verdammt!« brüllte sie ihn wütend an. »Jetzt ist wahrlich nicht der richtige Zeitpunkt, alte Rechnungen zu begleichen. Sei vernünftig! Wenn wir hier rauskommen wollen, müssen wir alle zusammenstehen.« Sie sah Cedric eindringlich an. »Das hast du selbst gesagt.«

Cedric zog eine Grimasse. Tatsächlich? Hatte er das gesagt? Er konnte sich gar nicht daran erinnern. Eine Zeitlang sagte er gar nichts. Seitdem Maylor ihm beim Prozeß in den Rücken gefallen war und ihn mit einer absurden Zeugenaussage belastet hatte, stand ein Wiedersehen mit ihm ganz oben auf seiner privaten Wunschliste. Aber andererseits wußte er, daß Sheryl recht hatte. Es brachte ihnen gar nichts, wenn er Maylor windelweich prügelte.

Cedric ließ den Kommandeur los, der wieder nach hinten kippte. Sheryls Arme schossen vor und fingen Maylor auf, ehe sein Kopf abermals auf den Boden prallen konnte. Sanft ließ sie ihn nach unten gleiten.

Cedric hatte für soviel Fürsorglichkeit nur ein verächtliches Stöhnen übrig. Er stand auf und wandte sich wortlos ab.

Denk nur nicht, daß du davongekommen wärst, dachte er. Aufgeschoben war noch lange nicht aufgehoben!

»Zwei, Eins, Zwei, Neun«, murmelte Duncan, der ihm in die Quere kam. »Falsch. Ganz falsch. Null, Zwei . . .«

Cedric schob den Cybertech einfach beiseite.

Maylor und die Navigatorin erlangten in den nächsten Minuten wieder vollständig das Bewußtsein. Beiden war ihr Unbehagen anzusehen, sich plötzlich inmitten eines Haufens verdreckter Strafgefangener wiederzufinden, bei denen es sich in der Mehrzahl auch noch um Angehörige verfeindeter Fraktionen handelte. Mit besonderem Mißtrauen musterten sie die zweieinhalb Meter große *Humsz*-Züchtung, die mit verschränkten Armen etwas abseits stand. Sheryl beeilte sich, den beiden zu versichern, daß sie nichts zu befürchten hatten. Ein leichtfertiges Versprechen, wie Cedric fand.

Schwankend und mit Sheryls Hilfe kam Maylor auf die Beine; seine Augen weiteten sich ungläubig, als er mit einemmal Cedric unter den Leuten wiedererkannte.

»Du?« kam es über seine Lippen.

»Ja, ich.«

»Dann habe ich mich also nicht getäuscht, als ich vorhin deine Stimme zu hören glaubte.« Maylor strich sich über sein lädiertes Kinn. »Und ich hatte den Eindruck, als würde mir jemand einen Kinnhaken verpassen.«

»Da hast du dich nicht getäuscht«, erwiderte Cedric kalt. Er hatte mit einemmal das Gefühl, als versänke die Umgebung rings herum zur Bedeutungslosigkeit. Mit einemal gab es nur noch Maylor und ihn und den eisigen Blick, der sie beide verband.

Maylor nickte langsam und kniff die Augenlider zusammen. »Ich hätte nicht gedacht, dich jemals wiederzusehen.«

»Das kann ich dir nachempfinden. Schließlich ist noch niemals jemand aus den Byranium-Minen wiedergekehrt. Da war die Wahrscheinlichkeit, daß wir uns wiedersehen, nicht besonders groß.«

»Byranium-Minen?« wiederholte Maylor erschrocken. »*Du* warst in den Byranium-Minen?«

»Tu nicht so, als hättest du das nicht genau gewußt!«

»Das habe ich nicht einmal geahnt.« Maylor machte eine unschuldige Miene, die so ganz und gar nicht zu seinen harten Gesichtszügen passen wollte. »Natürlich habe ich gehört, daß du verurteilt worden bist, aber nicht, wozu und für wie lange. Du kannst mir glauben, ich habe mich erkundigt, was mit dir geschehen ist, aber man hat mir keine Auskunft erteilt. Militärgeheimnis, war das einzige, was man mir gesagt hat. Natürlich habe ich mich bemüht, dir zu helfen.«

»Mir zu helfen! Du brauchst gar nicht so unschuldig zu tun. Mir kannst du nichts vormachen.« Tief in seinem Innern spürte Cedric jedoch eine gewisse Unsicherheit. Er wußte, Himmelskörper mit Byranium-Vorkommen unterlagen der höchsten Geheimhaltungsstufe. Durchaus möglich, daß man Maylor allein deswegen nichts gesagt hatte, wohin er gekommen war. Aber daran *wollte* er nicht glauben. »Schließlich hast du mich überhaupt erst dorthin gebracht.«

»Cedric, du machst dir selbst etwas vor! Der einzige, der dich in die Minen gebracht hat, bist du selbst gewesen.«

»Ach ja? Und deine Aussage – hat die etwa gar nichts damit zu tun?«

»Ich habe nur gesagt, was ich mit eigenen Augen gesehen habe. Du darfst glauben, daß mir das schwergefallen ist. Aber wir beide haben denselben Eid geschworen.«

»Mit eigenen Augen gesehen!« Cedric trat angriffslustig einen Schritt auf Maylor zu und stemmte die Arme in die Hüften.

»Du hast ausgesagt, daß ich, als ich allein im Kommandoraum der DAYTRIPPER gewesen war, eigenhändig das Feuer auf unsere Bodentruppen eröffnet hätte. Oder willst du etwa bestreiten, daß du mir das vorgeworfen hast?«

»Nein. Genau das hast du getan.«

»Wie bitte?« Cedric glaubte, sich verhört zu haben. Er konnte kaum fassen, daß Maylor die Stirn hatte, diese ungeheuerlichen Anschuldigungen auch dann noch zu wiederholen, wenn sie sich von Angesicht zu Angesicht gegenüberstanden.

»Ich habe sogar Funkkontakt mit dir aufgenommen, um dich davon abzubringen«, bekräftigte Maylor, »aber du hast mich nur beschimpft und dich nicht aufhalten lassen. Und kurz darauf hast du das Feuer eröffnet. Glaube mir, ich weiß, was ich gesehen habe!«

»Du kannst das gar nicht gesehen haben!«

»Und wieso nicht?«

»Ganz einfach«, erwiderte Cedric. »Weil ich nichts von alledem getan habe. Gut, ich war in der Kommandozentrale, aber selbst wenn ich gewollt hätte, hätte ich gar nicht auf die Bodentruppen feuern können. Sämtliche Energie war ausgefallen. Und auch eine Funkverbindung mit dir hat es nie gegeben. Im Gegenteil, ich habe mich verzweifelt darum bemüht, eine Verbindung herzustellen. Du hättest nämlich einspringen müssen, um die Aufgaben der DAYTRIPPER zu übernehmen.«

»Vielleicht *wünschst* du dir, daß es so gewesen wäre. Aber das ist nie passiert.«

Cedric schüttelte heftig den Kopf.

»Nein, Maylor, mir kannst du nichts vormachen. Du bist es, der lügt. Das alles war ein abgekartetes Spiel, und du warst daran beteiligt.« Er deutete auf die Rangabzeichen auf Maylors Uniform. »Ist das der Judaslohn, den man dir dafür geboten hat, deinen besten Freund zu verraten? Der Rang eines Raumschiffkommandanten?«

»Du täuscht dich, Cedric. Das habe ich mir erst erarbeiten müssen. Nach dem Prozeß hat man mich nämlich erst einmal degradiert.« Er lächelte bitter. »Und willst du wissen, warum? Nein? Macht nichts, ich sage es dir trotzdem. Man hat mir vorgeworfen, daß es meine Pflicht gewesen wäre, die DAYTRIPPER beim ersten Anzeichen, daß du durchdrehst, sofort zu zerstören, um die Planetenlandeaktion nicht zu gefährden.« Er sah Cedric an. »Und du weißt, daß ich das den Vorschriften gemäß hätte tun müssen.«

Cedric machte eine abfällige Handbewegung.

»Mir kommen die Tränen. Und warum hast du das nicht getan?«

»Du Idiot!« rief Maylor. »Natürlich, weil *du* an Bord der DAYTRIPPER warst! Weißt du, im Gegensatz zu dir mache ich mir nämlich ein paar Gedanken, bevor es darum geht, jemanden abzuknallen, den man für seinen Freund hält. Und wenn es irgendein abgekartertes Spiel gegeben hat, dann warst du derjenige, der daran beteiligt war!« Der Kommandeur verschränkte die Arme vor der Brust. »Und wenn du mir jetzt zusammen mit deinen hübschen Freunden den Kopf abreißen willst, dann tu es! Aber glaubt nicht, daß ich es euch einfach machen werde.«

Cedric sah Maylor stirnrunzelnd an und schwieg. Er kannte ihn genau; wenn es etwas gab, das Maylor noch nie sonderlich gut beherrscht hatte, dann war es lügen.

War es vielleicht sogar irgendwie möglich, daß sie *beide* die Wahrheit sagten und die Lüge ganz woanders lag? Hatte irgend jemand an den damaligen Geschehnissen oder ihren Erinnerungen herummanipuliert? Oder war das nur der Eindruck, den Maylor zu erwecken versuchte?

Sheryl nutzte die Gunst des Augenblicks und trat zwischen sie. Cedric war einen Moment lang erstaunt, daß es außer Maylor und ihm noch jemanden im Universum gab.

»He, Leute!« Sie hob die Arme. »Meint ihr nicht, daß uns das im Augenblick ziemlich egal sein kann? Laßt uns erst einmal zusehen, daß wir hier rauskommen. Wenn ihr danach immer noch das unbändige Verlangen habt, euch gegenseitig den Schädel einzuschlagen, könnt ihr es meinetwegen tun.«

Cedric musterte Sheryl mit unbewegter Miene, dann wandte er sich an Kara-Sek:

»Wie würdet ihr das in einem solchen Fall handhaben?«

Der Yoyodyne verneigte sich leicht.

»Unser Ehrenkodex gebietet es, einen Zweikampf darüber entscheiden zu lassen, wer sich im Unrecht befindet. Ein Zweikampf auf Leben und Tod.«

Cedric sah an Sheryl vorbei zu Maylor und hob herausfordernd die Augenbrauen.

»Du hast gehört, was er gesagt hat?«

»He!« rief Sheryl beunruhigt. »Du meinst das doch nicht etwa ernst?«

Maylor zeigte sich unbeeindruckt.

»Weißt du, Cedric, eigentlich müßtest du mich besser kennen.« Irgendwie brachte er ein Grinsen zustande. Fast wie in alten Zeiten. »Und du weißt, daß ich von diesem Yoyo-Zeug noch nie sonderlich viel gehalten habe. Oder bist du inzwischen etwa zu diesen Hohlköpfen übergetreten?«

Omo stöhnte wütend auf. Bedrohlich stampfte er auf Maylor zu. Cedric hob die Hand und gebot ihm Einhalt. Die *Humsz*-Züchtung gehorchte aufs Wort, auch wenn ihm anzusehen war, daß er Maylor gerne für ein paar Fingerübungen benutzt hätte.

»Sieh an«, meinte Maylor anerkennend. »Du scheinst den Burschen recht gut im Griff zu haben.«

»Man tut, was man kann.« Cedric ertappte sich dabei, daß er plötzlich ebenfalls grinste. Und seltsam, mit einemmal fühlte er, wie sein Verlangen, Maylor die Seele aus dem Leib zu prügeln, mehr und mehr versiegte und der Neugier wich, zu erfahren, was damals wirklich im Perseide-Sektor geschehen war. »Okay, vertagen wir unsere Fehde einstweilen.«

»Einstweilen«, stellte Maylor klar.

»Einstweilen«, bestätigte Cedric. »Bis wir hier raus sind.«

»Gut«, sagte Sheryl und seufzte erleichtert. »Nachdem das geklärt wäre, könnten wir uns jetzt vielleicht dringenderen Dingen zuwenden.« Sie deutete auf Maylor und die kahlköpfige Navigatorin, die bislang nur dagestanden und der Auseinandersetzung gelauscht hatte. »Zum Beispiel der Frage, warum Croft die beiden überhaupt gefangengenommen hat.«

Maylor hob die Schultern.

»Warum er das getan hat, wüßte ich auch gerne.«

Sheryl sah ihn mißtrauisch an. »Keine sehr gute Erklärung«, meinte sie.

»Das mag so klingen, aber es ist die Wahrheit«, bekräftigte Maylor entschieden. »Ich habe keine Ahnung, warum er uns inhaftiert hat. Kaum waren wir im Hangar des Killer-Satelliten gelandet und ausgestiegen, hat er verlangt, daß ich ihm das Kommando des Schiffs übergeben sollte. Natürlich habe ich mich geweigert, und daraufhin hat er Gas eingesetzt. Von da an kennt ihr den Rest.«

Cedric nickte nachdenklich. Entweder Croft hatte den Verstand verloren, oder er spielte sein ganz eigenes Spiel. Cedric vermochte nicht zu entscheiden, welche der Alternativen ihm unangenehmer war. Wahrscheinlich liefen beide auf ein und dasselbe Ende hinaus: ihrer aller Tod.

Ein anderer Gedanke lenkte ihn von diesem unerfreulichen Thema ab: Das Schiff! War das die langersehnte Möglichkeit zu fliehen? Warum nur hatte er diesen Punkt bislang nicht mehr Aufmerksamkeit geschenkt, fragte er sich, um sich sofort darauf selbst die Antwort zu geben: Weil er sich viel zu sehr von seinen persönlichen Rachegefühlen hatte ablenken lassen!

»Was ist das für ein Schiff, mit dem ihr hier seid?« fragte er.

»Die SK FIMBULWINTER.«

»Ein Schwerer Kreuzer.« Cedric pfiff anerkennend durch die Zähne. »Nicht schlecht. Du scheinst dich gemacht zu haben. Was hat euch hierher verschlagen?«

»Ein stinknormaler routinemäßiger Patrouillenflug.« Maylor lächelte schief und breitete die Arme aus. »Da siehst du, wie weit ich es gebracht habe.«

»Die Patrouille?« rief Sheryl. »*Ihr* seid die Patrouille?«

»Ganz recht.«

»Aber . . .« Sie machte eine ratlose Handbewegung. »Wo sind die anderen? Ihr könnt doch nicht die komplette Kreuzer-Besatzung sein?«

Ein Schatten legte sich über Maylors Gesicht.

»Doch, das sind wir«, sagte er düster. »Zumindest sind wir beiden die einzigen, die noch am Leben sind. Die anderen hat es beim Angriff erwischt.«

»Hat der Killer-Satellit euch beschossen?« fragte Cedric.

»Nein. Das war ein anderes Schiff. Schon vor zwei Tagen. Ebenfalls ein Schwerer Kreuzer, der plötzlich aus dem Hyperraum aufgetaucht ist. Er hat aus nächster Distanz das Feuer eröffnet, und unsere Schutzschirme waren nicht einmal zu voller Stärke hochgefahren. Sie haben erst wieder von uns abgelassen, als sie glaubten, daß niemand mehr am Leben war. Ein Wunder, daß wir beide diese Hölle überlebt haben.«

»In der Tat«, meinte Cedric Cyper skeptisch. »Und Wunder geschehen eigentlich nur äußerst selten.« Dabei wußte er es eigentlich besser: In den letzten Tagen hatte er eine Menge Wunder erlebt – das allergrößte war, daß er immer noch lebte.

»Das Wunder war in diesem Fall ein Medizin-Roboter«, sagte Maylor. »Nachdem wir alle das Bewußtsein verloren hatten, hat er Yokandra und mich aus der Kommandozentrale gebracht, und als er sich um den nächsten kümmern wollte, hat die Zentrale einen Volltreffer erhalten. Vakuumeinbruch. Ich brauche dir nicht zu erzählen, was das bedeutet. Wir haben das später den Aufzeichnungen entnommen.«

»Moment!« Cedric spürte, daß seine Hoffnungen im Begriff waren, wie eine schillernde Seifenblase zu zerplatzen. »*Wie* stark ist die FIMBULWINTER beschädigt?«

Maylor atmete tief durch.

»Ziemlich stark.«

»Was heißt *ziemlich*?«

»Sie ist ein besserer Schrotthaufen.«

»Ist sie noch sprungtauglich?«

Maylor stieß ein humorloses Lachen aus.

»Wir sind froh, daß wir die Normaltriebwerke mit Bordmitteln wieder zum Laufen gebracht und es bis zum Todes-Satelliten geschafft haben. Frag mich aber nicht, wie wir das gemacht haben. Den *Legraine-Warington-Generator* aber kannst du vergessen. Edelschrott.«

So schnell konnten Hoffnungen schwinden! Alle schwiegen betreten, nur Duncan torkelte ziellos durch die Halle und murmelte irgendwelche Zahlen vor sich hin.

»Ich würde vorschlagen, ihr erzählt uns erst einmal der Reihe nach, was vorgefallen ist«, sagte Sheryl. »Vielleicht kommt mehr dabei heraus, wenn wir unsere Erkenntnisse zusammenwerfen.«

Maylor wechselte einen kurzen Blick mit Yokandra, als wolle er sich ihres Einverständnisses vergewissern, aber die füllige Navigatorin gab mit keiner Regung zu erkennen, ob sie diese stumme Frage überhaupt bemerkte. Typisch Yokandra, dachte er mißmutig. Auf unausgesprochene Fragen nicht zu antworten war schließlich keine Form der Insubordination, die sich ahnden ließ.

Der Kommandeur begann zu berichten. Zuerst schien es so, als würde er sich sträuben, derartige Dinge entflohenen Strafgefangenen zu erzählen, aber je länger er redete, desto mehr schwand dieses Unbehagen. Erstens hatte er schon so viel verraten, daß es auf den Rest auch nicht mehr ankam, und zweitens mußte er sich damit anfreunden, mit diesen heruntergekommenen Leuten an einem Strang zu ziehen. Was konnte er dafür, wenn das Schicksal sie zu Verbündeten gemacht hatte? Er schilderte, wie sie nach ihrer Ankunft im ›Eleven 12‹-System nichts Ungewöhnliches hatten feststellen können, bis dann kurz darauf der Containertransporter sich im System materialisiert hatte.

»Die PFENNIGFUCHSER, sagtest du?« unterbrach Cedric. »Ihr habt den Transporter also identifizieren können?«

»Ja, einwandfrei.«

»Und?« fragte Cedric ungeduldig. »Welcher Herkunftsplanet? Welcher Reeder? Welche Registrierung?«

»Sehe ich vielleicht aus wie ein Gedächtniskünstler? Aber um dich zu beruhigen: Sämtliche Daten dürften im Bordcomputer der FIMBULWINTER gespeichert sein.« Als Cedric nichts erwiderte, fuhr er mit der Schilderung der Geschehnisse fort und informierte sie über die Begegnung mit dem Schweren Kreuzer. »Ich hätte viel früher Befehl geben müssen, die Schutzschirme hochzufahren, dann hätten wir wahrscheinlich eine Chance gehabt. Aber so . . .« Er schüttelte den Kopf und sah zu Boden. »Ich weiß nicht einmal, wer das getan hat.«

Cedric spürte die Selbstvorwürfe seines ehemaligen Freundes und ließ ein paar Momente verstreichen.

»Da können wir dir weiterhelfen«, sagte Cedric. »Uns gegenüber hat sich der Kreuzer identifiziert. Die SK MARVIN.«

»Die MARVIN?« Maylor sah auf, und in seiner Miene war eine gewisse Hoffnung zu erkennen, Vergeltung für seine Besatzung zu üben. »Nie gehört. Was kannst du mir noch darüber sagen?«

»Keine Sorge, ich werde dir alles sagen, was wir wissen«, antwortete Cedric. Er hob die Arme. »Aber bevor du jetzt viele Fragen stellst, solltest du dir erst mal der Reihe nach anhören, was auf Hadrians Mond passiert ist.« Er hielt kurz inne. Das war eine lange Geschichte. Er sah Nabtaal an. »Wie sieht's mit dir aus? Hast du nicht Lust, das zu erzählen?«

Der schlaksige Freischärler war sofort zur Stelle.

»Aber natürlich, gerne«, versicherte er eilfertig. Er wandte sich an Maylor und Yokandra. »Paßt auf. Alles fing damit an, daß ich vor zweieinhalb Monaten in einem mehr als fragwürdigem Prozeß wegen Spionage und staatsgefährdernder Propaganda verurteilt worden ...«

»Nabtaal!«

»Ja, Sheryl?«

»Ich glaube, die Vorgeschichte kannst du dir sparen. Fang damit an, wie unser Ausbruch vonstatten gegangen ist.«

»In Ordnung, wie du möchtest«, stimmte Nabtaal zu. »Also, das war so. Ich war gerade in meinem Stollen und hatte den Laserbohrer justiert. An diesem Tag hat man mir ein Ersatzgerät gegeben, da der Bohrer, mit dem ich normalerweise immer gearbeitet ...«

»Nabtaal!«

»Ja, Cedric?«

»Tu uns allen einen Gefallen!«

»Ja, und?«

»Fasse dich kurz!« fauchte Cedric.

»Ja, ganz wie du denkst.« Nabtaal, der zusammengezuckt war, setzte erneut an, und diesmal schaffte er es tatsächlich, eine halbwegs annehmbare Zusammenfassung der Ereignisse zu geben. Maylor hörte aufmerksam zu und unterbrach den Freischärler nur dann und wann mit einer Zwischenfrage.

»Damit steht eines fest«, sagte er, nachdem Nabtaal geendet hatte. »Das ist kein kleines Gaunerstück, sondern eine großangelegte Aktion. Ohne Kontakt bis in höchste Flottenkreise wäre es nicht möglich gewesen, die Berechtigungscodes zu bekommen. Da muß es Mitwisser oder Informanten geben, die das erst möglich gemacht haben. Verräter, die all die Toten auf dem Gewissen haben.«

»Soweit war ich auch schon«, sagte Cedric.

»Ich frage mich nur«, meinte Maylor, »wofür jemand so große Mengen Byranium brauchen sollte? Was läßt sich damit anstellen? Ich weiß, daß es in kleinen Mengen als Glücksbringer verkauft wird und sündhaft teuer ist, aber bis heute hatte ich keine Ahnung, weswegen Hadrians Mond so ungeheuer wichtig ist, daß es von einem Killer-Satelliten bewacht wird.«

»Das weiß ich auch nicht«, sagte Cedric. »Vielleicht geht es den Drahtziehern tatsächlich einzig und allein um den Gegenwert. Geld ist Macht. Und das Byranium an Bord des Containerschiffes dürfte ausreichen, um nicht unerhebliche Teile des sarday'kinschen Einflußbereiches einfach aufzukaufen. Oder um der Regierung weitgehende Zugeständnisse abzupressen. Das einzige Problem dürfte nur sein, solche Mengen unauffällig zu Geld zu machen.«

»Falsch«, sagte Sheryl. »Das einzige Problem, das für *uns* wirklich von Belang ist, besteht darin, hier aus diesem Raum und aus dem Sonnensytem herauszukommen! Ich habe irgendwie das Gefühl, daß ihr das manchmal vergeßt.«

»Sie hat recht«, sagte Cedric. »Ich hatte gehofft, daß uns das Schiff hier herausbringen könnte, aber ohne den Überlichtantrieb ...« Er ließ den Rest des Satzes unausgesprochen. Jeder wußte, was er meinte.

»Nun ja«, meinte Nabtaal. »Gibt es auf solchen Killer-Satelliten eigentlich keine Ersatz-Generatoren für solche Fälle?«

»Ja, mein Gott!« rief Cedric. »Das ist richtig!« Wie hatte er das nur übersehen können? Hatte ihm das Wiedersehen mit Maylor den Verstand benebelt? Im nächsten Moment wandte er seinen Kopf in Nabtaals Richtung. »Sag mal«, fragte er scharf, »woher weiß ein Freischärler wie du eigentlich so gut über die technischen Möglichkeiten sarday'kinscher Killer-Satelliten Bescheid?«

Nabtaal lächelte verlegen. »Nun, man hört eben so dies und das.«

»Und wo?«

»Nun, so hier und da.«

Cedric betrachtete den Freischärler mit einem Stirnrunzeln. Das war kaum als befriedigende Antwort zu bezeichnen, aber er verzichtete darauf, näher darauf einzugehen. Statt dessen wandte er sich wieder an Maylor.

»Ist ein solcher Austausch möglich?«

Der Kommandeur zierte sich ein wenig, dann gab er sich einen Ruck und nickte.

»Ja, ich denke schon. Ehrlich gesagt, genau das war unsere Hoffnung, als wir mit der FIMBULWINTER hierher gekommen sind.«

Cedric verstand das Zögern. Diese Information hatte Maylor sich wahrscheinlich zurückbehalten wollen.

»Trotz der großen Beschädigung dürfte der Austausch sogar recht problemlos vonstatten gehen«, sagte Yokandra plötzlich. Es war das erste Mal, daß sie sich zu Wort meldete. »Die Generator-Aufhängung ist nahezu unbeschädigt. Und auch die beschädigten Elemente des Normaltriebwerkes dürften hier auf dem Killer-Satelliten auszutauschen sein. Natürlich wird die FIMBULWINTER dadurch nicht komplett einsatzfähig, aber ein paar kleinere Hypersprünge sind dann wohl möglich.«

Maylor warf seiner Navigatorin einen prüfenden Blick zu. Warum sagte sie das? Und warum sagte sie es jetzt? Es kam ihm so vor, als hätte sie sich bis jetzt bewußt zurückgehalten, damit man ihr später nicht vorwerfen konnte, sie hätte mit entflohenen Strafgefangenen zusammengearbeitet. Hatte sie sich nun entschieden, auf welche Seite sie sich stellte?

»Also gibt es doch eine verdammte Möglichkeit, von hier wegzukommen!« rief Sheryl erleichtert.

»Richtig«, sagte Cedric, um sofort zu bedenken zu geben: »Aber vergeßt eins nicht: Croft dürfte das genausogut wissen.«

Croft – das war der Faktor in diesem Spiel, den er kaum einzuschätzen vermochte. Und das bereitete ihm Sorge. Warum hatte Croft Maylor und Yokandra überhaupt gefangengenommen? Eigentlich hätten ihm die beiden doch willkommen sein müssen. Sie und ihr Raumschiff waren die Fahrkarte heraus aus diesem System und zurück in die Zivilisation. Weshalb nur benutzte er diese Fahrkarte nicht?

Hatte der ehemalige Kommandant der Minen auf Hadrians Mond etwa Angst, daß man ihn für das Desaster verantwortlich machte? War das der Grund? Cedric hielt es nicht für ausgeschlossen. Er hatte schließlich am eigenen Leib gespürt, wie das Flottenkommando mit Leuten umging, die es für Versager hielt.

»Aber genau das ist doch unsere Chance«, ereiferte sich Sheryl, und Cedric brauchte einen Moment, um zu wissen, was sie meinte. »Begreif doch! Croft braucht uns, wenn er hier wegkommen will. Allein schafft er das nicht. Daraus folgt: Irgendwann wird er uns hier herauslassen müssen, und dabei wird sich bestimmt eine Gelegenheit ergeben, ihn zu überwältigen.«

»Abgesehen davon, daß er es nicht so weit kommen lassen würde, gehst du von falschen Voraussetzungen aus.«

»So?« fragte sie angriffslustig.

»Ja.« Diesmal war er es, der sie auf den Boden der Tatsachen zurückholte. »Croft braucht nicht *uns* – Croft braucht *sie*.« Er deutete auf Yokandra. »Wenn er eine Navigatorin hat, kann er die FIMBULWINTER zur Not auch alleine zum nächsten Flottenstützpunkt bringen.«

»Richtig«, stimmte Maylor düster zu.

»Falsch«, korrigierte Yokandra auf ihre besserwisserische Weise. Und als sich alle Blicke in ihre Richtung gewandt hatten, fügte sie hinzu: »Ich erhalte meine Befehle von Commander Maylor. Dieser Croft oder wie immer er heißen mag, wird mich nie dazu bewegen können, ihn als Vorgesetzten anzuerkennen.«

Das klang überzeugt, fand Cedric, deutete aber zugleich auf wenig Realitätssinn hin.

»Und was ist, wenn er dich dazu zwingt?« fragte er.

»Wie sollte er mich dazu zwingen können?« erwiderte sie hochmütig. »Als Mutantin bin ich gegen die meisten willensbeeinflussenden Drogen immun oder nahezu unanfällig. Und man hat mich gelehrt, Schmerzen zu ertragen. Oder einen autogenen Freitod zu wählen.«

»Unterschätze Croft nicht!« warnte Cedric. »Er ist ein plomboyanischer Buärps, wie er in der Datenbank gespeichert ist. Was würdest du tun, wenn er beispielsweise einen nach dem anderen von uns umbringt, um dich zum Einlenken zu bewegen? Würdest du dich dann immer noch weigern?«

»Selbstverständlich«, erwiderte Yokandra, als bestünde für sie da gar kein Zweifel.

Cedric unterdrückte ein Seufzen. Genau das waren die Verbündeten, die ihn voller Optimismus in die Zukunft blicken ließen!

Er räusperte sich, blickte in die Runde und sah, daß Duncan neben dem Panzerschott stand, direkt vor der Codeleiste; es schien, als würde er sich daran zu schaffen machen.

»Finger weg, Duncan!« rief Cedric ihm scharf zu.

Duncan hörte aber nicht.

»Moment«, meinte Cedric zu den anderen. »Ich bin gleich wieder da.« Damit eilte er fluchend auf Duncan zu. »He, ich habe dir doch gesagt, du sollst du Finger davon lassen. Du löst noch Alarm aus.«

Endlich richtete sich Duncans Kopf in Cedrics Richtung, und mit einem verzerrtem Grinsen sah er ihm entgegen.

»Zwei, Neun, Vier . . .« sagte er. Dann wandte er sich wieder der Codeleiste zu und drückte die entsprechenden Tasten.

»Verdammt!« rief Cedric. Im nächsten Moment hatte er Duncan erreicht und riß ihn an der Schulter zu sich herum. »Kannst du nicht wenigstens einmal hören?«

»Falsch«, murmelte Duncan, als ginge es um etwas furchtbar Wichtiges. »Ganz falsch . . .«

»Genau!« preßte Cedric mühsam beherrscht hervor. »Schön, daß du zur Abwechslung wenigstens mal einsiehst, Unfug gemacht zu ha . . .«

Das Aufgleiten des Panzerschotts direkt neben ihm schnitt ihm das Wort im Mund ab.

Fassungslos starrte er auf die Öffnung, und noch fassungsloser registrierte er, daß keine hereinstampfenden Kampfroboter zu sehen waren. Nichts. Niemand. Der Gang hinter der Öffnung war vollkommen leer und verlassen.

Aber wie . . . ?

»Das Schott ist offen!« hörte er Nabtaal hinter sich rufen, in einem Tonfall, als hätte er soeben den Stein des Weisen entdeckt. »Wir sind frei!«

»Brüll nicht so herum!« zischte Cedric. »Du mußt ja nicht den halben Killer-Satelliten aufwecken!«

Das war unsinnig, und Cedric wußte es. Entscheidend war, ob das Öffnen des Schotts einen Alarm ausgelöst hatte und an Croft weitergemeldet worden war. Sie hätten hier wahrscheinlich tagelang herumhüpfen und schreien können, ohne daß es ihre Lage irgendwie beeinflußt hätte.

Cedric wandte sich Duncan zu und bemerkte, daß er ihn noch immer an der Schulter gepackt hielt. Der Cybertech grinste unglücklich. Fraglich, ob er überhaupt mitbekam, was er da zustande gebracht hatte. Unter all den Milliarden Kombinationen die richtige herauszufinden – das hatte nichts mehr mit Zufall zu tun!

Cedric blickte den Cybertech durchdringend an, während die anderen Gefangenen zum Schott eilten, als wäre es die Pforte zum Paradies. »Darüber sprechen wir beide noch. Verlaß dich drauf!«

»Los schnell raus hier!« rief Nabtaal. »Ehe sich das Schott wieder schließt.«

Und damit rannte er nach draußen. Hätten dort Kampfroboter gestanden, hätten sie leichtes Spiel gehabt, ihn zu zerstrahlen. Ihn und die anderen, die leichtfertig hinter ihm her stürmten. Doch glücklicherweise hatte Cedrics erster Eindruck nicht getrogen. Der Korridor lag zu beiden Seiten verlassen da.

»Omo!« rief er der *Humsz*-Züchtung zu. »Der Koffer!«

Der Riese verstand und nahm den Metallkoffer an sich, bevor auch er herauskam.

»Was ist den in dem Koffer?« fragte Maylor.

»Meine Unterwäsche«, erwiderte Cedric.

Maylor begriff, daß Cedric nicht darüber reden wollte. So weit ging sein Vertrauen also nicht.

»Wohin jetzt?« hauchte Sheryl mehr, als daß sie es aussprach, und Cedric hörte es nur, weil sie aus irgendeinem Grund wiederum seine Nähe gesucht hatte.

»Zur FIMBULWINTER«, antwortete Maylor, der damit bewies, über welch ausgezeichnetes Gehör er verfügte. »Wohin sonst?«

Cedric nickte und sah nach links und rechts. Die Frage war nur, welche Richtung sie einschlagen mußten. Der Killer-Satellit war recht groß. Sie hätten monatelang herumirren können, ehe sie den Hangar mit der FIMBULWINTER gefunden hätten. Er erinnerte sich an eine alte plomboyanische Methode zur Entscheidungfindung, fing bei der linken Seite an, machte *Ene, Mene, Buärps . . .*, landete wieder links und hatte die Richtung.

»Dort entlang!« rief er und setzte sich gleichzeitig an die Spitze ihres Trupps. »Wir brauchen jetzt ein Computerterminal, um unseren Standpunkt und den der FIMBULWINTER zu lokalisieren.«

Zwei Etagen höher und nach rund zehn Sicherheitsschotts, die sich anstandslos vor ihnen öffneten, und drei Laufbändern hatten sie ein entsprechendes Terminal gefunden.

Cedric tastete nach der Identity-Card des toten Technikers, die er auf Hadrians Mond an sich genommen hatte. Jetzt kam es darauf an. Würde der Killer-Satellit sie als zugriffsberechtigt ansehen? Er steckte das dünne Plaststück in die dafür vorgesehene Öffnung. Zumindest die Normgröße stimmte.

Und der kleine Bildschirm über der manuellen Tastatur erhellte sich.

»Zugriffscode A/B nicht ausreichend«, verkündete er. *»Bitte Berechtigungscode eingeben. Vorgesehene Zeit: dreißig Sekunden, 29, 28, 27 . . .«*

Cedric wandte sich ernüchtert ab und tauschte einen ratlosen Blick mit den anderen. Dann kam ihm eine Idee.

»Duncan! Was für eine Nummer hast du vorhin in die Codeleiste eingegeben?«

»Falsch. Ganz falsch.«

»22, 21, 20 . . .«

»Duncan!« Cedric packte den Cypertech am Kragen und zog ihn zu sich herunter. »Die Nummer!«

»Nummernummernummernu . . .«

»17, 16, 15 . . .«

»*Was* für eine Nummer hast du eingegeben? Los, erinnere dich!«

»Null, Zwei, Zwei, Null . . .«

»Warte!« Cedric wandte sich der Eingabetastaturfläche zu. »Wie war das? Null, Zwei, Zwei, Null . . .?«

»11, 10, 9 . . .«

». . . Zwei, Eins, Zwei, Eins . . .« Es klang wie ein Kinderreim, aber Cedric tippte sie dennoch mit. Die Hoffnung war zwar vage, aber eine Hoffnung.

». . . Zwei, Neun, Vier«, sagte Duncan. »Falsch, ganz falsch.«

»3, 2 – Zugriffscode anerkannt!«

»Nein«, rief Cedric freudig, als er sah, wie auf dem Bildschirm ein neuer Schriftzug erschien, der besagte, daß der Zugriffscode anerkannt wurde. »Ganz im Gegenteil. Richtig, ganz richtig!«

Er machte sich unverzüglich daran, die für sie wichtigen Informationen abzurufen. Die erste war ein dreidimensionales Flächenraster des Killer-Satelliten, mit genauen Standortbestimmungen der FIMBULWUNTER und ihrer eigenen Position.«

»Das Schiff liegt achtundvierzig Decks tiefer«, kommentierte Cedric die Angaben. »Mit einem Aufzug nicht weit von hier ist das eine Sache von Minuten.« Er spürte, wie sich Zuversicht breitmachte.

Die nächsten Anfragen. Schadensreport der FILMBULWINTER? Stand der Reparaturarbeiten? Die Ergebnisse waren überraschend. Der Austausch des *Legraine-Warington-Generators* war abgeschlossen, das Normaltriebwerk zu achtundsechzig Prozent leistungsfähig, und die beschädigten Ortungssysteme waren ersetzt. Woran im Moment gearbeitet wurde, waren Ausbesserungs- und Abdichtungsarbeiten in der Außenhülle. Cedric war so wagemutig, der Zentraleinheit die Anweisung zu geben, die Reparaturarbeiten abzubrechen und die Gerüste zu entfernen. Zu seinem größten Erstaunen wurde die Order angenommen und bestätigt.

Cedric schüttelte verwundert den Kopf. Das klappte wie am Schnürchen.

»Was ist?« fragte Nabtaal unruhig. »Was machst du da?«

»Still! Stör mich nicht.«

Die nächste Abfrage. Eine Lokalisation sämtlicher lebender Wesen an Bord des Killer-Satelliten. Die neun roten Punkte in der Rasterdarstellung, die dort aufleuchteten, wo sie sich befanden, beachtete Cedric nicht. Ihn interessierte vielmehr der einzelne Lichtpunkt, der Crofts Standort anzeigte. Schon auf den ersten Blick sah er, daß es kaum möglich sein würde, Croft einen kleinen, überraschenden Besuch abzustatten, jedenfalls nicht ohne dabei erhebliche Zeitverluste in Kauf zu nehmen. Der rote Punkt leuchtete nahezu auf der gegenüberliegenden Seite des Killer-Satelliten auf, in einer Außensektion, in der laut Bildschirmdarstellung mehrere Notquartiere lagen. Es würde viel zu lange dauern, dorthin zu gelangen. Außerdem war davon auszugehen, daß er die Umgebung seines Quartiers für alle Fälle gesondert gesichert hatte. Nein, es war besser, wenn sie so schnell wie möglich von hier wegkamen. Falls Croft ihre Flucht bemerkte, würde er bestimmt nicht zögern, rücksichtslos Kampfroboter gegen sie einzusetzen. Daß er derzeit in seinem Quartier war und noch nichts unternommen hatte, konnte bedeuten, daß er im Augenblick schlief.

Cedric spürte, wie sich ihm eine Hand auf die Schulter legte, und als er den Kopf hob, sah er geradewegs in Sheryls Gesicht.

»Heb dir deine Rachegefühle für später auf«, sagte sie unerwartet sanft und mitfühlend. »Ich weiß, was du denkst. Aber das allerwichtigste ist es, daß wir unser Leben retten.«

Natürlich hatte sie auch diesmal recht.

Cedric beendete die Eingabe und nahm die Identity-Card

wieder an sich. Dann machten sie sich auf den Weg zum nächstgelegenen Aufzug. Cedrics Einschätzung, daß es eine Sache von Minuten sein würde, die FIMBULWINTER zu erreichen, erwies sich als richtig. Und im Hangar erwartete sie kein Begrüßungskomitee aus Kampfrobots und auch kein Gasangriff.

Vor ihnen lag der riesige Diskus der FIMBULWINTER. Das Schiff glich tatsächlich einem Schrotthaufen. Die Außenhülle war von unzähligen kleineren und größeren Löchern und Kratern übersät; aus einigen drang ein Gewirr von Kabeln wie Gedärme aus einem verwundeten Tier. Die ehemals silberne Legierung war geschwärzt: an einigen Stellen waren noch Blasen zu sehen, die das hochgradig hitzeresistente Material unter dem Laserfeuer geworfen hatte. Und doch hatte Cedric schon weitaus schlimmer zugerichtete Schiffe gesehen; in einigen war er sogar geflogen.

»Dieses Ding soll repariert sein?« entfuhr es Sheryl. »Das kann doch nicht euer Ernst sein!«

»Wenn du weißt, wo wir ein besseres Schiff finden«, meinte Cedric, »nur raus damit!«

Sheryl beließ es bei einem wütenden Blick. Über die Schleuse gelangten sie mühelos ins Innere des Schiffes, wo bis auf die Notbeleuchtung sämtliche Funktionen abgeschaltet waren. Maylor führte sie zu einem Kontrollraum, von dem aus sich das Schiff steuern ließ, falls die Kommandozentrale ausgefallen, beschädigt oder – wie in diesem Fall – vollständig zerstört war. Maylor nahm im Sessel des Kommandanten Platz. Hier war alles darauf ausgelegt, das Schiff mit möglichst wenig Personal zu steuern. Er wies auf den Platz der Navigatorin. Auf der Rückenlehne des Sessels war eine metallene Haube angebracht, die sich nach vorne ziehen ließ.

»Yokandra.« Sie verstand und nahm widerspruchslos Platz. »Cedric, kümmere dich um die Startfreigabe und das Hangartor. Ich brauche zwei Leute für Ortung und Funk. Der Rest nimmt auf den Notsitzen Platz und hält das Maul.«

Cedric sah keinen Grund, sich gegen die Anweisung aufzulehnen. Während er sich vor den Terminalanschluß setzte, nickte Nabtaal und Sheryl zu, die sich schon an Bord des Rettungsbootes um Funk und Ortung gekümmert hatten und sofort die entsprechenden Plätze einnahmen.

Mit seinem persönlichen Code, den er auf einer verdeckten Fläche seiner Sitzlehne eingab, aktivierte Maylor die Systeme des Schiffes. Sofort flammte die vollständige Beleuchtung auf, die Pulte und Bildschirme wurden aktiviert.

»Yokandra – Startcheck.«

Die Navigatorin blickte auf ihre Instrumente.

»Alle Notsysteme aktiviert«, verlas sie. »Triebwerksbereich. Leistung Normaltriebwerke bei achtundsechzig Prozent. Leistung Seitensteuer bei einundachtzig Prozent. Überlichtgenerator ausgetauscht und vollständig ...«

Cedric hörte nicht weiter hin, sondern stellte die Verbindung zum Computersystem des Killer-Satelliten her. Als dessen Datensystem ihn daraufhin wieder nach dem Berechtigungsgrad fragte und die obligatorischen dreißig Sekunden Zeit gab, schnippte er mit dem Finger.

»Duncan, komm her.«

Er hatte die Zahlen zwar noch einigermaßen im Kopf, wollte aber auf Nummer Sicher gehen. Wenn Duncan die Kombination einmal richtig wiedergegeben hatte, würde er es wohl auch noch ein zweites Mal können. Eine Einschätzung, die nicht aus der Luft gegriffen war. Diesmal klappte es, bevor der Countdown die ›10‹ überschritten hatte. Die Startberechtigung für die FIMBULWINTER gab Cedric selbst ins System ein, und die Startfreigabe folgte augenblicklich. So war sichergestellt, daß sie nicht sofort nach dem Verlassen des Hangars abgeschossen werden würden. Dann besorgte er sich die Steuerkontrolle über die Hangartore.

»Cedric«, meldete Sheryl sich. »Ich brauche die Ortungsergebnisse des Killer-Satelliten auf meinem Pult.«

»Kommt sofort.« Er gab die entsprechenden Forderungen ein und wunderte sich, wie reibungslos ihre Zusammenarbeit funktionierte. Es war, als hätten sie alle jahrelang an Bord desselben Schiffes Dienst getan.

Kurz darauf war die FIMBULWINTER startklar. Maylor ließ die Schleusen schließen und zusätzlich auch alle Schotten, die sämtliche Sektionen des Schiffes hermetisch voreinander abschlossen. Eine Vorsichtsmaßnahme, da etliche Löcher in der Außenhülle noch nicht geschlossen waren. Dann gab Cedric dem Computersystem die Anweisung, die Atmosphäre aus dem Hangar abzupumpen.

Sheryl hatte mittlerweile die Kursdaten errechnet und überspielte sie auf Maylors Pult. Über den Kurs bestanden keine Unstimmigkeiten. Sie mußten so schnell wie möglich Hadrians Mond zwischen sich und den Killer-Satelliten bekommen, und wenn sie das geschafft hatten, hatten sie genügend Zeit, um in den Hyperraum zu gehen.

Cedric forderte noch einmal die Darstellung mit dem Aufenthaltsorten aller lebender Wesen an und schüttelte den Kopf. Kaum zu glauben, Croft befand sich nach wie vor in seinem Quartier. Schade, dachte er bedauernd, daß er nicht dessen dummes Gesicht sehen konnte, wenn er aufwachte und feststellte, daß sämtliche Gefangenen mitsamt dem Raumschiff verschwunden waren! Aber man konnte eben nicht alles haben. Vielleicht führte das Schicksal sie noch einmal zusammen. An einem anderen Ort. Zu einer anderen Zeit.

Ein Blinken auf dem Bildschirm verkündete, daß der Hangar nun luftleer war. Cedric wechselte noch einen kurzen Blick mit Maylor, wie um sich dessen Einverständnis zu versichern, dann gab er dem Computer die Anweisung, den Hangar zu öffnen. Der Befehl wurde ohne Widerspruch angenommen. Langsam begannen sich die riesigen Hangartore auseinanderzuschieben, und in der ständig größer werdenden Öffnung erschien die samtene, von glitzernden Punkten gesäumte Schwärze des Weltraums.

Maylor ließ die FIMBULWINTER vom Boden abheben und sich langsam um die eigene Achse drehen, bis die riesigen Triebwerksflügel vom Hangartor abgewandt waren. Und dann, als die Öffnung groß genug war, gab er leichten Schub. Schwerelos wie eine Feder schwebte der Schwere Kreuzer aus dem Hangar heraus. Beinahe atemlos beobachtete Cedric über die Außenkameras, wie die Torflügel zu beiden Seiten an dem Schiff vorbeiglitten.

Kaum waren sie vollständig aus dem Hangar heraus, gab Maylor Vollschub und drückte die FIMBULWINTER in einer eleganten Kurve auf Hadrians Mond zu. Die Gravitationsabsorber arbeiteten einwandfrei, wie Cedric beruhigt zur Kenntnis nahm, aber diese Empfindung wurde von dem unangenehmen Gefühl überlagert, sich schutzlos gewissermaßen auf einem Präsentierteller zu befinden. Eine einzige Salve des Killer-Satelliten hätte ausgereicht, sie für immer aus dem Universum zu fegen.

Tief im Innern rechnete Cedric jede Sekunde mit dem tödlichen Schlag. Es war zu einfach. Viel zu einfach.

Aber der Schlag blieb aus.

»Funkverkehr negativ«, meldete Nabtaal. »Auf sämtlichen Frequenzen herrscht absolute Ruhe.«

Natürlich war alles ruhig, dachte Cedric skeptisch. Wenn Croft zuschlug, würde er bestimmt nicht so freundlich sein, vorher zu warnen. Trotz ihrer eingeschränkten Einsatzfähigkeit war die FIMBULWINTER immer noch schnell genug, um sich binnen einer halben Minute in Sicherheit zu bringen.

Und von dieser Frist, die Croft blieb, war bereits mehr als die Hälfte verstrichen. Selbst wenn er in diesem Moment von ihrer Flucht erfuhr, würde er kaum mehr die Möglichkeit haben, etwas dagegen zu unternehmen.

Maylor zog die FIMBULWINTER dicht über die Methan-Atmosphäre von Hadrians Mond. Von der zerstörten Kommandostation der Minenanlage war auf den Bildschirmen nichts zu sehen. Selbst wenn sie zufällig unter ihnen gelegen hätte, hätte die undurchdringliche, grünliche Atmosphäre jeden Sichtkontakt verhindert.

Weiter und weiter entfernten sie sich vom Killer-Satelliten, und mehr und mehr schob sich der Horizont von Hadrians Mond vor die beständig kleiner werdende Silhouette des künstlichen Himmelskörpers. Und dann – irgendwann – war sie schließlich vollkommen verschwunden.

»Geschafft!« rief Sheryl. »Wir haben es geschafft!«

»Ja«, stimmte Nabtaal ihr zu. »Wir haben es wirklich geschafft!«

»Noch nicht ganz«, schränkte Cedric ein. Er vermochte ihre Erleichterung nicht zu teilen. Das lag aber nicht daran, daß Croft noch immer die Möglichkeit hatte, ihnen Lenkraketen hinterherzuschicken. Ein Schwerer Kreuzer wie die FIMBULWINTER verfügte über ausreichende Mittel, sich die tödlichen Dinger per Sperrfeuer zumindest so lange vom Leib zu halten, bis sie im Hyperraum verschwunden waren. Nein, seine Befürchtung war eine andere: Wenn der *Legraine-Warington-Generator* aus irgendeinem Grund versagen sollte, nutzte es ihnen gar nichts, überhaupt so weit gekommen zu sein. Dann nämlich würde ihnen nichts anderes übrigbleiben, als zum Killer-Satelliten zurückzukehren und sich wieder reumütig in Crofts Hände zu begeben, wollten sie nicht den Rest ihres Lebens auf diesen halbzerstörten Schiff verbringen.

»Stimmt«, gab Maylor ihm recht und fügte mit überzeugter Stimmte hinzu: »Aber bald.« Er wandte sich an Yokandra. »Hyperraumsprung vorbereiten.«

Die Navigatorin nickte wortlos und beugte sich über ihr Pult, um die entsprechenden Eingaben zu machen. Das war alles andere als eine vorschriftsmäßige Bestätigung seines Befehls, aber Maylor verzichtete darauf, sie deswegen zu rügen, zumal Cedric ihm in diesem Moment eine höchst bedeutsame Frage stellte:

»Hyperraumsprung – *wohin*?«

Maylor schwenkte mit seinem Sitz in Cedrics Richtung.

»Meine Order lautet«, sagte er langsam, »in einem solchen Fall schnellstmöglich zum Flottenstützpunkt zurückzukehren und Meldung zu erstatten.«

»Ach ja!« höhnte Cedric. »Und wir? Was ist mit uns? Als entflohene Strafgefangene würden wir sofort nach der Landung vom zuständigen Sicherheitsdienst verhaftet werden. Nein, mein Freund, mich bekommt niemand mehr in ein Straflager! Jedenfalls nicht lebend!«

Maylor sah Cedric mit unbewegter Miene an, dann zuckte er mit den Schultern, als wollte er sagen, daß das nicht sein Problem wäre. Er wollte sich abwenden, doch Cedric machte ihm klar, daß es sehr wohl sein Problem war.

Er sprang auf und beugte sich zu Maylor herab, bis er sich mit den Händen auf dessen Armlehnen stützte und sich ihre Gesichter dicht gegenüber befanden.

»Hör zu!« sagte er eindringlich. »Glaubst du wirklich, wir würden es zulassen, daß du uns direkt zu einem Flottenstützpunkt bringst? Also bitte, zwing mich nicht, irgend etwas zu tun, was ich nicht tun möchte.« Er sah vielsagend in Omos Richtung, der den Koffer abgestellt und sich drohend erhoben hatte, als warte er nur auf eine Anweisung, sich Maylor vorzuknöpfen.

Natürlich würde Cedric es nicht soweit kommen lassen. Nicht, weil Maylor früher einmal sein Freund gewesen war oder er Skrupel hatte, Gewalt anzuwenden, sondern weil er sich nur zu gut darüber im klaren war, daß Yokandra ausschließlich Maylors ausdrücklichen Befehlen gehorchen würde. Das hatte die Navigatorin vor ihrer Flucht aus dem Killer-Satelliten klar und unmißverständlich zum Ausdruck gebracht, und Cedric glaubte ihr. Diese Navigatorinnen waren ein seltsames Volk, insbesondere die sarday'kinschen Navigatorinnen.

Cedric wußte, daß er Yokandra nicht zwingen konnte, seinen Anweisungen zu folgen.

Und er wußte, daß Maylor das wußte.

»Ich verstehe dein verdammtes Pflichtbewußtsein nicht«, fügte Cedric hinzu. »Wieso bist du nur so versessen darauf, deine Zukunft mit aller Gewalt als Strafarbeiter in irgendwelchen Minen zu beenden? Es muß ja nicht Byranium sein. Wie wär's beispielsweise mit den Quecksilberminen auf *Quicksilver IV*? Ich habe gehört, nach vier Monaten Arbeit soll man da schon als Methusalem gelten.« Maylor zeigte sich äußerlich unbeeindruckt, aber Cedric kannte das Mienenspiel seines früheren Freundes gut genug, um zu wissen, daß er ins Grübeln gekommen war. »Du hast selbst gesagt, daß du beim Angriff der SK MARVIN viel früher die Schutzschirme hättest hochfahren müssen. Man wird dir die Toten anlasten. Das ist dir doch klar, oder? Und wenn du Pech hast, wird man dir gleich dazu die Verantwortung für die zerstörten Minen auf Hadrians Mond in die Schuhe schieben. Was glaubst du, wieviel Jahre man dir dafür aufbrummen wird? Zehntausend? Fünftausend? Mit jedem Urteil unter fünfhundert Jahren wärst du der größte Glückspilz, den ich kenne!« Das war vielleicht nicht ganz fair, aber offenbar wirkungsvoll.

»Was soll ich deiner Meinung nach denn tun?« fragte Maylor. »Desertieren?«

»Sieh an, dieser vertrocknete Schwamm, den du Gehirn nennst, scheint langsam auf Touren zu kommen.« Cedric grinste schief und wurde sofort wieder ernst. »Aber ehrlich gesagt, was *du* machen sollst, kann ich dir nicht raten. *Uns* kommt es nur darauf an, daß du uns vorher an einem sicheren Ort absetzt. Was du danach anstellst, ist allein deine Sache. Wenn du partout zum Flottenkommando zurückkehren willst, bitte! Wenn du willst, können wir dir für die Bordkameras auch ein kleines Entführungsspektakel bieten, das du später zu deiner Entlastung benutzen kannst . . .«

Maylor schwieg. Es war ihm anzusehen, daß es hinter seiner Stirn arbeitete. Cedric verstand seine Schwierigkeiten nur zu gut. Bevor er in die Byranium-Minen geschickt worden war, hatte auch er mit keinem einzigen Gedanken in Erwägung gezogen, dem Flottenkommando seine Folgschaft zu verweigern.

»Geschwindigkeit für Hyperraumsprung erreicht«, meldete Yokandra. Ihre Stimme klang so unbewegt, als würde sie die Auseinandersetzung überhaupt nicht berühren.

Maylor gab sich einen Ruck.

»Also gut«, lenkte er ein. »Wohin wollt ihr?«

Eine gute Frage! Und zudem eine – wie Cedric Cyper feststellte, als er in die Gesichter der anderen blickte –, über die sich bislang niemand Gedanken gemacht hatte. Ihr Vorhaben, hier herauszukommen, war bislang so aussichtslos gewesen, daß offenbar niemand darüber nachgedacht hatte, wie es danach weitergehen sollte.

»Das werde ich dir gleich sagen«, sagte er. Er kümmerte sich nicht um die erstaunten Blicke, die ihm von allen Seiten zugeworfen wurden, und wandte sich dem Terminal vor seinem eigenen Platz zu. Aus dem Datenarchiv der FIMBULWINTER forderte er die Identifizierung des Containerschiffs an.

»PFENNIGFUCHSER«, war keine Sekunde später auf dem Bildschirm zu lesen. »Handelsschiff der Containerklasse. Registriernummer: 02221519168. Reederei: SANDAL SYSTEMS. Eigner: Reginald Reagan. Heimathafen: *St. Petersburg II.*«

Reginald Reagan – der Name sagte Cedric irgend etwas, aber in diesem Augenblick hatte er nicht die Zeit, weiter darüber nachzudenken.

»*Das* ist unser Zielpunkt«, sagte er und tippte auf den Bildschirm. *»St. Petersburg II.«*

Niemand seiner Mitgefangenen erhob Einwände. Eine Welt wie *St. Petersburg II* war für jeden von ihnen eine nahezu optimale Welt. Es handelte sich um eine der Freihandelswelten, auf denen keine der sechs Fraktionen etwas zu sagen oder gar ein Zugriffsrecht hatte. Sie wurden von weitverzweigten Händlerfamilien regiert – obwohl regiert in diesem Fall nicht das richtige Wort war. Es war eher so, daß sich diese Familien darum kümmerten, daß der planetenumfassende, alles bestimmende Markt stetig in Gang blieb und sie den größten Gewinn daraus zogen. Und nebenbei sorgten sie dafür, daß die vielen geschriebenen und ungeschrieben Gesetze, die auf solch einem Planeten galten, beachtet wurden. Hier tummelten sich die zwielichtigsten Gestalten, gefährlichsten Individuen und windigsten Geschäftemacher aus sämtlichen Teilen des alten Imperiums. Es war also genau der richtige Ort, um von heute auf morgen sein Glück zu machen, Hals über Kopf in sein Verderben zu laufen oder aber spurlos unterzutauchen.

Maylor schienen ähnliche Gedanken durch den Kopf zu gehen. Aber er gab es nicht zu erkennen, was genau er dachte.

»Yokandra«, sagte er. »Zielpunkt für Hyperraumsprung ist *St. Petersburg II.*«

»Verstanden«, antwortete sie und wandte sich in Sheryls Richtung. »Ich brauche die Zieldaten.«

»Bekommst du«, antwortete Sheryl.

Cedric sah Maylor an.

»Danke«, sagte er, weil er das Gefühl hatte, etwas sagen zu müssen.

»Spar dir irgendwelche Sentimentalitäten«, wies Maylor ihn

kühl zurück. »Falls ich dich wirklich zu Unrecht in die Byranium-Minen gebracht habe, dann habe ich ohnehin etwas gutzumachen. Wenn nicht, dann schuldest du mir etwas.«

»Verstanden.«

»Gut. Und damit das klar ist: Sobald wir im Zielsystem sind, setzt ihr euch alle in das intakte Landungsboot und verschwindet. Was ihr von da an macht, ist nicht mehr mein Problem. Klar?«

»Klar. Und was ist mit dir? Was willst du dann machen? Dich in ein Arbeitslager stecken lassen?«

Maylor hob die Schultern, es war ein Eingeständnis, daß er selbst keine Antwort darauf kannte.

»Wie du schon sagtest«, meinte er abweisend. »Das ist allein meine Sache.«

»Dir steht es frei, dich uns anzuschließen«, bot Cedric an.

Maylor schenkte ihm ein gequältes Lächeln.

»Einem Haufen entflohener Strafgefangener, die sich nirgends mehr in diesem Spiralarm der Galaxis sehen lassen können? Nein, danke! Da habe ich schon bessere Angebote bekommen!«

»Ich habe keineswegs vor, mich mein Leben lang zu verstecken. Ich will herausfinden, wer mir die Sache damals eingebrockt hat.« Cedric grinste matt. »Und außerdem ist dieser Spiralarm keineswegs der einzige, den unsere Galaxis hat.«

Das war natürlich ein schlechter Scherz. Selbst zur Zeit seiner größten Ausdehnung war das Große Imperium nicht über diesen Spiralarm hinausgekommen, weil sich den Menschen irgendwann eine echsenartige kriegerische Rasse entgegengestellt hatte: die S'Krill. Aber das alles war nur Vergangenheit. Es war vor jenem Tag geschehen, da sich urplötzlich eine der fünfdimensionalen Komponenten des galaktischen Gravitationsfeldes verändert und von heute auf morgen gezielten Überlichtflug unmöglich gemacht hatte – so lange, bis irgendwann die Navigatorinnen mit ihren Fähigkeiten auf den Plan getreten waren. Von den S'Krill allerdings hatte man seit jenem Tag nie wieder etwas gehört oder gesehen. Es war davon auszugehen, daß die Veränderung der S-D-Konstante auch ihre Raumschiffe zu nutzlosem Schrott gemacht hatte; anderenfalls hätten sie das Gebiet des Großen Imperiums mit Sicherheit längst überrollt.

»Schiff klar zum Überlichtflug«, unterbrach Yokandras Stimme die Stille. »Sprunggeschwindigkeit erreicht.«

Cedric spürte, wie Maylor zögerte, den entscheidenden Befehl zu geben, doch dann straffte er sich.

»Hyperraumsprung einleiten.«

Yokandra betätigte einen Schalter an ihrem Sessel, schloß die Augen, und ihre Haube über der Sessellehne senkte sich automatisch über ihren kahlen Schädel. Cedric wußte, daß ihre Gedanken nun mit dem Computernetz verschmolzen. Von ihm stammten die Daten des Zielpunkts, doch der Weg dorthin konnte nur von ihr erspürt werden. Es war eine nicht in Worte zu kleidende Symbiose zwischen Technik und Geist. Ein abstrakter Vorgang, den bislang noch keine der psi-begabten Navigatorinnen einem Normalsterblichen hatte erklären können. In einer Raumhafenbar hatte Cedric einmal eine geschlagene Stunde lang einem derartigen Versuch gelauscht, aber er hatte keinen einzigen Augenblick lang das Gefühl gehabt, auch nur ansatzweise zu verstehen, wovon die Rede war. Schließlich hatte er die Frau unterbrochen, sich bedankt, ihr noch einen Drink spendiert und fortan keine Fragen mehr über das Wie des Hypersprungs gestellt. Ihm reichte aus, *daß* es funktionierte.

»Drei, zwei, eins«, zählte Maylor den Countdown auf seinem Bildschirm laut mit. »Hypersprung!«

Die Sterne auf den Bildschirmen verwandelten sich im selben Augenblick zu dünnen Strichen, die auf sie zuzuschießen schienen; ein schmerzhafter Ruck stieß durch ihren Nacken bis hinauf zum Schädel – dann war es auch schon vorbei. Die Striche waren wieder zu Sternen geworden, die sich in anderen Konstellationen geordnet hatten.

Sie waren am Ziel.

Aber irgend etwas ist falsch, furchtbar falsch! dachte Cedric.

Das erste, was nicht stimmte, war Yokandras Stöhnen. Ächzend sackte die Navigatorin in sich zusammen, als hätte sie eine ungeheuere Anstrengung hinter sich. Der Hyperraumsprung mußte sie weitaus mehr Kraft gekostet haben, als sie erwartet hatte. Cedric hatte so etwas schon einmal miterlebt, als es vor einem Hypersprung zu einem versehentlichen Austausch der Zielsterndaten gekommen war und sie der Sprung woanders hingebracht hatte, als sie eigentlich gewollt hatten.

Das zweite, was Cedric irritierte, war das von mehreren Pulten gleichzeitig einsetzende und sich überschneidende hektische Fiepen, das auf Ortungskontakte hindeutete. Und auch die FIMBULWINTER wurde von unzähligen Ortungsimpulsen getroffen.

»Radarkontakt!« rief Sheryl bestätigend. »Mehr als zehn . . .« Ein Zögern. ». . . fünfzehn, vielleicht auch zwanzig Objekte. Verschiedene Größen . . . Verdammt, das ist ein ganzes Wespennest!«

Fassungslos starrte Cedric auf die Bildschirme. Von einem Planeten wie *St. Petersburg II* war weit und breit nichts zu sehen. Sie waren in einem planetenlosen System eines blauen Zwergsternes herausgekommen. Die Ortungsgraphiken belegten Sheryls Aussagen eindrucksvoll. Das waren gut und gerne zwei Dutzend Schiffe, die sich hier tummelten, mindestens sechs oder sieben davon einwandfrei Schwere Kreuzer. In ihrer Mitte lag ein riesiges hantelförmiges Objekt, gegen das ein Killer-Satellit winzig wirkte.

Leider wußte Cedric nur zu gut, worum es sich dabei handelte: ein Weltraumfort, ein hochgerüstetet Flottenstützpunkt der sarday'kinschen Raumflotte.

Sie waren mitten in der Höhle des Löwen herausgekommen! Oder im Trichter des Buärps, was so ziemlich auf dasselbe hinauslief.

»Funkkontakt!« rief Nabtaal aufgeregt. »Wir werden aufgefordert, uns zu identifizieren. Ich lege auf Hauptlautsprecher.«

»Raumfort HADES an unidentifizierten Kreuzer«, ertönte die künstliche Stimme durch den Kontrollraum. »Sie werden aufgefordert, sich augenblicklich zu identifizieren!«

Cedric wußte, daß sie keine Chance hatten, hier jemals wieder mit heiler Haut herauszukommen. Es würde mindestens einige Minuten dauern, ehe der *Legraine-Warington-Generator* wieder einsatzbereit war, ganz abgesehen davon, ob Yokandra überhaupt in der Lage war, dann schon einen weiteren Hyperraumsprung durchzuführen. Sie lag zusammengesunken in ihrem Sessel.

»Du verfluchter Mistkerl!« Mit einem Sprung war er bei Maylor, packte ihn am Kragen und zog ihn zu sich hoch. »Du hast uns in eine hinterhältige Falle gelockt.«

»Ehrlich, Cedric, ich habe keine Ahnung, wie . . .« Auch Maylor wirkte vollkommen überrascht. »Das ist nicht der Stützpunkt, von dem wir gestartet . . .«

»Spar dir dein Gewäsch!« unterbrach Cedric ihn grob. Es irritierte ihn ein wenig, daß Maylor keine Anstalten machte, sich zu wehren. »Ich glaube dir kein einziges Wort!«

Cedric ballte die Faust, holte zu einem Schlag aus und . . .

»Das solltest du aber«, rief eine gutgelaunte Stimme vom Schott zum Kommandoraum her. Keiner von ihnen hatte bemerkt, daß es sich geöffnet hatte – zu sehr waren sie mit sich selbst beschäftigt gewesen oder hatten auf die Bildschirme gestarrt. *»Schließlich sagt er die Wahrheit!«*

Cedrics Faust blieb wie erstarrt in der Luft schweben. Sein Kopf ruckte in Richtung des offenen Schotts herum.

»Na, überrascht, mich wiederzusehen?« fragte Croft arglos. Das fassungslose Schweigen, das ihm entgegenschlug, war Antwort genug. Der ehemalige Kommandant der Byranium-Minen schüttelte amüsiert den Kopf, und allein für die Überheblichkeit dieser Bewegung hätte Cedric ihn erschlagen können. »Ich muß sagen, ihr habt euch wirklich wie kleine Kinder übertölpeln lassen.«

Aus den Augenwinkeln sah Cedric, wie Maylors Hand langsam zu dem Schalter wanderte, mit dem sich die künstliche Schwerkraft an Bord der FIMBULWINTER abschalten ließ – ein gedankenschneller, verzweifelter Versuch, Croft zu überwältigen, aber der Kommandant der Sträflingskolonie war darauf vorbereitet.

»Finger weg«, schallte seine Stimme durch den Raum. Sein Lächeln verschwand. Er richtete plötzlich einen Strahler auf Maylor. Maylor hob resignierend die Arme, um zu zeigen, daß er verstanden hatte. Crofts Waffe beschrieb drohend einen

Halbkreis. »Das gilt auch für die anderen. Finger weg von den Kontrollen. Und dann bewegt ihr euch dort hinüber.« Er deutete auf die Ecke mit den Notsitzen.

Cedric kniff die Lippen zusammen. Er wußte, daß ihnen gar nichts anderes übrigblieb, als zu gehorchen.

Verloren. Sie hatten verloren.

Synfile 10

Im Trichter des Buärps

Croft beherrschte die Situation, er wußte ganz genau, was er zu tun hatte. Als erstes hatte er Kontakt mit dem Raumfort aufgenommen, die Identifizierung der FIMBULWINTER gesendet, und auf die aufgeregten Nachfragen, was um alles in der Welt sie hier zu suchen hätten, hatte er angegeben, daß er sieben entflohene Strafgefangene und zwei Deserteure aus den eigenen Reihen an Bord hätte. Dies wäre der einzige Weg gewesen, ihre Festsetzung sicherzustellen, und man solle Vorkehrungen treffen, die neun sofort nach der Landung zu inhaftieren. Das entsprechende Beweismaterial überspiele er ihnen per Funk.

Anschließend hatte Croft mit einem überlegenen Grinsen einen kleinen vorbereiteten Datenträger aus der Tasche gezogen und ihn in einen kleinen Schlitz am Pult des Funkoffiziers geschoben. Die Übertragung selbst war dann nur eine Sache von Sekunden.

»Das sind Mitschnitte eurer Unterhaltung in der Halle«, hatte er ihnen genüßlich erläutert. »Und aus diesem Kommandoraum bis zum Hyperraumssprung. Ich denke, es dürfte genügen, euch der Kollaboration mit den Strafgefangenen zu überführen.«

Diese Bemerkung richtete sich vor allem auf Maylor und Yokandra, die neben Cedric auf den Notsitzen saßen. Sie alle hatten auf Crofts Geheiß dort Platz nehmen müssen. Yokandra hatte es nur geschafft, weil Maylor und Croft sie auf dem Weg dorthin gestützt hatten; sie war noch zu schwach gewesen, um den Weg dorthin aus eigener Kraft zu schaffen. Omo allerdings hatte auf den schmalen Sitzen keinen Platz gefunden. Der Riese saß neben ihnen auf dem Boden. Es war ihm anzusehen, daß er sich am liebsten auf Croft gestürzt hätte; Kara-Sek erging es nicht anders, aber da sie Cedric zur Treue verpflichtet waren, konnten sie nichts tun, ohne daß er ihnen den Befehl dazu gab.

Noch immer hing der stechende Gestank verbrannten Fleisches in der Luft, und der verkohlte Haufen neben dem Sessel der Navigatorin zeugte davon, was von dem Cybertech übriggeblieben war, von dem Cedric seit langem befürchtet hatte, daß er irgendwann die Nerven verlieren und durchdrehen würde. Er hatte versucht, Croft anzuspringen, als der Kommandeur mit dem Raumfort gesprochen hatte – und natürlich hatte er keine Chance gehabt. Er war keine fünf Schritte an ihn herangekommen, als ihn die feurige Lohe getroffen und zerschmolzen hatte.

Cedric dachte mit Bitterkeit daran, daß er noch nicht einmal seinen Namen erfahren hatte. Seitdem er ihn kennengelernt hatte, war er für ihn stets ein Namenloser gewesen, und als Namenloser war er nun auch gestorben.

Vielleicht, dachte er, hatte sich der Cybertech deshalb auf Croft gestürzt, um hier an Bord einen raschen und relativ schmerzlosen Tod zu finden, bevor sie in die Fänge der Militärs gerieten, die sicherlich ein paar weitaus unangenehmeren und langwierigeren Todesmethoden aufwarten konnten.

Croft hatte nach dem Zwischenfall dem Raumfort lapidar mitgeteilt, daß man nunmehr nur noch acht Gefangene inhaftieren müsse. Dann hatte er im Sessel des Commanders Platz genommen, die Stiefel auf das Pult gelegt und mit der Strahlwaffe auf dem Schoß dagesessen. Er hatte auch allen Grund, Gelassenheit an den Tag zu legen. Langsam schwebte die FIMBULWINTER auf den oberen Teil der Hantel zu. Es würde noch zehn Minuten dauern, ehe sie in einem der Hangars aufsetzen würden.

Croft konnte es sich natürlich nicht entgehen lassen, ihnen detailliert vor Augen zu führen, wie perfekt seine Falle gewesen war.

»Als ihr aufgewacht seid«, sagte er zu Cedric und den anderen Strafgefangenen von Hadrians Mond, »befand sich die FIMBULWINTER längst auf dem Killer-Satellit. Das kleine Schauspiel mit der Holographie und dem Ortungsimpuls diente nur dazu, euch glauben zu machen, daß sie erst später eintraf und ich von der Wendung der Ereignisse überrascht war. Zu dem Zeitpunkt stand mein Plan, mit eurer Hilfe hierher zu gelangen, längst fest. Das Problem war es nur, eine unverfängliche Möglichkeit zu finden, euch aus der Halle entkommen zu lassen. Deshalb habe ich diesem Halbverrückten dort ...« Er zeigte auf Duncan. »... während eurer Bewußtlosigkeit einen kleinen Hypno-Block mit der richtigen Code-Nummer eingegeben. Ich dachte, daß ihr ihm solch einen Zufall am ehesten zutrauen würdet, ohne Verdacht zu schöpfen.«

Verdammt, dachte Cedric. Hätte er nur früher begriffen, was Duncan hatte ausdrücken wollen, als er ständig »Falsch, ganz falsch ...« vor sich hingestammelt hatte, wenn von der Code-Nummer die Rede gewesen war!

»Auch die Identity-Card, die du auf Hadrians Mond an dich genommen hast«, redete Croft weiter, und diesmal sah er Cedric direkt an, »wäre ohne meine Anweisung nie vom Computersystem des Killer-Satelliten akzeptiert worden. Nicht weniger einfach war es, die Computerdaten zu fälschen, um euch den Eindruck zu vermitteln, ich wäre die ganze Zeit über in meinem Quartier gewesen. In Wahrheit befand ich mich längst an Bord der FIMBULWINTER, zusammen mit einem tragbaren Computeranschluß, um mich über jeden eurer Schritte zu informieren. Ich mußte nur darauf warten, bis ihr von selbst kommt.« Croft genoß diesen Augenblick, keine Frage. Aber, so mußte Cedric sich eingestehen, er hatte auch allen Grund dazu.

»Gleichgültig, wohin ihr auch gewollt hättet, der Bordcomputer war so manipuliert, daß der erste Hyperraumsprung in jedem Fall unweigerlich hierher geführt hätte. Ich habe mich darauf verlassen müssen, daß ihr es viel zu eilig haben würdet, um euch die Zeit für einen genauen Datencheck zu nehmen. Ein Risiko, aber wie es aussieht, habe ich euch richtig eingeschätzt.«

»Und warum das alles?« fragte Sheryl. »Warum habt Ihr Euch nicht ganz einfach von Maylor und Yokandra zum nächstgelegenen Flottenstützpunkt zurückbringen lassen? Meinetwegen mit uns als Gefangene?«

»Ganz einfach. Weil ich es dann unter ihrem Kommando hätte tun müssen! Wie hätte ich dann dagestanden? Als kompletter Versager, als geschlagener Kommandant, der es nötig hat, sich von anderen mit einem halbzerstörten Raumschiff nach Hause bringen zu lassen. Jetzt aber ...« Croft lachte. »Jetzt bin ich derjenige, der unter Einsatz seines Lebens eueren Komplott aufgedeckt, verhindert und eure Inhaftierung bewirkt hat. Und das ist doch ein gewaltiger Unterschied, nicht wahr?«

Fast gegen seinen eigenen Willen verspürte Cedric so etwas wie Bewunderung. Crofts Falle war perfekt gewesen. Ein Rädchen hatte ins andere gegriffen.

»Du glaubst doch nicht, daß du damit durchkommen wirst?« rief Maylor. Es war nicht mehr als ein Ausdruck seiner Verzweiflung. Auch er war sich bewußt, daß seine Zukunft nicht allzu rosig aussah.

»Wenn ich das nicht glauben würde, wären wir alle nicht hier«, entgegnete Croft ruhig.

»Vielleicht gelingt es dir ja, und du bringst uns für immer in irgendein Straflager«, rief Maylor erregt, »aber du selbst wirst genauso dran glauben müssen. Oder denkst du allen Ernstes, man wird dir den Totalverlust der Minenstation verzeihen? Nein, du wanderst zusammen mit uns in die Verbannung, und ich werde dafür sorgen, daß man uns an denselben Ort schickt! Wie würde dir das gefallen?«

Das war für Maylors Verhältnisse ein beachtlicher Gefühlsausbruch, aber Croft ließ sich nicht reizen. Er war Herr der Situation.

»Genau deshalb habe ich mir HADES ausgesucht. Hier

kenne ich ein paar Leute in maßgeblicher Position. Und abgesehen davon...« Er machte eine dramatische Pause, um seine Überlegenheit auszukosten. »... habe ich da noch eine kleine Trumpfkarte. Wie sagt man doch? Geld regiert bekanntlich die Welt.« Er hob den Arm und deutete mit herrischer Geste auf den Metallkoffer, der vor Omos Beinen auf dem Boden lag. »Los, bring den Koffer her, und stell ihn dort ab.« Der Strahler wies auf eine Stelle fünf, sechs Meter vor ihm. »Und keine Dummheiten!«

Daß Croft ausgerechnet Omo beauftragte und damit den gefährlichsten von ihnen auswählte, sollte wahrscheinlich nichts anderes als eine Demonstration seiner Überlegenheit sein. Die *Humsz*-Züchtung gab ein unwilliges Knurren von sich und spannte seine beeindruckenden Muskeln, aber ehe sie irgendeine Dummheit machen konnte, griff Cedric ein.

»Tu, was er sagt!«

Omo musterte Cedric mit einem haßerfüllten Blick, kam seiner Forderung aber anstandslos nach. Erst nachdem er wieder an seinen Platz zurückgekehrt war, stand Croft auf, holte den Koffer und stellte ihn vor das Kontrollpult. Seine Hände strichen über die metallene Oberfläche, als ob es sich um ein Heiligtum handelte. Cedric konnte diese Geste gut verstehen. Jedesmal wenn er an den immensen Wert des Byraniums dachte, bekam er ähnliche Anwandlungen.

»Du hast dich bestimmt gefragt, warum ich euch den Koffer gelassen hatte«, sagte Croft in seine Richtung. »Nun, die Antwort darauf ist nicht schwer. Die Strahlung des Byraniums wäre viel zu leicht zu orten gewesen, und ich hatte Bedenken, daß ihr anderenfalls danach suchen würdet, bevor ihr den Killer-Satelliten verlaßt. Es wäre doch wirklich zu auffällig gewesen, wenn der Koffer bei eurem Eintreffen schon an Bord der FIMBULWINTER gewesen wäre. Also habe ich euch das Vergnügen belassen, ihn eigenhändig hierher zu bringen.«

Croft wartete erst gar nicht auf Antwort, sondern öffnete den Verschluß des Koffers und zog den Deckel auf. Mit leuchtenden Augen sah er auf den grünlichen Brocken herab, und in seinem

Gesicht spiegelte sich die Gier, alles zu erreichen, was ihm dieser Brocken versprach.

Cedric beobachtete ihn mit versteinerter Miene. Ihm blieb die Rolle eines Zuschauers. Croft hatte gewonnen.

Doch mit einemmal spürte Cedric ein alarmierendes Prickeln unter der Haut, und er merkte, wie sich sein Körper unwillkürlich verspannte. Es ist die Unruhe des Byraniums, die er spürte, selbst auf diese Entfernung hin. Es stand unmittelbar vor einer Spontan-Reaktion. Das spürte er mit der unfehlbaren Sicherheit, die ihn mehr als einmal vor dem Tod oder schlimmen Verletzungen bewahrt hatte, indem er sich gerade noch mit einem schnellen Sprung hatte retten können.

Wohl jeder von ihnen, der in den Byranium-Minen gewesen war, hatte dieselbe Empfindung; mit Ausnahme von Maylor und Yokandra, die über keine derartigen Erfahrung verfügten, und Duncan, der so selig grinste, als würde er überhaupt nichts mehr merken.

Und plötzlich schien auch Croft zu spüren, daß irgend etwas nicht in Ordnung war; etwas, von dem er zwar nicht wußte, was es war, von dem er aber instinktiv erfaßte, daß es von dem Koffer vor ihm ausging. Das gierige Leuchten verschwand schlagartig aus seinem Blick.

Schnell streckte er die Hände aus, um den Koffer zu schließen, aber da war es bereits zu spät. Er hatte nicht einmal die Zeit, einen Schrei auszustoßen.

Binnen eines Lidschlags bildete sich aus dem Byranium-Brocken ein länglicher Fortsatz, die wie ein Arm aus flüssigem, grünlichem Quecksilber auf Crofts Kehle zuschoß. Ein Ding wie eine Baggerschaufel mit rasiermesserscharfen Zähnen, die sich um seinen Hals legten und zuschnappten.

Ein knackender, krachender Laut, so als würde man ein Insekt unter einem Stiefel zertreten, dann war der Auswuchs so schnell verschwunden, als hätte es ihn nie gegeben.

Crofts enthaupteter Körper ging wie in Zeitlupe auf die Knie, während der abgetrennte Kopf mit einem häßlichen Geräusch über den blanken Boden des Kommandoraums rollte und bei jeder Umdrehung einen blutigen Fleck hinterließ. Vor einer

Konsole kam er schließlich zur Ruhe, das Gesicht den Gefangenen zugewandt.

Mahlend bewegten sich seine Lippen, als wollten sie ihnen etwas mitteilen, und Cedric glaubte darin den Wortlaut eines alten plomboyanischen Fluches wiederzuerkennen, dann erst brach der Blick von Crofts Augen. Und im selben Moment kippte sein Torso auf den Boden. Über den Schultern breitete sich schnell eine größer werdende Blutlache aus.

Ein oder zwei Sekunden lang war keiner von ihnen zu einer Reaktion fähig, dann schaffte es Cedric als erster, seine Gurte zu lösen. Er eilte zum Koffer und schloß ihn, obwohl er spürte, daß nach dieser Spontan-Reaktion wieder eine geraume Zeit vergehen würde, ehe es zur nächsten kam. In dieser Hinsicht besaß Byranium die Heimtücke einer Giftschlange, die blitzschnell zustieß und dann, nachdem sie ihre Beute verzehrt hatte, wochenlang ruhte, ehe sie wieder auf Jagd ging.

Cedric blickte auf die Bildschirme. Der obere Teil der Hantel füllte sie mittlerweile komplett aus; irgendwo vor ihnen würde sich bald ein Hangartor öffnen, um sie aufzunehmen. Noch eine, höchstens zwei Minuten, dann waren sie unrettbar verloren.

Er ballte die Hände zu Fäusten. Er wollte nicht eingestehen, daß es bereits zu Ende war, wo ihnen jetzt das Schicksal – oder Crofts Dummheit – eine solche Chance eröffnet hatte. Nur – was sollten sie mit dieser Chance anfangen?

Er sah, daß Maylor über Crofts enthaupteten Leichenam hinweg in den Kommandosessel stieg.

»Kommen wir irgendwie raus aus dem Leitstrahl?« rief Cedric.

Maylor betätigte demonstrativ die Kontrollen, doch ohne jede Reaktion.

»Keine Chance«, meinte er. »Wir hängen voll im Leitstrahl, und von hier aus haben wir keine Möglichkeit, ihn zu unterbrechen.«

Cedric dachte eine Sekunde lang nach und rief:

»Doch! Es gibt eine Chance!«

»Und welche?«

»Wir schalten die komplette Elektronik ab. Und zwar per Hand. Damit wird auch die Funkverbindung unterbrochen.«

»Was sollte uns das bringen?« fragte Maylor skeptisch. »Wir können die FIMBULWINTER dann genausowenig steuern. Und sobald wir die Elektronik neu starten, hängen wir wieder an der Leine.«

»Nicht, wenn wir unserem Bordsystem beim Neustart einen neuen Zugriffscode geben.«

»Das nützt uns überhaupt nichts. Sobald die merken, daß sie uns nicht mehr unter Kontrolle haben, werden sie uns abschießen. Mach dir nichts vor, Cedric. Wir sind so dicht am Raumfort dran, daß sie kein Risiko eingehen werden. Von hier kommen wir nie wieder weg.«

»Wir dürfen eben nicht zu erkennen geben, daß wir ihrer Kontrolle entwischt sind.«

Schön«, meinte Maylor. »In dem Fall sind wir in spätestens einer Minute im Hangar. Dann können wir uns die ganze Sache auch sparen.«

Das war zweifellos richtig. Cedric sah auf die Bildschirme. Irgendwo voraus erschien eine helle, größer werdende Öffnung in der metallenen Außenhaut des Raumforts. Sie steuerten direkt darauf zu.

»Maylor!« rief er plötzlich. »Ich hab's!«

»Was hast du?«

»Die Lösung. Denk doch mal nach! Wie reagiert ein automatisches Leitsystem, wenn es beim Zielanflug zu Unregelmäßigkeiten kommt?«

Maylor runzelte die Stirn.

»Es bricht den Anflug ab und leitet es noch mal . . .« Seine Augen weiteten sich. Er hatte verstanden. »Mein Gott – das ist es!« Er starrte Cedric an. »Du gerissener Hund!«

»Komplimente kannst du später verteilen«, drängte Cedric. »Worauf wartest du noch?«

Maylor ließ sich nicht zweimal bitten. Blitzschnell flogen seine Hände über die vor ihm liegende Tastatur.

»Sag mal«, meldete Nabtaal sich hinter ihnen zu Wort. »Worüber redet ihr eigentlich?«

»Halt den Mund!« fuhr Cedric ihn an. »Stört uns jetzt nicht, wenn wir noch eine Chance haben wollen! Und schnallt euch wieder an! Schnell!« Was jetzt kam, war nur noch eine Sache zwischen Maylor und ihm.

»Bereit zur manuellen Abschaltung!« rief Maylor.

»Dann los!«

Im nächsten Moment, als Maylor den entsprechenden Schalter umlegte, erlosch das Licht im Kontrollraum, und auch die künstliche Gravitation setzte aus. Cedric fühlte, wie sich sein Magen umzustülpen schien. Ein, zwei Augenblicke lang herrschte vollkommene Dunkelheit, dann flammte die Notbeleuchtung auf, und Cedric sah, daß Nabtaal und die anderen sich gerade noch einen Halt hatten suchen können.

Im Hintergrund heulte eine Sirene auf, die ebenfalls von der Notstromversorgung gespeist wurde und verkündete, daß irgendwo irgend etwas überhaupt nicht in Ordnung war, aber weder Cedric noch Maylor achteten darauf.

»Haltet euch gut fest!« rief Maylor. »Gleich geht es rund.«

Per manueller Steuerung zündete er die Seitensteuerdüsen, völlig unkontrolliert und nur einen Herzschlag lang, aber es reichte, um die FIMBULWINTER sich um die eigene Achse taumeln zu lassen. Cedric hatte das Gefühl, sich plötzlich in einem Karussell zu befinden und klammerte sich mit Mühe und Not am Sessel fest. Er verfluchte sich, daß er nicht auf den Gedanken gekommen war, sich anzuschnallen.

Wild torkelte die FIMBULWINTER auf das geöffnete Schott zu. Cedric versuchte, sich vorzustellen, wie viele Wachhabende an Bord des Raumforts jetzt in heller Aufregung umherliefen.

»So, das müßte jetzt reichen«, sagte Maylor. »Bereit für neue Codierung?«

Das galt Cedric, der zusammenschrak und begriff, daß er das Wichtigste beinahe vergessen hätte.

»Moment!« rief er und wandte sich mit einer Hand dem Eingabepult zu, während er sich mit der anderen mühsam auf seinem Platz hielt. Was für einen Code sollte er wählen? Neunzig-Zweihundertzehn, war das erste, was ihm in den Kopf kam, und es war so gut wie jede andere Kombination. »Alles klar!«

»Neustart!« rief Maylor.

Im selben Augenblick flammte die Normalbeleuchtung wieder auf, die normale – künstliche – Schwere setzte wieder ein, die plärrende Sirene verklang wie abgeschnitten, und sofort legte Cedric die neue Codierung fest. Dann gab er dem Bordsystem die Anweisung, bis auf seinen Widerruf hin sämtliche Leitstrahlanweisungen anzunehmen. Sofort stabilisierte sich ihr Kurs, aber das geöffnete Hangartor war aus ihrem Zielpunkt gerutscht. Sie trieben auf die metallene Außenhaut zu.

»Raumfort HADES an FIMBULWINTER. Erbitten Erklärung.«

»Sheryl! Nabtaal! Worauf wartet ihr noch?« rief Cedric. »Auf eure Plätze! Nabtaal, stelle mir die Funkverbindung her.«

Die beiden stürzten auf ihre Plätze zu, und Nabtaal tat, wie ihm geheißen worden war.

»Du kannst sprechen«, rief er Cedric zu und machte eine Handbewegung wie ein Holo-Regisseur. *Gut*, besagte sie.

»FIMBULWINTER an HADES«, versuchte Cedric die näselnde, etwas quiekende Stimme Crofts nachzuahmen. »Wir hatten hier einen Systemausfall.«

Eine Zeitlang herrschte Stille, dann knackte es, und die Stimme war wieder zu hören.

»Anflugmanöver wird neu eingeleitet«, sagte sie. »Bewahren Sie Ruhe.«

Die FIMBULWINTER zog scharf nach oben, flog kurz parallel zu der Außenhülle des Raumforts und entfernte sich dann in einer geschwungenen Kurve von dem Flottenstützpunkt, um zu einem erneuten Anflug anzusetzen. Doch so weit würden sie es nicht kommen lassen.

Cedric atmete unwillkürlich auf. Ihr Plan war aufgegangen. Vorerst.

»Ich habe einen Kurs berechnet, der uns die größtmögliche Zeit läßt, bevor uns einer der anderen Kreuzer abfangen kann«, sagte Sheryl.

Sieh an, dachte Cedric, die Sarday'kin mit dem chromfarbenen Haar dachte mit. Eine Eigenschaft, die in einer solchen Situation Gold wert war.

»Her damit«, forderte Maylor.

Sheryl überspielte die Daten auf sein Pult, und kurz darauf, als sie dem Raumfort am weitesten entfernt waren und sich anschickten, dorthin zurückzukehren, war der Zeitpunkt gekommen, die Fremdsteuerung zu unterbrechen.

Sofort gab Maylor Vollschub, hinaus in den offenen Raum. Das Raumfort blieb hinter ihnen zurück, als würde es einen Sprung nach hinten machen.

Zu Cedrics Überraschung verstrich fast eine halbe Minute, bis eine empörte Stimme aus den Lautsprechern dröhnte:

»Raumfort HADES an FIMBULWINTER: Was um alles in der Welt geht bei Ihnen vor?«

»Wir fliehen«, erwiderte Cedric gutgelaunt. »Wir verschwinden. Und zwar auf Nimmerwiedersehen.«

Kaum hatte er das ausgesprochen, bereute er es auch schon wieder. Das war wirklich schwachsinnig gewesen. Wenn er geschickt gewesen wäre, hätte er durchaus noch etwas Zeit für sie herausholen können. Eine Chance, die nun vertan war.

»Pardon, ist mir so rausgerutscht.« Besorgt blickte Cedric zu der Navigatorin, die noch immer mehr ohnmächtig als wach auf einem der Notsessel hockte. »Yokandra! Schaffst du es, uns noch mal durch den Hyperraum zu bringen?«

Sie bewegte träge den Kopf und brachte irgend etwas zustande, was sich mit viel gutem Willen als Nicken deuten ließ. Sie versuchte, den Gurt zu lösen, aber ihre Finger gehorchten ihr nicht.

»Omo!« rief Cedric. »Hilf ihr. Bring sie auf ihren Platz!«

Omo löste ihre Gurte und trug die schwergewichtige Navigatorin so mühelos zu ihrem Sessel, als hielte er ein Kind in den Armen.

»Kreuzer haben Abfangmanöver eingeleitet«, meldete Sheryl. »Schnell näherkommend.«

»Wie lange dauert es, bis sie uns in Feuerreichweite haben?«

»Zwei oder drei Minuten.«

Cedric blickte auf die Ortungsschirme. Unter normalen Umständen hatten sie sich die Schiffe etwas länger vom Leib halten können, aber die Triebwerke der FIMBULWINTER brachten momentan nur knapp siebzig Prozent ihrer Leistung. Ein Faktor, der ihnen schnell zum Verhängnis werden würde.

»Ich . . . ich brauche die Zieldaten«, flüsterte Yokandra. Sie saß in ihrem Sessel und versuchte mühsam, sich aufrecht zu halten.

»Sofort«, erwiderte Sheryl, beugte sich über ihr Pult und erstarrte. »Mein Gott. Die Daten sind von Croft manipuliert worden!«

Cedric und Maylor wechselten einen erschrockenen Blick.

»Datencheck?« fragte Cedric.

»Keine Zeit«, antwortete Maylor. »Das würde uns mindestens eine Viertelstunde kosten.«

»SK CHERUBIN an FIMBULWINTER«, erklang eine drängende Stimme aus dem Lautsprecher. Sie mußte vom Kommandanten des Kreuzers stammen, der ihnen am nächsten gekommen war. »Stoppen Sie sofort den Flug, oder wir eröffnen das Feuer!«

Die CHERUBIN, wie passend, dachte Cedric. Der Engel mit dem feurigen Schwert, der herbeigeschwebt kam, um ihnen den Todesstoß zu versetzen.

»Was soll ich jetzt tun?« fragte Sheryl.

Cedrics Gedanken arbeiteten fieberhaft. Es stimmte. Sie hatten keine Garantie, daß die Zieldaten sie tatsächlich nach *St. Petersburg II* brachten. Womöglich würde bei jedem Sprung automatisch wieder dieser Ort angesteuert werden. Cedric hatte keine Ahnung, was geschah, wenn bei einem Hyperraumsprung Abflug- und Ankunftspunkt identisch waren. Nicht ausgeschlossen, daß ihnen das gesamte Schiff um die Ohren flog.

Andererseits – was hatte Croft vorhin gesagt? Er hatte den Computer so manipuliert, daß sie der erste Sprung unweigerlich hierher führen würde. Der erste Sprung! Ja, das war es! Von einem *zweiten* Sprung war nie die Rede gewesen.

»Wir riskieren es einfach«, entschied er. Seine viel größere Sorge war, ob Yokandra, die nicht einmal ihren Gurt aus eigener Kraft hatte lösen können, in der Lage sein würde, sie sicher durch den Hyperraum zu führen.

Sheryl überspielte ihr die entsprechenden Daten und wurde sofort von neuen Ortungsimpulsen abgelenkt.

»Raumtorpedos«, meldete sie stockend. »Vier, nein, acht Stück.«

»Denen scheint viel daran zu liegen, uns zu erwischen«, knurrte Cedric.

Acht Torpedos. Für ein angeschlagenes Schiff war das ein verdammt großer Aufwand. Aber die Verfolger hatten natürlich registriert, daß die FIMBULWINTER dabei war, einen Hyperraumsprung einzuleiten, und aus ihrer Sicht mußte das die letzte Chance sein, sie noch vorher zur Strecke zu bringen. Sie konnten ja nicht ahnen, wie es um die Navigatorin hier an Bord bestellt war. Sonst hätten sie sich Zeit lassen können, bis sie auf Laserreichweite an sie heran waren.

Sheryl starrte totenbleich auf die Schirme.

»Noch zwanzig Sekunden, bis sie uns haben. Neunzehn, achtzehn . . .«

»Yokandra! rief Maylor. »Beeil dich!«

Cedric konnte sich denken, was jetzt hinter der Stirn seines Freundes vorging. Es war immer noch Zeit genug, ein Ausweichmanöver einzuleiten, um den Torpedos vielleicht zu entgehen, doch das hätte bedeutet, daß sie die erforderliche Geschwindigkeit zum Hyperraumeintritt hätten abbrechen müssen.

Es sprach für Maylors Kaltblütigkeit, daß er die FIMBULWINTER weiterhin unbeirrt auf Kurs hielt.

»Ich arbeite dran . . . ich arbeite dran«, rief die Navigatorin mit schwacher Stimme. Sie hatte die Haube über ihren Kopf gezogen und versuchte, sich zu konzentrieren.

»Wenn du bereit bist, kann es in den Hyperraum gehen!«

Es war nicht zu erkennen, ob sie es überhaupt gehört hatte.

»Zehn«, zählte Sheryl. »Neun, acht . . .«

Cedrics Blick pendelte zwischen Yokandra und den Ortungsschirmen hin und her. Die Raumtorpedos schossen wie Pfeile auf sie zu.

». . . fünf, vier . . .«

»Yokandra!« schrie Maylor. »Jetzt oder nie!«

Es war zu sehen, wie sich der Teil von Yokandras Gesicht, der unter der Haube herausragte, wie unter einer Kraftanstrengung verzog.

»... zwei, eins ...«

»Hypersprung!« preßte Yokandra hervor.

Die Raumtorpedos stießen ins Leere, aber allein die Restwärme des entmaterialisierten Schiffes reichte aus, die Zünder zu aktivieren und eine gigantische Feuerblume im All entstehen zu lassen, genau dort, wo sich die FIMBULWINTER vor einer Sekunde noch befunden hatte.

Aber das konnte die Ortungsgeräte der Verfolger nicht täuschen. Die FIMBULWINTER war entkommen. Das stand zweifelsfrei fest.

Und noch etwas anderes enthüllten die Ortungsaufzeichnungen, als sie später ausgewertet wurden: Nur sieben der Raumtorpedos waren dort draußen explodiert.

Der achte hingegen war verschwunden.

Zusammen mit der FIMBULWINTER.

ENDE